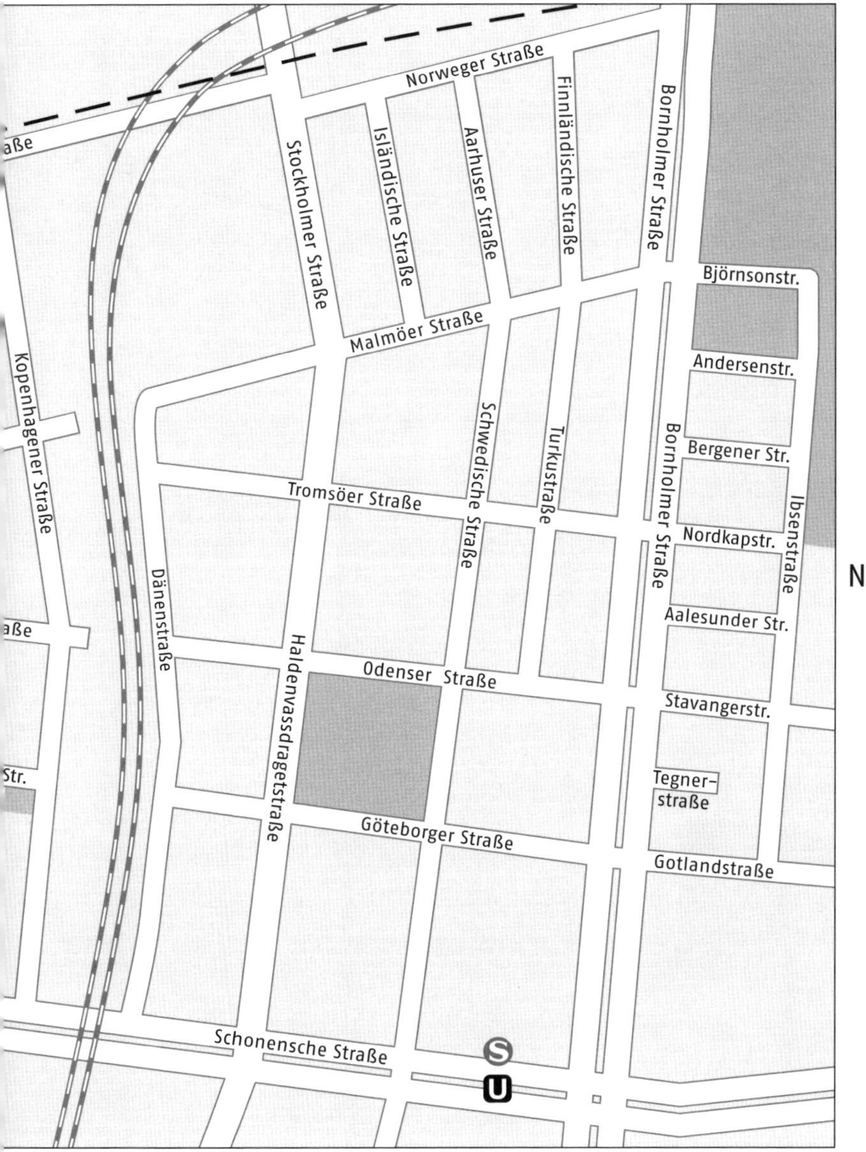
Norweger Straße
aße
Stockholmer Straße
Isländische Straße
Aarhuser Straße
Finnländische Straße
Bornholmer Straße
Björnsonstr.
Malmöer Straße
Kopenhagener Straße
Andersenstr.
Schwedische Straße
Turkustraße
Bornholmer Straße
Bergener Str.
Tromsöer Straße
Ibsenstraße
Nordkapstr.
N
Dänenstraße
aße
Aalesunder Str.
Haldenvassdragetstraße
Odenser Straße
Stavangerstr.
Str.
Tegner-
straße
Göteborger Straße
Gotlandstraße
Schonensche Straße
S
U

Für Angelika.

WENN MATTHIAS schnell geht, ist er in zehn Minuten in Skandinavien. Er muss nur die Mühlenstraße hinunter in die Schönhauser Allee und von dort in die Bornholmer. Erst hier wird sein Schritt langsamer. Dann und wann bleibt er stehen, hält sein Gesicht in den Sprühregen. Er stellt sich vor, auf einem Kontrollgang oder in einer Geheimmission unterwegs zu sein, biegt links in die Seelower, dann rechts in die Dänenstraße, überquert die Brücke über die S-Bahn-Gleise und landet in der Kopenhagener. Von dort geht er weiter in die Ystader und Korsörer.

Er liebt den Klang dieser Namen: Ystad, Korsör. Ystad liegt, wie er aus dem Weltatlas weiß, in der Provinz Schonen an der schwedischen Südküste, Korsör ist eine Hafenstadt am Großen Belt auf der dänischen Insel Seeland. Am Ende der Korsörer stehen zwei Grenzposten. Wer im Grenzgebiet wohnt und seinen Ausweis vorzeigt, darf passieren. Den Ausweis bekommt man mit vierzehn, bis dahin darf jeder ins Grenzgebiet. Er ist erst zwölf. Doch er hat keine Lust, dorthin zu gehen. Flügel müsste man haben, denkt er, um über die Grenze fliegen zu können.

Die beiden Posten kennt er nicht. Kein Wunder, die Wachleute wechseln alle paar Tage, weil sie sich nicht an die Straßen und die Bewohner gewöhnen sollen. Sie sind zumeist nicht älter als achtzehn oder zwanzig Jahre und kommen von weiter her, aus Thüringen oder Sachsen oder Mecklenburg. Einen der beiden, den offenkundig Freundlicheren, dem seine Uniform zu groß ist und die Kalaschnikow nachlässig über der Schulter hängt, lächelt er an. Der Mann lächelt zurück, kommt näher an ihn heran. »Na, Kleiner, suchst du wen?«

Am liebsten würde er sofort entgegnen, dass er nicht Kleiner genannt werden will. Aber besser, er gibt auf bestimmte Art zu verstehen, dass es ein Fehler ist, ihn zu unterschätzen.

»Nein«, antwortet er betont ruhig, »ich suche niemanden.« Und dann eröffnet er das Spiel. Sein Spiel. »Ich möchte mal wissen, warum die Straßen hier eigentlich heißen wie Städte oder Länder in Skandinavien.«

»Keine Ahnung«, erwidert der Mann und zuckt mit den Schultern. Der andere kommt jetzt ebenfalls näher, ein großer, dicker mit leicht schaukelndem Gang. »Wen interessiert das?«, mischt er sich ein. Während der erste in einem Hochdeutsch gesprochen hat, das keinen Dialekt erkennen ließ, redet der zweite in breitem Sächsisch, das gemütlich klingt, zugleich drohend. »Ist doch egal«, setzt er nach, »wie die Straßen heißen. Absolut egal.«

Es hört sich an wie eine Aufforderung, schleunigst zu verschwinden. Aber wann er geht, möchte er schon selbst entscheiden. Er neigt den Kopf zur Seite und hebt die Augenbrauen. Diesen unschuldigen Ausdruck hat er sich antrainiert. Der erlaubt ihm, so zu antworten, wie er es sonst nicht wagen würde.

»Mich«, sagt er. »Mich interessiert das. Und überhaupt, warum soll es denn egal sein? Es hat vielleicht einen Sinn. Bestimmt hat es einen Sinn. Einen ganz besonderen.« Er kostet die Verblüffung der beiden Grenzposten aus. »Ich hatte gedacht, Sie würden mir das erklären können.«

Der erste Posten ist nicht weit davon entfernt, sich zu entschuldigen. »Junge, ich würde es dir gerne erklären, wenn ich's selber wüsste.«

Das haben, so oder ähnlich, die meisten Posten gesagt, die Matthias in den letzten Monaten gefragt hat, seitdem er hier unterwegs ist. Oder sie haben behauptet, das wäre einfach so und basta. Oder sie sagten freiheraus, dass er mal schleunigst nach Hause solle, andernfalls müssten sie ihn festnehmen.

»Meine Güte, was heißt hier Skandinavien?«, mischt sich der Sachse wieder ein. »Seelow liegt in Richtung Polen, Rhinow im Havelland, Schönfließ sogar in der Nähe von Berlin. Und Bornholm« – er sagt es, als ziehe er nun seinen größten Trumpf – »liegt zwar in Skandinavien, ist aber weder Stadt noch Land, sondern eine Insel. Da staunst du, was?«

»Warum soll ich da staunen?«, erwidert Matthias und weiß, dass er spätestens jetzt so altklug erscheint, wie es ihm selbst schon unangenehm ist. Doch es muss sein, es ist Teil seines Spiels. »Ueckermünde liegt in Mecklenburg an der Ostsee. Paul Robeson ist ein amerikanischer Freiheitssänger, Willi Bredel Spanienkämpfer und proletarisch-revolutionärer Schriftsteller …«

»Guck mal an«, unterbricht ihn der Sachse. »Bist ja ein ganz Schlauer. Fleißig gelernt, was? Und nun mach, dass du wegkommst. Hau ab!«

»Ja«, hält er dagegen und weicht keinen Zentimeter, »hab ich fleißig gelernt. Alle Straßennamen in diesem Viertel. Alle, auswendig. Eine heißt sogar nach einem

Volkspolizisten, der an der Grenze erschossen wurde. Vom Klassenfeind. Hier gleich um die Ecke. Helmut Just. Schon mal gehört von dem?«

Der Sachse schaut wie überfordert von einer unerwarteten Dreistigkeit. Der andere grinst, er freut sich über das Erstaunen seines Kompagnons; plötzlich aber packt er Matthias am Arm. »So, Schluss jetzt mit dem Hokuspokus, du Würstchen. Hast gehört, was der Genosse gesagt hat. Mach, dass du wegkommst. Sonst nehmen wir dich fest und übergeben dich der Polizei.«

Dass der freundliche Posten so reagiert, damit hat er nicht gerechnet. Aber gut, es zeigt nur, dass man auf alles vorbereitet sein muss. Matthias schaut ihm fest in die Augen, spannt die Muskeln an. Bloß nicht zittern. »Ach ja? Ich soll machen, dass ich wegkomme?« Seine Stimme ist brüchig. Dagegen weiß er im Moment kein Mittel. Egal. »Ich kann ja nicht weg. Ihr lasst mich nicht. Habt euch schon viel zu lange mit mir unterhalten, von euerm Dienst ablenken lassen. Ihr dürft das nicht, das weiß ich von meinem Onkel. Der ist als Funktionär für die Grenztruppe zuständig. So, und jetzt lass mich los, sonst erzähl ich ihm alles und euch blüht was, das ihr noch nie erlebt habt.«

Der Posten löst die Hand von Matthias' Arm. Wie der große, dicke Sachse scheint er nun nach Worten zu suchen, die sich versteckt halten und nicht gefunden werden wollen.

»Wenn euch euer Vorgesetzter zu sich befiehlt, dann wisst ihr, warum.«

Seine Stimme ist nicht mehr brüchig. Was für ein Siegesgefühl! Er wartet noch kurz, als wolle er den beiden die Chance geben, etwas zu erwidern, dann dreht er sich langsam um und geht die Korsörer zurück, um daraufhin in die Ystader einzubiegen und den Rückweg nach Hause zu nehmen.

Es war das erste Mal, dass er auf die Androhung von Festnahme nicht wegrannte, sondern seinen Onkel ins Feld führte, ihn sogar zum Funktionär machte. Einfach so. Wie Zauberei ist das und zugleich ganz einfach. Es ist ein berauschendes Gefühl, sich mit einem Funktionärsonkel wehren und Angst einjagen zu können.

Der Sprühregen hat nachgelassen; Wind ist aufgekommen und kündigt einen kalten Herbstabend an. Er atmet tief ein und aus und legt einen Schritt zu.

Zu Hause erzählt Matthias nichts davon, dass er im Skandinavischen Viertel war, geschweige denn wie er seinen Onkel zum Funktionär gemacht hat. Er weiß, dass der Vater über seinen Bruder nicht reden will. Ein Säufer, ein Parasit, ein Lügner, das ist der Onkel in den Augen des Vaters.

Dass er ein Säufer ist, steht außer Zweifel, und da er noch im Elternhaus wohnt, bei Oma Lisbeth und Opa Paul, und nicht mal Kostgeld zahlt, ist er vielleicht sogar ein Parasit. Aber ein Lügner?

»Wo warst du bloß wieder so lange?«, fragt die Mutter. Sie lächelt müde und legt die Hand an ihre Stirn wie um zu prüfen, ob sie Fieber hat.

»Ich war noch in der Schule«, sagt er. »Wir haben geübt, Mathezirkel. Für die Klassenarbeit. Morgen, dritte Stunde.« Er weiß, dass eine Lüge umso überzeugender klingt, je genauer die Angaben dazu sind. Den Onkel hat er, sofern es stimmt, was der Vater behauptet, noch nie beim Lügen ertappt.

Matthias geht in sein Zimmer, nimmt den Weltatlas zur Hand und schlägt die Skandinavien-Seite auf. Die wichtigsten Städte, Seen und Flüsse kennt er auswendig. Oulujärvi, Vänern, Skagern, Bolmen, Haldenvassdraget, Oslo, Odense, Aarhus, Stockholm, Göteborg, Uppsala, Reykjavik, Helsinki, Turku ... Er beschließt, die Straßen, die noch keine skandinavischen Namen haben, umzubenennen. Jetzt, sofort. Aus der Seelower wird die Göteborger, aus der Ueckermünder die Aarhuser, aus der Schönfließer die Odenser Straße. Er nimmt seinen Stadtplan und schreibt die neuen Namen über die alten. Die Czarnikauer wird zur Turkustraße, die Sonnenburger zur Oulujärvi, die Gleim zur Helsinkier. Die Driesener zur Tromsöer, die Rhinower, wegen des R am Anfang, zur Reykjaviker, die Schönhauser zur Schonenschen, auch wenn es die in Pankow bereits gibt. Die Pankower Schonensche wird indessen – ein logischer Tausch – zur Schönhauser. Unpassenderweise sind außerhalb des Skandinavischen Viertels noch weitere Straßen mit skandinavischen Namen: Wisbyer, Upsalaer, Trelleborger, Gudvanger ... Die tauscht er gegen Gaudy-, Mila-, Topsstraße und Am Falkplatz. Aus der Cantianstraße macht er die Osloer, obwohl die, soviel er weiß, schon in Westberlin vertreten ist, allerdings nur als simple Fortführung der Bornholmer. Helmut Just, neun Jahre vorm Mauerbau erschossen, als die Grenze noch Sektorengrenze war, bekommt eine eigene Würdigung, indem seine Straße in Stockholmer umgetauft wird. Damit wäre auch die klangvollste aller skandinavischen Hauptstädte vergeben. Willi Bredel, langweiliger Schullesestoff, muss mit dem schwer aussprechbaren Haldenvassdraget vorliebnehmen. Schließlich Paul Robeson, der eindrucksvolle schwarze Sänger, der mutige amerikanische Bürgerrechtler; der hat die Schwedische Straße verdient, womit nach Island, Finnland, Norwegen und Dänemark endlich auch das wichtigste skandinavische Land im Viertel vertreten wäre.

Matthias legt den Stadtplan ins Regal hinter eine Bücherreihe; die Eltern sollen nicht sehen, was nunmehr zu seiner Geheimmission gehört. Später, stellt er sich vor, im Kommunismus oder wo auch immer, werden die Straßen so heißen, wie er es jetzt in seinen Stadtplan geschrieben hat. Später wird er der zuständige Funktionär für das Viertel sein und der Onkel sein Stellvertreter, sofern er sich bis dahin nicht zu Tode gesoffen hat.

ZWEI STRASSEN und drei Termine stehen für heute in seinem Kalender. Das ist wenig im Vergleich zu anderen Tagen, an denen er bis zu acht oder zehn Termine hat. Wenn ihn nicht alles täuscht, ist er der am meisten beschäftigte und erfolgreichste Makler im Skandinavischen Viertel. Und vor allem: Man kennt ihn als den einzigen Makler, der nur in diesem Viertel und nirgendwo sonst aktiv ist. Über die Jahre ist das zu einem Ausschlussprinzip geworden. Sobald er eine Wohnung jenseits seines Gebietes zum Verkauf angeboten bekommt, und sei es in der Nähe oder gar in einer der angrenzenden Straßen, gibt er sie an einen Kollegen weiter, von dem er weiß, dass er sich bei Gelegenheit mit einer Immobilie aus dem Skandinavischen Viertel revanchiert. Das hat sich in der Branche herumgesprochen, berlinweit, sogar über die Grenzen der Stadt hinaus.

Als er vor zehn Jahren anfing, selbständig als Makler zu arbeiten, hätte er nicht zu hoffen gewagt, dass ihm dieses Ausschlusskriterium bei den Kunden ein so besonderes Renommee einbringt: Einer, der mit Wohnungen handelt, die sich nur im Umkreis einiger Straßen befinden, dem muss das wohl eine Herzensangelegenheit sein. Und wer anders als so ein Mann sollte diesen Teil von Prenzlauer Berg besser kennen? *Matthias Weber – Ihr Fachmakler für das Skandinavische Viertel in Berlin-Prenzlauer Berg* – so heißt es auf seiner Webseite. Der verkaufspsychologische Clou besteht allerdings darin, dass er selbst hier wohnt und dies auf der Webseite auch kundtut: *Ich kenne das Viertel seit meiner Kindheit. Später habe ich Jahre im Ausland gelebt. Heute wohne ich hier in der Malmöer Straße.* Damit sagt er etwas Fundamentales: Sie kaufen die Wohnung von Ihrem künftigen Nachbarn; wem könnten Sie mehr vertrauen als diesem Menschen? Obendrein *Jahre im Ausland*: Matthias Weber hat die Welt kennengelernt, trotzdem ist er zurückgekehrt, hierher, nirgendwohin sonst.

Dass es sich bei seiner Wohnung um die seiner Großeltern Lisbeth und Paul handelt, lässt er unerwähnt. Sie ist zwar sein Eigentum, nicht geerbt, sondern gekauft; trotzdem könnte mancher meinen: Hat er sonst nichts fertiggebracht, als in die Wohnung seiner Großeltern zu ziehen? Er will nicht zu seiner Familie befragt werden, obwohl er erzählen könnte, was er will; mit der sogenannten Wahrheit hat er es nie allzu genau genommen. Wenn er etwas erwähnt, dann von sich aus. Zum Beispiel zu Onkel Winfried: eine Erfindung, die tatsächlich existiert hat. So kommt es ihm vor, immer wieder. Und immer wieder fällt ihm etwas Neues ein, das er über den Onkel zum Besten geben kann.

Zwei Straßen, drei Termine. Ein überschaubares Programm; der Nachmittag und der Abend sind frei. Wer kann sich die Arbeitszeit so gut einteilen wie ein Makler, der seinem Geschäft nicht hinterherrennen muss? Er könnte sich sogar, wenn es darauf ankäme, zur Ruhe setzen und nur von Mieteinnahmen leben, denn vier der Wohnungen, die ihm in den Jahren als Makler angetragen wurden, hat er selbst gekauft. Keiner der Käufe war ein Fehler, jedes Mal ist der Wert der Immobilie weiter gestiegen. Und doch, auf seiner ungeschriebenen Webseite, sagt er sich, könnte oder müsste es heißen: *Ich bin Teil von etwas Überflüssigem und lebe ziemlich gut davon. Aber denkt nicht, mir ginge es wahnsinnig gut damit, denkt das bloß nicht, denn so einfach ist es nicht, das sag ich euch …*

Von der Malmöer geht er in die Bornholmer, von dort in die Nordkap und Ibsen, um einen Umweg über die Stavanger zu machen. Ibsen Ecke Stavanger befindet sich die letzte Brache des Skandinavischen Viertels, ein Refugium aus verwilderten Büschen und Laubbäumen – für Matthias ein anachronistischer Ort, von dem er hofft, dass er so erhalten bleibt wie er ist. Über die Bornholmer geht er durch die Seelower Richtung Arnimplatz. Es ist wie damals, denkt er, obwohl er weiß: Es ist überhaupt nicht wie damals. Wie sollte es auch?

EINMAL IN DER WOCHE, eine Stunde oder zwei, nie länger als bis zum Einbruch der Dunkelheit, macht Matthias seine Runde durch Skandinavien: Die Ibsen entlang, wo er meist an den Brachen Ecke Gotland und Ecke Stavanger verweilt, die er nur mit stark klopfendem Herzen betritt, weil hier neben alten Haushaltsgeräten und anderem Schrott Bombensplitter und Munition aus dem Zweiten Weltkrieg herumliegen sollen. Von den Brachen über die Bornholmer in die Schönfließer Straße. Am Arnimplatz entlang in die Seelower ... Wenn er dabei auf den Onkel trifft, der gerade von einer Kneipe zur nächsten unterwegs ist, gehen sie ein Stück gemeinsam, und der Onkel redet von seiner Zeit im Zirkus oder davon, dass er unbedingt in den Zirkus zurückkehren möchte. Aber nicht als Manegeumbauhilfsarbeiter – so nennt der Onkel diese Tätigkeit und betont jede Silbe dabei –, sondern als Zauberer oder Clown oder am besten beides zusammen. Keinen Tropfen werde er trinken, wenn er wieder mit dem Zirkus von Stadt zu Stadt fahre oder ins Ausland, vielleicht sogar ins westliche, und jeden Abend seinen Auftritt habe als Zauberer im Clownskostüm. Keinen Tropfen, nicht mal einen klitzekleinen.

Ein einziges Mal war der Onkel mit dem Zirkus tatsächlich im westlichen Ausland. In Finnland, Helsinki, Hauptstadt der Trinker. Kein Wunder, dass er da in eine Falle getappt ist: Es war Winter, bitterkalt, er trank einen

Glühwein und noch einen; dann kam ein Kollege auf die Idee, ein bisschen in der Stadt umherzuziehen. »Ich wollte nicht«, beteuert der Onkel jedes Mal, wenn er davon erzählt, »aber der Kollege ließ nicht locker: nur ein Stündchen. Na ja, leider landeten wir in dieser Kneipe, wo sie uns Freibier und finnische Schnäpse spendierten. Die hatten mindestens fünfzig Umdrehungen.« Irgendwann wachten der Onkel und der Kollege in einer Ausnüchterungszelle auf. Er wisse bis heute nicht, sagt er an dieser Stelle mit verwundertem Kopfschütteln, wie er da hingekommen sei. Er müsse glatt vergessen haben, dass er ohne Erlaubnis der Zirkusdirektion gar nicht in der Stadt unterwegs sein durfte. Logisch also, wenn auch ungerecht, dass die vom Zirkus ihn rausgeworfen haben. »Aber«, fügt er wie vor großem Publikum hinzu, »ich komme wieder, darauf könnt ihr euch alle verlassen. Und wie ich wiederkommen werde!«

Matthias liebt diese Geschichte; so oft er sie hört, ist sie immer wieder spannend und auch anrührend. Und er glaubt an den Onkel. Er stellt ihn sich als Clown vor: riesige Schuhe, buntes Hütchen, rote Pappnase. Im weißgeschminkten Gesicht die dunkelgelben, teils verfaulten Zähne. Keine Frage, der Onkel sollte den Mund nicht öffnen, wenn er als Clown auftritt, es sei denn, er will dem Publikum einen Schreck einjagen. Sein naturgegebenes Schielen könnte man ihm schon als Clownsnummer auslegen. Während das linke Auge etwas zu sehr nach links schaut, starrt das rechte unentwegt auf die Nasenspitze. Das ist beeindruckend, Zauberei ist es noch nicht.

»Und was für Kunststücke willst du da zeigen?«, hat Matthias ihn einmal gefragt. »Na, hast du ’ne Ahnung«, antwortete der Onkel prompt und grinste vor sich hin, während er ihm den Zeigefinger hinhielt. »Hier, zieh mal dran.« Kaum zog er dran, furzte der Onkel, streckte den Zeigefinger in die Höhe und erklärte mit ernster Miene: »Der Onkel furzt, die Kinder lachen, so kann man mit kleinen Dingen große Freude machen.« Matthias spürte, wie er rot wurde, und war froh, dass auf der Straße niemand etwas gehört zu haben schien.

»Soll ich dir übrigens mal erklären«, fuhr der Onkel fort, »was ein Clown genau macht? Ein Clown muss etwas können, aber dabei so tun, als könne er es nicht. Das heißt, um etwas *nicht* zu können, musst du es umso besser können. Am besten, du kannst es perfekt. Das ist die Definition des Clowns.«

Matthias fragte sich, was diese Definition mit dem Furzen zu tun haben sollte, während Onkel Winfried feststellte: »So, mein wissbegieriger Neffe, mehr Tricks verrat' ich dir nicht.«

»Wieso nicht?«, entgegnete Matthias. Und Winfried, fast empört: »Würdest du denn einfach so deine Zaubertricks verraten?« Matthias musste lachen. »Nein.«

Und jetzt, da er daran denkt, muss er wieder lachen. Er ist stolz auf den versoffenen Onkel, der schlagfertiger ist als alle anderen Familienmitglieder zusammen. Und wer zaubern kann, der kann auch zaubern, von einem Tag zum andern nichts mehr zu trinken. Das dürfte wohl klar sein.

Am Tag nach seinem Auftritt vor den Grenzposten möchte Matthias dem Onkel von der Begegnung erzählen. Um nicht zu warten, bis er ihn auf der Straße trifft, muss er in die Kneipen des Viertels hineinschauen. Im Gegensatz zu den meisten Säufern hat der Onkel keine

Stammkneipe. Mal ist er im Kummer-Eck, mal in der Gute-Laune-Destille oder im Schluckspecht, gelegentlich auch in der Weiber-Bar. Die Namen hat er selbst erfunden. »Alles meine Kreaturen«, sagt er manchmal und lacht, weil er weiß, dass es eigentlich Kreationen heißt. Je nach Stimmung ist er mal in der einen, mal in der anderen Kneipe; oder ein, zwei Stunden in einer und den Rest des Abends in einer anderen. Bei Schwermut naheliegenderweise im Kummer-Eck, das »Zum Weißen Hirschen« heißt, bei Frohsinn in der Gute-Laune-Destille, offiziell »Seelower Eck«, mit viel Durst im Schluckspecht (»Der goldene Anker«), und wenn er, wie er sagt, flirten will – er spricht das Wort mit langem i aus, sodass es sich fast anhört wie frieren –, geht er in die Weiber-Bar, die schlicht »Zur Bierstube« heißt und sich von den anderen Kneipen dadurch unterscheidet, dass hinterm Tresen zwei Frauen stehen. Die sind schon über sechzig, tragen aber immer noch ziemlich kurze Röcke. Wenn der Onkel »kurze Röcke« sagt, wiegt er den Kopf genussvoll hin und her, als erinnere er sich an etwas oder schwelge in Vorfreude.

Am häufigsten ist er im Schluckspecht, doch der Schluckspecht hat heute Ruhetag. Im Kummer-Eck erklärt der Wirt, dass der Onkel dagewesen sei, aber nur drei Bier lang. In der Gute-Laune-Destille sitzt er auch nicht, wie durch die gardinenlosen Fenster zu sehen ist. Bleibt die Weiber-Bar. Und tatsächlich, dort steht der Onkel am Tresen. Er schwankt leicht und starrt eine Weile in sein Schnapsglas, ehe er es in einem Zug austrinkt und mit Bier nachspült. Mit Bier nachspülen – auch so eine Redewendung des Onkels. Ruckartig dreht er seinen Kopf zum Fenster hin und macht mit beiden

Armen eine weitausholende Bewegung: eine Aufforderung hereinzukommen.

Hat er, während er ins Schnapsglas gestarrt hat, sehen können, wer hinterm Fenster steht? Ist das schon Zauberei oder einfach nur eine Gabe, die sich dem Schielen verdankt?

Bevor Matthias sich entschließt, die Weiber-Bar zu betreten, kommt der Onkel heraus. Er trägt drei Strickjacken übereinander, eine graue, eine dunkelgelbe, eine blassrote. Selbst im Hochsommer trägt er mehrere Strickjacken. Das liegt, wie er einmal meinte, daran, dass er gleichwarm sei. »Egal welche Außentemperatur, für mich ist sie immer gleich.« Deshalb habe er auch dieses große Sortiment an Strickjacken, von Weiß bis Dunkelbraun; kein Geburtstag, kein Weihnachtsfest, an dem er nicht mindestens eine geschenkt bekommt.

»Was ist denn«, fragt der Onkel und grinst übers ganze Gesicht, »hast du Durst oder suchst du wen?«

»Dich suche ich«, antwortet Matthias, wie selbstverständlich. Dabei ist es das erste Mal, dass er ihn gesucht hat.

»Ich weiß«, sagt der Onkel und gibt sich geheimnisvoll. »Ich hab's gesehen.«

Er hat's gesehen! Wenn das stimmt, wäre es unzweifelhaft Zauberei.

»Na dann, schieß los, Junge«, fährt der Onkel fort, boxt ihm freundschaftlich gegen die Schulter und beginnt, die Schönfließer Richtung Bornholmer hinunterzuschlendern.

Matthias geht an seiner Seite; nach ein paar Metern fragt er: »Weißt du, wie die Schönfließer inzwischen heißt?« Er registriert den verwunderten Blick des Onkels und gibt die Antwort: »Die heißt Odenser. Wie die Stadt in Dänemark. Vielleicht kommst du da mal hin, wenn du wieder im Zirkus arbeitest.«

»Guck mal an«, entgegnet der Onkel, schaut zu einem Straßenschild und stellt fest: »Da steht aber trotzdem Schönfließer. Was sagst du nun?«

»Noch ist alles nur in meinem Kopf«, antwortet Matthias. »Aber vielleicht kann ich eines Tages bestimmen, wie die Straßen hier heißen.«

»Na, größenwahnsinnig bist du wohl überhaupt nicht, was?«

Das könnte zurechtweisend gemeint sein, hört sich aber zärtlich und bewundernd an. Wie gern hätte es Matthias, wenn der Onkel den Arm um seine Schulter legt, kumpelhaft, beschützend, und sie gemeinsam skandinavische Namen erörtern, um jede Ecke, jedes Haus zu benennen. Am liebsten nach den Straßen in Helsinki, die der Onkel auf seiner Sauftour durchquert hat! Vielleicht gibt es in Helsinki sogar im Gegenzug ein deutsches Viertel. Er nimmt sich vor, ihn zu fragen; zunächst aber will er ihm von seinem Erlebnis vom Vortag erzählen.

»Weißt du was?«, sagt er und boxt dem Onkel gegen die Schulter. »Ich hab zwei Grenzposten gefragt, warum manche Straßen hier heißen wie Städte und Länder in Skandinavien. Die konnten mir das nicht erklären, sind wütend geworden und wollten, dass ich verschwinde. Da hab ich ihnen gesagt, dass mein Onkel ein hoher Funktionär ist und für die Grenztruppen zuständig. Da haben sie Angst bekommen und mich in Ruhe gelassen.«

»Du hast was?« Der Onkel bleibt stehen. »Wie kommst du auf den Schwachsinn, dass ich Funktionär wäre?«

Matthias setzt seinen unschuldigen Blick auf, diesmal, um sich die Verunsicherung nicht anmerken zu lassen. »Na, um denen Angst einzujagen. Deshalb.«

Der Onkel starrt ihn an und schielt noch mehr als sonst. »Ich will mit denen nichts zu schaffen haben, verstehst du? Ich will in Ruhe mein Bier trinken, sonst nichts. Merk dir das.«

»Aber die wissen doch nicht, dass du es bist, den ich gemeint hab, als ich sagte, mein Onkel …«

»Hör auf! Die wissen mehr als du denkst, das kannst du mir glauben. Außerdem, man lügt nicht. Merk dir das. Ein für alle Mal.«

Der Onkel geht weiter, aber er schlendert nicht mehr, er geht, als wäre er in Eile.

Matthias folgt ihm nicht. Er überlegt kurz, ihm hinterherzurufen: Du bist ja noch feiger als die! Aber das tut er nicht. Seine Beine zittern noch, als er das Skandinavische Viertel bereits verlassen hat.

Als hätte der Onkel seine Geheimmission in alle Welt hinausposaunt, meidet Matthias das Viertel erst einmal. Stattdessen geht er durch Pankower Straßen, aber er hat keine Lust, deren Namen zu ändern.

Zwei Wochen nach der Begegnung mit dem Onkel fragt ihn die Mutter, warum er so oft erst am Abend nach Hause komme, ob es ihm nicht gut ginge … Die Mutter, scheint ihm, würde am liebsten nicht aufhören mit ihren Fragen, als wäre diese Art zu reden eine Methode, alle Dinge des Lebens im Lot zu halten.

»Weißt du«, sagt er in ihr Reden hinein, »ich gehe einfach so durch die Straßen, stundenlang. Das macht mir Spaß.«

»Allein? Stundenlang? Hast du denn keine Freunde?«

»Klar, hab ich. In meiner Klasse. Weißt du doch. Aber durch die Straßen geh ich lieber allein.«

Matthias hat das Gefühl, nicht die Wahrheit gesagt, aber auch nicht gelogen zu haben: Einige aus seiner Klasse könnte er als Freunde bezeichnen, doch niemand ist dabei, dem er Geheimnisse anvertrauen würde. Die Mutter gibt sich mit seiner Antwort zufrieden, ohne dass ihre Besorgnis weicht. Doch Besorgnis gehört zu ihr wie die Porzellankanne mit Kamillentee, die entweder auf dem Küchentisch steht oder auf dem Nachtschränkchen neben ihrem Bett. »Es kann immer passieren, dass einem ganz schnell übel wird«, lautet eine These der Mutter. Sogar wenn sie unterwegs ist, hat sie nicht selten eine Thermoskanne mit ihrem Tee dabei, dem sie offenbar Allheilkräfte zuspricht. Was wäre, stellt er sich vor, wenn es mit einem Mal keinen Kamillentee mehr zu kaufen gäbe? Vielleicht würde die Mutter vor Schreck ihre Besorgnis verlieren.

Später am Abend kommt sein Vater ins Zimmer, setzt sich zu ihm auf die Bettkante. Der Vater mit seinem Walrossbart, der ihm zusammen mit dem schweren, kräftigen Körper etwas Gemütliches, fast Behäbiges gibt. Aber das Gemütliche täuscht; Matthias muss sich nur die angespannten Wangenmuskeln ansehen. Trägt der Vater den Bart vielleicht nur, um darüber hinwegzutäuschen? Und warum schielt er eigentlich nicht wie sein Bruder? Der Blick des Vaters streift den aufgeschlagenen Weltatlas auf dem Schreibtisch. Hätte er ihn doch nur wieder ins Regal zurückgetan. Andererseits: Dass der Vater darauf reagiert, löst bei Matthias eine erwartungsvolle Freude aus.

»Ist doch Blödsinn«, sagt der Vater, »dass es bei uns Bücher gibt, in denen von Städten und Ländern die Rede ist, in die man nicht reisen darf. Soll der Staat doch gleich verbieten, dass man solche Bücher überhaupt kaufen kann, oder?« Der Vater lacht bitter, auf diese Art unterstreicht er den Sarkasmus seiner Worte. Er faltet die Hände, die rissig sind von Kalk und Zement, presst sie aneinander.

Matthias weiß, dass der Vater lieber im Westen leben würde, aber natürlich nur mit ihm und der Mutter. Alleine zu flüchten wäre vielleicht möglich; zu dritt ist es geradezu ausgeschlossen.

»Aber es ist gut«, fährt der Vater fort, »wenn du dir Wissen aneignest. So viel wie möglich. Mathezirkel, alles was sich bietet. Tausend Bücher, tausend Atlanten. Das kann dir niemand nehmen. Und wenn du später studierst, bringt dich dein Beruf vielleicht ins westliche Ausland. Ich wäre der letzte, der es dir übel nimmt, wenn du einfach dort bleibst. Wenn du jung bist, keine Familie hast ... da kannst du auch einfach drüben bleiben.«

So hat der Vater noch nie zu ihm geredet. Dort und drüben. Das klingt wie etwas, das sich auf den Weg machen möchte, eine Zauberformel zu werden.

»Schlaf gut«, sagt der Vater, streicht ihm über den Kopf und verlässt das Zimmer.

Kaum wieder allein, fragt er sich, ob denn der Vater und die Mutter und auch der Onkel und die Großeltern etwa nicht seine Familie sind. Sobald er im Westen bliebe, würde die Mutter ganz bestimmt krank werden und sich nie mehr erholen. Mit der aufkommenden Wut nimmt er sich den Atlas und verunziert die Skandinavien-Seite mit wilden Kugelschreiberstrichen. Nie wird er dort hinkommen. Dort und drüben … Er klappt den Atlas zu und stellt ihn ins Regal.

An einem kalten Sonntag Anfang Dezember hat Oma Lisbeth ihren vierundsiebzigsten Geburtstag. Das erste Mal seit der Auseinandersetzung mit dem Onkel ist Matthias wieder im Skandinavischen Viertel. Der Vater geht mit eiligem Schritt, Sohn und Mutter haben Mühe, ihm zu folgen. Sie biegen von der Bornholmer in die Malmöer; zwischen Ueckermünder, also Aarhuser Straße, und Isländischer gegenüber der Kohlenhandlung wohnen Oma Lisbeth, Opa Paul und der Onkel.

Der Vater zog aus der Elternwohnung fort, nachdem er neunzehn geworden war. Manchmal trifft er sich mit Oma Lisbeth in einem Café auf der Schönhauser, doch in die Malmöer geht er nur, wenn sie Geburtstag hat.

Kaum hat der Vater an der Wohnungstür geklingelt, öffnet Lisbeth sie auch schon und ruft aus: »Ach, endlich seid ihr da.«

Hat die Großmutter hinter der Tür gewartet, um sie so schnell öffnen zu können? Kommen die kleinen Schweißperlen auf ihrer großen rundlichen Nase von der Aufregung oder einfach nur von der Wärme in der Wohnung? Am liebsten würde Matthias sie fragen, doch die Mutter überreicht schon eine Packung Pralinen, Mon Chéri, worauf Oma Lisbeth sich so überschwänglich bedankt, dass sie kaum noch Energie übrig hat, als der Vater ihr gratuliert, eine Zellophantüte unterm Mantel hervorzieht und feierlich sagt: »Das hier ist der Höhepunkt des Abends. Riech mal.«

Oma Lisbeth öffnet die Tüte, steckt die Nase hinein, und sofort ist ihre Energie wieder da. »Gott, mein Lieblingsessen. Ich könnt mich reinlegen und nie wieder rauskommen.«

Sie wickelt einen dreißig Zentimeter langen Aal aus mehreren Schichten Zeitungspapier und geht mit ihm ins Wohnzimmer, wo die Gäste um den großen ovalen Tisch sitzen. Nur der Onkel ist nicht dabei. »Hier gibt's den Höhepunkt des Abends«, ruft Lisbeth in die Runde.

Sie platziert den Aal auf einen schnell freigeräumten Kuchenteller, und sofort übertreffen sich ihre Schwestern Grete, Agathe und Mimmi mit Beifallsbekundungen. Zwar gibt es Aal sehr selten zu kaufen, meist nur mit Beziehungen, aber das ist doch kein Grund, findet Matthias, so sehr außer sich zu geraten. Er schämt sich für die Großmutter und ihre Schwestern, deren Freude, gerade weil sie echt zu sein scheint, ihm peinlich ist. Opa Paul verzieht keine Miene. »Na«, brummt er vor sich hin, »sag erst mal Guten Tag.«

Die Aufforderung gilt ihm, und er weiß, was jetzt folgt. Jedes Jahr das Gleiche. Er geht zur anderen Seite des Tisches, wo Opa Paul ihm schon die frisch rasierte Wange hinhält, wie immer die linke. Er küsst die Wange, kurz genug, dass ihm nicht schlecht wird von der Mischung aus Schweiß, Zigarettenqualm und Kölnisch Wasser, lang genug, dass es dem Alten nicht auffällt, wie sehr ihn der Kuss ekelt.

Die Eltern haben keinen Blick für Opa Paul übrig; ein Säufer ist er für sie, genau wie der Onkel, dem er das Saufen vererbt hat, und vor allem ist er einer, der Oma Lisbeth schlecht behandelt. Nicht dass er sie jemals geschlagen hätte oder auch nur angeschrien, nein, schlimmer: Er kann tagelang schweigen und unablässig saufen. Er wird dabei nicht betrunken, aber Schluck für Schluck immer griesgrämiger. Schließlich starrt er hasserfüllt zum Fenster hinaus, sodass sich kein Vogel, kein Käfer, keine Fliege in seinen Blick zu geraten traut. So hat es einmal der Vater beschrieben. Und arbeitsfaul sei er, schon sein ganzes Leben lang. Oft krankgeschrieben, als hätte er eine chronische Krankheit, die ihm zu schaffen macht, während sich Oma Lisbeth als Verkäuferin tagein, tagaus die Beine in den Bauch stehen musste. Keine drei Tage würde er es mit dem Alten in einer Wohnung aushalten.

Wo ist der Onkel?, fragt sich Matthias. Er verspürt so etwas wie Sorge, aber er will sich nicht sorgen. Das hätte der Onkel nicht verdient, so wie er ihn angeblafft hat, angeblich aus Angst, nie mehr in Ruhe sein Bier trinken zu können.

»Langt zu«, sagt Lisbeth in die Runde, »sonst ess' ich euch alles weg.«

Sie lacht, schneidet ein Zehnzentimeterstück vom Aal ab, wiegt es in der Hand und schnuppert dran; dann sagt sie feierlich: »Das ist für Winfried.« Sie nickt bekräftigend. »Der ist in der Küche. Macht den Abwasch, bereitet Abendbrot vor, ganz allein. Und vor allen Dingen« – sie legt eine Pause ein, um ihren Worten Nachdruck zu verleihen – »trinkt er … keinen Schluck mehr. Und zwar: *nie* mehr! Stellt euch das vor. Das ist sein Geburtstagsgeschenk für mich. Das schönste, das ich jemals bekommen habe.«

Einen Moment lang wirkt sie wie betäubt vom Stolz auf Winfried, während dem Vater die Wut in die Knochen fährt. Matthias ist froh, dass der Vater kein Wort sagt. Er kann ihn ja verstehen; dennoch wäre es gut, wenn er souveräner sein könnte. Matthias stellt sich vor, wie der Vater zum Onkel in den Zirkus geht und sich zu einem Lob durchringt: Das hätte ich dir nicht zugetraut, dass du es schaffst, nicht mehr zu saufen, niemals hätte ich dir das zugetraut, alle Achtung. Endlich wäre Frieden zwischen den beiden, Bruderfrieden. Und der Onkel – so stellt er sich weiter vor – würde vor Tausenden begeisterten Zuschauern mit vollgefüllten Schnapsflaschen jonglieren, fünf, sieben, dreizehn Flaschen. Dreizehn Flaschen, das wäre keine Akrobatik mehr, das wäre schon Zauberei. Und nicht einen Schluck würde der furioseste aller Jongleure trinken, nicht einen winzigen.

»Na, Junge, bringst du das mal deinem Onkel?« Es ist mehr Aufforderung als eine Frage, die Matthias aus seinen Vorstellungen reißt. Oma Lisbeth hat ihm das Stück Aal in die Hand gedrückt. »Na los. Was denkst du, wie der sich freut.«

Der Onkel sitzt mit baumelnden Beinen auf dem Küchentisch und poliert Gläser. Wieder trägt er drei Strickjacken übereinander, die blassrote vom letzten Mal, darunter eine dunkelblaue und eine lindgrüne. Er kaut einen Kaugummi und sagt, ohne das Kauen zu unterbrechen: »Na? Langweilig da drüben?«

Es klingt lässig. Oder eher: gewollt lässig. Ganz bestimmt will der Onkel nicht auf die letzte Begegnung im Skandinavischen Viertel zu sprechen kommen. Matthias könnte ihn einfach fragen, ob er etwas über Helsinki erzählt, über die Kneipen oder wie es dort im Zirkus war. Aber der Onkel schaut auf das Stück Aal.

»Ich soll dir was bringen«, sagt Matthias und reicht ihm das Stück.

»Na, leg's mal in 'n Kühlschrank. Vielleicht will's nachher noch irgendwer essen.«

Die abfällige Art, in der der Onkel redet, erzürnt ihn, doch das zeigt er ihm nicht.

»Hat dein Vater wieder Holz von 'ner Baustelle geklaut, um es gegen Aal zu tauschen?«

»Keine Ahnung«, antwortet Matthias. Er weiß es tatsächlich nicht. Und wenn er es wüsste, würde es den Onkel nichts angehen. Er legt das Stück Aal in den Kühlschrank. »Wer klaut«, sagt er, »ist jedenfalls kein Feigling.«

Er kann nicht erkennen, ob der Onkel die Anspielung versteht. Soll er ihm schöne Grüße von den Wachposten ausrichten? Oder – was er natürlich lieber tun würde – endlich auf Helsinki zu sprechen kommen?

»Sag mal«, beginnt er, »als du in Finnland warst, mit deinem Zirkus ...«

»Soll ich dir mal verraten«, unterbricht ihn der Onkel, »was ich der Oma geschenkt habe?«

»Das weiß ich schon«, entgegnet Matthias.

»Und, was hältst du davon?«

»Keine Ahnung, ob so was überhaupt ein Geschenk ist.«

Der Onkel grinst. »Die Oma jedenfalls hat sich gefreut. So sehr, dass sie gleich gesagt hat: Das ist ja das schönste Geschenk, das ich jemals bekommen hab.«

Matthias ist es plötzlich zuwider, den Onkel grinsen zu sehen und prahlen zu hören. »Ich glaub dir nicht, dass du keinen Schluck mehr trinkst. Vielleicht kaust du den Kaugummi nur, damit man deine Fahne nicht riecht.«

Ihn freut die Empörung im Blick des Onkels, der, ohne vom Tisch aufzustehen, den Kaugummi über zwei Meter in die Spüle spuckt. »Von wegen … Mach ich mit links, du kleiner Angeber.«

Matthias weiß nicht, worauf sich »du kleiner Angeber« bezieht, doch er glaubt, wieder dieses Zärtlich-Bewundernde herausgehört zu haben. »Soll ich dir beweisen«, sagt der Onkel, »dass ich weg bin vom Alkohol? Wenn du den Schnabel halten kannst, zeig ich's dir.«

»Ja, klar«, entgegnet Matthias, ohne darüber nachzudenken, dass diese Bemerkung regelrecht ein Versprechen ist.

Der Onkel ist bereits vom Tisch gestiegen und öffnet den Einbauschrank unter der Spüle. Hinter einem Stapel Putzlappen holt er eine Flasche Pfefferminzlikör hervor. »Hier, bitte, der Schraubverschluss ist zu. Daran siehst du, dass die Flasche unberührt ist. Guck es dir an, das ist der Beweis. Staunst du, was?« Die Eindringlichkeit seiner Worte unterstreicht der Onkel, indem er Matthias die Flasche hinhält. »Hier, na los. Mit deinen eigenen Händen und Augen.« Er nimmt die Flasche, begutachtet sie von allen Seiten, ohne dass er sich getraut, den Schraubverschluss auch nur anzufassen.

»Jetzt willst du wahrscheinlich wissen«, sagt der Onkel, »warum ich hier überhaupt Schnaps versteckt habe.« Er nimmt ihm die Flasche aus der Hand, legt sie zurück hinter die Putzlappen, schließt den Einbauschrank. »Könnte ja sein, dass ich mal Besuch krieg, zum Beispiel von 'ner Dame, und die möchte gern 'n Pfeffi trinken.

’n Pfeffi in Ehren kann niemand verwehren. Schon gar nicht ’ner schmucken Dame.«

Das Wort »schmuck« hat er noch nie gehört. Es kommt ihm altmodisch vor. Wie aus einer Zeit, als der Onkel noch ein ganz anderer war. Ist das überhaupt vorstellbar, fragt er sich: der Onkel ein ganz anderer? Außerdem kann er sich nicht erinnern, jemals von ihm gehört zu haben, dass er sich Frauenbesuch erhofft. Doch ehe er etwas dazu sagen kann, steht der Vater in der Tür und lächelt bemüht.

»Wenn du schon so ein braver Sohn bist«, sagt der Vater zu seinem Bruder, »dann bring deiner Schwägerin ein Kännchen Kamillentee.«

Der Onkel versucht wieder sein Grinsen, doch diesmal gelingt es ihm nicht. »Ist schon unterwegs«, sagt er wie ein Kellner, der sich über eine Bestellung freut.

»Komm«, sagt der Vater. Es hat etwas Bittendes und Forderndes zugleich. Matthias folgt ihm aus der Küche und sieht noch, wie der Onkel, ohne ihnen nachzuschauen, den Kessel vorsichtig auf den Herd setzt.

»Was hast du so lange bei dem gemacht?«, fragt der Vater, nachdem er die Küchentür geschlossen hat. Matthias spürt, wie wichtig es dem Vater ist, dass der Onkel ihm nichts zu bieten hat, was er, der Vater, ihm zu bieten nicht imstande wäre. Er spürt, dass er eine Antwort geben sollte, die dem Vater Genugtuung verschafft, zumindest eine gewisse Freude. Und ihn ärgert, dass er es nicht geschafft hat, mit dem Onkel über Helsinki zu reden. Dass er gar nicht richtig zu Wort gekommen ist, weil er einfach unterbrochen wurde. Auf einmal hat er das Gefühl, eine Entscheidung treffen zu müssen: Vater oder Onkel, wer ist ihm näher?

»Er hat«, sagt Matthias, »eine Schnapsflasche versteckt. Die hat er mir gezeigt. Für Damenbesuch, hat er behauptet.«

Kaum dass er begonnen hat, den Onkel preiszugeben, ist ihm schwindlig geworden. Er lehnt sich an den Vater. Der umfasst ihn so fest, dass er, selbst wenn er wollte, nicht umfallen könnte. Das beschert ihm ein Gefühl von Sicherheit, von Behaglichkeit sogar.

»Ich glaub dir aufs Wort«, sagt der Vater. Es hört sich an, als hätte Matthias beteuert, dass er nicht gelogen habe, diesmal nicht. »Für Damenbesuch«, sagt der Vater und lacht höhnisch.

Als sie das Wohnzimmer betreten, ruft der Vater aus: »Alle mal herhören.« Oma Lisbeth und ihre Schwestern lassen von ihren Aalstücken ab und schauen erwartungsvoll. Opa Paul blickt mürrisch vor sich hin, die Mutter irritiert, erschrocken.

»Ich möchte«, sagt der Vater und zieht Matthias wieder fest an sich heran, so fest, dass es schon weh tut, »ich möchte euch nur wissen lassen, dass der liebe Winfried eine Flasche Schnaps in der Küche versteckt hat. So viel zu seinem Geburtstagsgeschenk.«

Matthias will nicht sehen, wie die Mienen sich verändern, und schaut vor sich auf den Fußboden. »Wir gehen«, sagt der Vater, als wäre dies die einzig mögliche Konsequenz.

Als sie den Treppenflur hinuntergehen, schaut er immer noch vor sich hin. Die Eltern sprechen kein Wort, und Matthias kommt es vor, als sprächen sie nur deshalb nicht, weil er dabei ist.

Am nächsten Morgen klingelt es an der Wohnungstür. Matthias ahnt sofort, dass es nichts Gutes bedeuten kann. Er bleibt in seinem Zimmer und hört durch die Tür Oma Lisbeth auf dem Flur. Sie spricht abgehackt, und er kann nicht heraushören, ob sie schluchzt oder Schluchzen unterdrückt. »Heut früh, um vier. Als hätt' ich was geahnt. Wachgeworden und raus in die Küche. Da lag er. Den Abwasch, den ganzen Abwasch hat er noch gemacht. Und alles weggestellt. Nur die Flasche ... die lag da. Leer, neben ihm. Und Tabletten, eine ganze Packung. Hat er alle genommen ...«

Er hört, wie sie ins Wohnzimmer gehen und die Tür schließen. Jetzt versteht er nicht mehr, was geredet wird. Ein Zittern steigt von seinen Beinen bis zum Oberkörper hoch. Auch das Schwindelgefühl ist wieder da. Er setzt sich auf die Bettkante, versucht sich durch intensives Ein- und Ausatmen zu beruhigen. Es ist halb acht, er muss zur Schule. Wenn er zu spät kommt, muss er sich beim Lehrer erklären. Was soll er denn sagen? Das Ungeheuerliche aussprechen? Vielleicht – das geht ihm plötzlich durch den Kopf – ist der Onkel gar nicht tot. Vielleicht ist er nur ohnmächtig geworden vom Schnaps und von den Tabletten und im Krankenhaus gelandet. In dem Fall könnte der Onkel bei nächster Gelegenheit, zu Weihnachten zum Beispiel, sein Geschenk aufs Neue verschenken: Nie mehr einen Schluck, keinen Tropfen.

Matthias nimmt seine Schultasche und rennt aus der Wohnung. Erst in der Florastraße, hundert Meter vor der Schule, fällt er in einen Schlendergang, lässig und kraftvoll zugleich. So wappnet er sich für den Schultag, den er durchstehen muss, ohne sich von seinen Gefühlen fortreißen zu lassen.

Als er am Nachmittag zu Hause eintrifft, ist nicht nur die Mutter da, auch der Vater. Sie stehen in der Küche nebeneinander, wie zwei Kinder, die zusammen ein Gedicht aufsagen müssen. »Bist du krank?«, fragt Matthias. »Oder warum bist du nicht auf Arbeit?«

»Es ist etwas passiert, das wir dir erzählen müssen«, antwortet der Vater. »Setz dich erst mal.«

Matthias setzt sich auf den Küchenstuhl. Das Wort Tod will er nicht denken, aber schon hat es sich wieder in seinem Kopf festgehakt.

»Es ist schrecklich«, sagt die Mutter, »aber ... bei seinem Lebenswandel. Es war auch ... irgendwie ... absehbar.«

Sie schaut zum Vater, der beipflichtend nickt. Matthias stellt sich nichtsahnend.

»Onkel Winfried ist tot«, sagt der Vater mit belegter Stimme. »Totgesoffen.«

Die Mutter zuckt zusammen, als hätte ihr das letzte Wort einen Stromstoß versetzt. Sie beginnt zu weinen. Der Vater legt seinen Arm um sie, zieht ihren Kopf an seine Brust. »Warum müssen die Menschen sterben?«, schluchzt sie. »Einfach weg und Schluss. Er tut mir so leid, er tut mir unendlich leid.«

Der Vater drückt ihren Kopf so fest gegen seine Brust, dass sie einen Schmerzensschrei ausstößt, der sie vom Schluchzen abhält. Matthias würde am liebsten fragen, was geschehen ist, nachdem sie gestern Nachmittag gegangen sind. Ob Winfried als Lügner beschimpft oder überhaupt kein Wort mehr mit ihm geredet wurde.

»Ein einziges Mal«, sagt der Vater, ganz und gar einem eigenen Gedanken verpflichtet, »nur ein einziges Mal hatte ich mich auf ihn verlassen. Vergeblich ...« Matthias schaut ihn fragend an, und der Vater sagt: »Das erklär ich dir noch, später erklär ich dir das.«

Die Mutter wischt sich die Tränen aus ihrem Gesicht und löst sich aus den Armen des Vaters. Matthias würde zu gern wissen, was der Vater meint, doch er wagt nicht zu fragen. Er entschließt sich, Geduld aufzubringen. Immerhin weiß er nun, dass es offensichtlich einen Grund dafür gibt, warum der Vater nicht bereit ist, traurig zu sein.

Zwei Wochen später ist die Familie zur Urnenbeisetzung auf dem Friedhof wieder beisammen, und diesmal in größerer Besetzung: Die Großtanten Grete, Agathe und Mimmi haben ihre Söhne und Töchter mitgebracht. Sie bedauern, dass sie ihren Cousin Winfried seit Jahren nicht mehr gesehen haben. Warum habt ihr ihn nicht einfach mal besucht, würde Matthias am liebsten fragen, aber er sagt kein Wort. Er hat Angst, dass irgendjemand von ihm wissen will, weshalb er dem Vater verriet, dass der Onkel eine Flasche Schnaps versteckt hatte.

Oma Lisbeth ist die einzige, die weint. Leise, beharrlich; fast trotzig klingt es. Vielleicht, geht es ihm durch den Kopf, wird sie nie mehr aufhören damit, wer weiß. Er ist froh, als der Trauerredner die Familie in die Kapelle bittet, worauf sich Oma Lisbeth die Tränen energisch aus dem Gesicht wischt. Während der Rede, die den Onkel als zukunftsfrohen Menschen beschreibt, dem noch sehr viel Schönes und Gutes widerfahren wäre, hätte der Tod ihn nicht zur Unzeit geholt, hört die Großmutter gebannt zu. Als erfahre sie etwas Neues, bislang Unentdecktes über ihren Sohn. Dabei war sie es, die dem Redner im Vorgespräch unter vier Augen gesagt hat, was er erzählen soll. Noch einmal nach Finnland fahren, das habe Winfried gewollt. Und nach Schweden und Norwegen, von Island ganz zu schweigen. Oma Lisbeth lächelt, während die Wangenmuskeln des Vaters mehr und mehr verkrampfen. Die Mutter streicht mit der rechten Hand fortwährend über ihren linken Oberarm. Opa Paul starrt trübsinnig vor sich hin.

Warum, fragt sich Matthias, werden eigentlich die Kreationen des Onkels, die Kreaturen, wie er sie genannt hat, nicht erwähnt? Kummer-Eck, Gute-Laune-Destille, Schluckspecht, Weiber-Bar ... Wahrscheinlich hält die Großmutter sie für peinlichen Unsinn, sofern sie überhaupt davon weiß. Oder liegt es schlichtweg daran, dass von Alkohol hier nicht die Rede sein soll, nicht ein Wort darüber? Er wird die Kneipennamen nie vergessen. Es ist etwas ziemlich Besonderes, etwas Großartiges, dass der Onkel diese Namen erfunden hat.

Nachdem die Rede beendet und die Urne nahe der Kapelle in ein frisches Erdloch versenkt worden ist, geht die Familie in die nächstgelegene Eckkneipe. Matthias bekommt Apfelsaft, während die Erwachsenen Bier und Wein bestellen. Opa Paul trinkt Koks zum Bier. Koks ist sein Stammgetränk: brauner Rum, drei Kaffeebohnen, ein Stück Würfelzucker. Der Großvater blickt sich verstohlen um, als würde ihm jemand den Schnaps nicht gönnen, trinkt rasch, zerkaut langsam und genüsslich den Würfelzucker und die Kaffeebohnen. »Wisst ihr eigentlich«, sagt er dann, »warum Winfried so geschielt hat?«

Niemand antwortet, während Opa Paul die gespannte Erwartung hämisch auskostet. Vielleicht aber kennen die Erwachsenen die Antwort schon und wollen die Geschichte nicht noch einmal hören. Warum sonst sollte Oma Lisbeth den Alten derart anherrschen: »Bestell dir noch ’n Schnaps und halt die Klappe.«

Opa Paul brummt vor sich hin und scheint tatsächlich einen Rückzieher machen zu wollen. Da nimmt Matthias seinen Mut zusammen. »Ja, warum denn? Das hab ich mich auch schon immer gefragt.«

Der Großvater schaut ihn überrascht an, überlegt aber nicht lange und sagt: »Kann ich dir verraten, Kleiner.«

Wieder – wie bei den Grenzsoldaten – würde er am liebsten entgegnen, dass er nicht Kleiner genannt werden will. Doch er tut es nicht, womöglich würde es den Alten vom Weiterreden abhalten.

»Er hat nämlich«, fährt Paul fort und schaut nur Matthias an, »als er drei Jahre alt war und noch nicht mal richtig laufen konnte, in mein Schnapsglas geguckt und vor Begeisterung zu schielen angefangen. Ich hab ihn am Nacken gepackt, und er hat sich dermaßen erschrocken, dass das Schielen geblieben ist. Was sagst du dazu?«

»Das hört sich an wie ausgedacht«, antwortet Matthias, während die Mutter zu zittern beginnt und schwer atmet.

»Das hört sich nicht nur so an«, sagt der Vater, »das ist es auch. Sowas Idiotisches.«

Niemand hat damit gerechnet, dass der Vater für seinen Bruder Partei ergreift. Die Mutter schließt die Augen, atmet tief durch. Oma Lisbeth treten wieder Tränen in die Augen. Doch zur Rührung gesellt sich sofort die Wut auf ihren Ehemann. »Du bist es, der Winfried auf dem Gewissen hat«, herrscht sie ihn an. »Mit deinen dämlichen Bemerkungen. Von wegen dass er keine Frau hat. Oder keine Freunde. Als ob du jemals Freunde gehabt hättest. Oder sein Augenfehler, das ist ein schlimmes Schicksal. Wie oft hab ich *dir* das an den Hals gewünscht, du alter dussliger Sack. Du, nur du solltest so furchtbar schielen und nicht mein Sohn.«

Der Alte starrt in sein leeres Schnapsglas. Er scheint sich wegducken zu wollen, wie bei einem Sturm, der über ihn hinweggehen soll. Wenn es doch eine Zauberformel gäbe, die Matthias nur aussprechen müsste, damit der Großvater zu schielen anfinge. Dort und drüben, dort und drüben …

Doch diese Formel hat nichts mit Opa Paul zu tun. »Ihr wart alle nicht im Krieg«, sagt der Alte, »ihr könnt überhaupt nicht mitreden.« Er hebt sein Schnapsglas und signalisiert der Kellnerin, dass er das nächste Glas Koks haben will.

Matthias würde ihm am liebsten das Glas wegnehmen und es gegen die Wand werfen. Aber soll er doch so viel Koks saufen, dass er daran verreckt. »Verrecke dran, verrecke dran«, flüstert er vor sich hin. Der Vater ist der einzige, der es hört. Er bemerkt einen Anflug von Entsetzen beim Vater, das ihm – er muss es sich eingestehen – eine gewisse Genugtuung verschafft. Oma Lisbeth und die Mutter beginnen zu weinen. Niemand sagt etwas.

ALS MATTHIAS in der Seelower Straße auf der Seite des Arnimplatzes die beiden extra aus Bremen angereisten Frauen sieht – eine Anfang zwanzig mit pummeligem, zu grell geschminktem Gesicht, die andere um die fünfzig mit elegant hochgesteckten Haaren –, vermutet er sofort, es wieder einmal mit etwas Bekanntem oder dessen Variation zu tun zu bekommen. Es ist der Blick der Erfahrung, aus dem das Vorurteil erwächst, das fast immer zutrifft. Die einzig mögliche Gegenwehr ist die Lust am Spiel.

»Wer von Ihnen möchte kaufen? Lassen Sie mich raten.« Eine saloppe, übermütig klingende Eröffnung anstelle einer Begrüßung. Ganz sicher ist es die Mutter, die für die Tochter kauft. So jedenfalls ist es bisher immer gewesen: Der Vater, die Mutter oder die Eltern zusammen kaufen für das Kind, meist zum Beginn des Studiums oder des Berufslebens. Das Kind kann dann im künftigen oder vorweggenommenen Erbe wohnen. »Ich nehme an«, fährt er fort, »Sie wollen die Wohnung als kleinen Nebenwohnsitz für Ihre Mutter erwerben.«

Es überrascht ihn nicht, dass die Tochter verunsichert ist, während die Mutter amüsiert reagiert. »Ich wünschte, es wäre so«, sagt sie und lacht. Das Lachen hat etwas Kokettes, ohne eigentlich gefallen zu wollen. Gerade das gefällt ihm. Überhaupt gefällt ihm die Mutter, deren Charme sich auch aus einer gewissen Boshaftigkeit gegenüber der Tochter zu speisen scheint. Kein Wort sagt die offenkundig beleidigte Tochter, während die Mutter auf den Anlass des Treffens zu sprechen kommt: »Können wir uns die Wohnung anschauen?«

Diese Konstellation kennt er hinlänglich: das dynamische, dem Humor nicht abgeneigte, auch, wenn es sein muss, resolute Elternteil; im Schlepptau die tranige, bei erstbester Gelegenheit pikierte Tochter. Vater oder Mutter oder beide zusammen haben über die Jahre ihres Berufslebens gut verdient und mehr als genug. Sie haben dem Kind den Gitarrenlehrer, den Tanz- und Nachhilfeunterricht finanziert, natürlich auch das gewünschte Auslandsjahr, nicht irgendwo, sondern in den USA oder in London oder sogar in Japan, und das anschließende Studium, an der Humboldt-Uni oder der Freien Universität, jedenfalls in Berlin, wo denn sonst als in der Hauptstadt, die gerade in Mode ist wie keine andere deutsche Stadt.

Matthias wird die Wohnung nicht an sie verkaufen, auch wenn sie alles andere als ein Luxusobjekt ist: Seitenflügel, erste Etage, Nordseite, also kaum Sonne, nachlässig saniert, kleinere Schimmelflecken. Er will nicht unterstützen, was er die Madenmentalität nennt. Zumindest will er niemand in seinem Viertel haben, der ganz ohne eigene Leistung zu Eigentum gekommen ist, und sei dieses Eigentum noch so klein und dunkel und muffig.

Die Mutter besichtigt Flur, Küche, Duschbad und Zimmer und ist mit allem zufrieden. »Wir nehmen sie für den gewünschten Preis.« Selten hat er eine Kundin erlebt, die sich so schnell entschieden hat.

»Es gibt bereits eine längere Interessentenliste«, sagt er. Eine seiner Standardlügen. Eine denkbar simple obendrein, denn wie soll irgendwer überprüfen können, wie viele Interessenten es gibt. Tatsächlich sind es nur zwei, und deren Kaufambition ist ziemlich vage.

»Wir können auch ein bisschen mehr zahlen, wenn sie *das* meinen«, sagt die Mutter.

Er würde am liebsten erwidern, dass er *das* ganz bestimmt nicht meint. Dass seine Freiheit und Unabhängigkeit darin besteht, eben *das* nicht zu meinen. Er könnte sogar auf die Provision gut und gern verzichten. Außerdem muss er dem Verkäufer – einem jüngeren Mann, der eine Familie gegründet hat und mit ihr in eine Reihenhaussiedlung gezogen ist – keine Rechenschaft darüber ablegen, wer die Wohnung kaufen will und wie viel derjenige dafür zu zahlen bereit ist. Der Verkäufer geht davon aus, dass er die höchstmögliche Summe bekommt. Schließlich ist, wenn Berlin in Mode ist, Prenzlauer Berg der Gipfelpunkt. Keinen Monat dauert es, bis Matthias jede Wohnung im Skandinavischen Viertel verkauft hat. Ihn wundert nur, dass von den Verkäufern kaum jemand wirklich wissen will, wer der neue Eigentümer ist. Das hat, wenn er darüber nachdenkt, etwas Deprimierendes; andererseits kann es ihm nur recht sein: So ist allein er in der Position zu bestimmen, wer ins Viertel zieht und wer nicht. »Die anderen Interessenten«, sagt er, »zahlen auch mehr, wenn's drauf ankommt. Aber darauf kommt es nicht an.«

»Worauf kommt es denn an?«

Wieder dieser resolute Ton, der ihn sogar einschüchtern könnte, würde nicht plötzlich etwas anderes überwiegen. Ein Impuls, der ihn bei manchen Kundinnen gepackt hat, fast immer waren sie Anfang vierzig, selten älter, nie jünger. Schon als er dreißig war, waren es die

Frauen Anfang vierzig, die seine Blicke anzogen, sein Begehren auf sich lenkten. Sie schätzt er auf Ende vierzig, wenngleich sie ihm von Minute zu Minute jünger vorkommt. Er möchte sie in die Arme nehmen, an ihren Haaren riechen, ihren Nacken küssen, bis sie ihn mit leiser, weicher, nicht devoter, aber mütterlich zugewandter Stimme bittet, später weiterzumachen, nicht solange … Ihm wäre klar, dass sie die Tochter meint, die nicht dabei sein soll. Er würde ihr die Hand auf den Mund legen, damit sie nicht weiterspricht, und beglückt von dieser wortlosen Verständigung würde sie ihn derart dankbar anschauen, dass er sich unerwartet beschämt ihre resolute Art zurückzuwünschen begänne.

»Worauf kommt es an?«, wiederholt er ihre Frage. »Es muss passen.«

Die Tochter hebt die Augenbrauen: ein Zeichen weiterer Gekränktheit oder einsetzenden Begreifens. Die Mutter zieht eine Haarnadel aus ihrer Frisur – nicht mehr als diese eine Nadel hat das ganze Gebilde zusammengehalten –, schüttelt ihre kastanienbraun gefärbte Mähne, als wolle sie zum Angriff übergehen, während er an diesen spanischen Film denken muss, in dem die Geliebte des Matadors, auf dessen Schoß sitzend und ohne dass er es sehen kann, ihre Haarnadel wie einen Dolch in seinen Nacken bohrt. »Gut«, sagt sie ohne einen Anflug von Ironie und steckt die Haarnadel in ihre Handtasche. »Wenn sich etwas ändern sollte, rufen Sie mich an. Meine Nummer haben Sie ja.«

Trotz ihrer Resolutheit hätte er solch ein abruptes Ende nicht erwartet. Er stellt sich vor, wie er sie fragt, ob sie denn nun auf die Liste möchte – zweifelsohne eine zynische Frage, die wahrscheinlich eine zynische Antwort nach sich ziehen würde –, sie aber hat mit ihrer Tochter die Wohnung bereits verlassen.

Wozu sollte er sie anrufen? Damit sie noch einmal aus Bremen herkommt, ohne Tochter, ohne Mann, falls sie einen hat? Er könnte, wenn sie wieder da wäre und wie er es manchen Kunden und vor allem Kundinnen gegenüber getan hat, seinen Onkel ins Feld führen. Er würde ihr erzählen, wie er als Kind mit dem Onkel, einem heimlichen Widerstandskämpfer, des Nachts die Straßenschilder im Skandinavischen Viertel mit neuen Namen überklebt hat: Die Czarnikauer wurde zur Turkustraße, die Rhinower zur Reykjaviker, die Paul-Robeson zur Schwedischen Straße, die Willi-Bredel zur Haldenvassdraget. Natürlich mussten sie dann und wann vor der Polizei flüchten, natürlich waren die Überklebungen am nächsten Tag von der Ordnungsmacht stets wieder beseitigt worden, doch ihr verborgenes Tun blieb ihrer beider Geheimnis. Wie zur Vollendung dieser Mär: der Tod des Onkels im letzten Jahr der DDR, völlig unerwartet, denn er war gesund und munter. Steckte die Staatssicherheit dahinter, war es ein Giftmord womöglich? Später, ja bis heute habe er in den Akten nichts dazu finden können … Mit dem Ende der DDR habe er bei der Stadt Berlin die Umbenennung der Straßen beantragt: Sie konsequent nach skandinavischen Ländern, Städten, Flüssen, Seen zu benennen, hieße, so seine Argumentation gegenüber der Behörde, nicht weniger als die wachsende Internationalisierung der Gesellschaft anzuerkennen und ein Signal der Offenheit in die Welt zu senden. Eine Zeitlang habe es so ausgesehen, als würde seinem Antrag stattgegeben, doch schließlich setzten sich andere Kräfte durch und bewirkten, dass ein Teil der Straßen ihre ehemaligen Namen zurückerhielten – die Willi-Bredel zum Beispiel wurde wieder zur Schivelbeiner, die Helmut-Just zur Behmstraße –, während ansonsten alles beim Alten blieb. Würde die Mutter mit dem boshaften Charme ihm glauben? Wenigstens hatte die Sache mit dem Antrag tatsächlich stattgefunden. Zusammen mit dem gelogenen Teil der Onkel-Geschichte brachte sie zum Ausdruck, dass er sich für sein Viertel einfach verantwortlich fühlen *muss*. Dass er nicht jedem zugestehen kann, was in gewisser Weise einen Mitbesitz darstellt. Einen Mitbesitz an dem, was so sehr zu seiner ganz persönlichen Vergangenheit gehört.

Er hat Kundinnen erlebt, die sich angesichts dieser Spinnerei, dieser Obsession, dieser Macke, wie auch immer sie es nannten, für ihn zu interessieren begannen und sich schließlich in ihn verliebten. Oder ihn beschimpften und verklagen wollten. Oder ihn einfach nur abnorm fanden. Oder alles zusammen. Wenn er es recht bedenkt, hat er jede noch so heftige Reaktion der Frauen irgendwie als Wohltat empfunden, als Ausdruck überbordenden oder wenigstens sich der Kontrolle entziehenden Lebens, so gesehen als Rebellion gegen die Banalität von Schablonen und Wiederholungen. Eine Rebellion, die ihn belebte, manchmal sogar beglückte. In der er sich zeitweise wiederfand und aufgehoben fühlte.

An der Seelower Ecke Bornholmer wartet der nächste Kunde, ein angehender Familienvater in einem dunkelgrauen Anzug, der, wie er sagt, den »Schritt ins Eigentum wagen« will. Der Formulierung haftet etwas Feierliches, aber auch Angstvolles an. Drei Zimmer, Küche, Bad, Vorderhaus, vierte Etage, Weitblick bis zum ehemaligen Grenzübergang Bornholmer Straße. Vor zehn Jahren saniert; danach zog der Besitzer mit seiner Frau ein, vor drei Monaten starb die Frau, seit zwei Wochen steht die Wohnung zum Verkauf. Den Tod der Vorbewohnerin erwähnt Matthias nicht. Er kommt ohnehin nur schwer zu Wort, denn der künftige Familienvater redet wie ein Wasserfall, während sie die Treppen hochsteigen. »Klar, Risiko, so ein Kauf, aber überschaubar. Arbeiten ja beide, meine Frau und ich. Allein würde ich bestimmt keinen Kredit kriegen, aber meine Frau ist Lehrerin, krisensicherer Beruf. Hätte nie gedacht, dass ich mal mit einer Lehrerin zusammen sein werde. Hab die Lehrer früher immer gehasst. Unser Kind kommt in drei Monaten. Soll natürlich gleich sein eigenes Zimmer haben. Verstehen Sie das?«

»Sicher«, antwortet Matthias. Worauf der Mann, wie um zu überprüfen, ob er das auch wirklich verstehen könne, fragt: »Haben Sie Kinder?«

»Drei«, sagt Matthias, um nicht irgendwie erklären zu müssen, warum er kein Kind hat. Es ärgert ihn, das Gefühl zu haben, etwas so Persönliches gegenüber einem Fremden rechtfertigen zu müssen.

»Ist natürlich auch eine Belastung, so ein Kredit«, fährt der Mann fort. »Jahre-, jahrzehntelang. Würde auch nicht unbedingt eine Eigentumswohnung … Aber der Haufen Geld, den man Miete zahlt, Monat für Monat. Blöd nur, dass Prenzlauer Berg so teuer geworden ist. Hätte ich damals in Lichtenberg oder Weißensee eine Wohnung besetzt oder irgendwo anders bei uns im Osten, wo es preiswerter ist, würde ich ganz bestimmt dort kaufen wollen. Idiotische Sentimentalität … Gleich um die Ecke hier«, fährt er fort, während sie die Wohnung betreten. »Isländische Straße, vor der großen Sanierungswelle. Meine Güte, wenn Eigentum doch bloß nicht so eine Belastung wäre.«

»Wollen Sie, dass ich Ihnen vom Kauf abrate, oder warum treffen wir uns?« Matthias könnte es nicht spöttischer sagen. Dabei kennt er diese Angst. Er hatte sie selbst, als er seine erste Wohnung kaufte, und bei der zweiten war es kaum besser. Die Frage zeigt heilsame Wirkung: »Ich will kaufen«, sagt der Mann und lächelt dankbar.

Sie reden über die Zeit Anfang der Neunziger. Sie war mit Abstand die abenteuerlichste im Leben des Mannes, der heute als Schlosser in einer kleinen Firma tagein, tagaus das Gleiche tut, wie er sagt. »Ständig war was los. Spießer in den Nachbarhäusern, Rechtsradikale, Polizei, überall Feinde …« So schwärmerisch hat Matthias noch nie jemanden über Feinde reden hören. Er selbst erzählt, auf welch abwechslungsreiche Weise er sich in den Neunzigern nicht nur über die Runden brachte, sondern täglich etwas Neues, Aufregendes erlebte: in Buenos Aires als Chauffeur, in Johannesburg als Praktikant im Goethe-Institut, in Los Angeles als Tonassistent beim Film. Außerdem schrieb er aus allen Städten Artikel für deutsche Zeitungen; dass er sich dabei das ein oder andere einfach ausdachte und dies für ihn letztlich das Allerschönste war, erzählt er nicht.

Der ehemalige Hausbesetzer bestaunt seine Geschichten, aber mehr noch die hohen Stuckdecken, die abgezogenen Dielen und die ins Wohnzimmer integrierte offene Küche. »Mein Gott, ist das nicht zu bürgerlich? Nicht dass die Strafe auf dem Fuße folgt und wir den Kredit doch nicht abbezahlen können. Welcher Beruf ist denn heute noch krisensicher?«

»Dann verkaufen Sie die Wohnung wieder. Sie wird an Wert garantiert nicht verlieren. Denken Sie daran, wie preiswert Berlin noch immer ist im Vergleich zu Großstädten wie München oder Hamburg oder im Vergleich zu manchen europäischen Hauptstädten, ganz zu schweigen von Tokio oder New York oder Los Angeles.« Er spürt, dass er den Mann als Käufer haben will. »Wenn's drauf ankommt, gehen wir noch zehntausend Euro runter. Der Verkäufer lässt mit sich reden.« Er ist sich nicht sicher, ob der Witwer mit sich reden lässt, doch er liebt es zu pokern. Er sieht am Gesicht des Mannes, dass die Bedenken wieder nachgelassen haben. »Sie wollen Ihrem Kind doch was bieten, oder?«, sagt er, ohne zu wissen, dass er damit die Trumpfkarte ausspielt.

Der Mann lächelt ihn mit einer freudigen Zustimmung an, die fast schon die Unterschrift unter den Vertrag darstellen könnte. Aber er kennt diese Art Mensch: Manche betreiben ihre Wohnungssuche selbst noch weiter, nachdem sie zugesagt haben, wie um ihre Unsicherheit und Entscheidungsschwäche zu füttern. Und sogar wenn man mit ihnen den Notartermin vereinbart hat, kann man nicht gewiss sein, dass sie tatsächlich kommen. »Sehen Sie«, sagt der Mann und zeigt auf seinen Anzug, »das erste und letzte Mal hab ich das Ding vor Jahren bei meiner Hochzeit getragen. Wollte heute unbedingt seriös wirken. Wusste ja nicht, was Sie für einer sind.«

»Das wissen Sie immer noch nicht«, entgegnet Matthias, womit er der Freude des Mannes angesichts der eigenen Ehrlichkeit aber überhaupt nichts anhaben kann.

Oft hat er überlegt, welchen Kriterien er folgt, wenn er jemandem eine Wohnung gibt und einem anderen nicht. Letztlich ist es wohl immer der Grundsatz des Passens. Der Rest ist Intuition. Dieser Begriff, den man eher auf die Arbeit eines Künstlers anwendet, kommt ihm übertrieben vor, er würde ihn auch niemandem gegenüber erwähnen. Dann und wann fragt er sich, ob er sich auf diese Weise aufwerten will und warum er das, wenn es so ist, nötig hat. Sicherlich hat es mit seiner Hassliebe zu dieser Tätigkeit zu tun. Wenn er seinen Beruf angeben soll, sagt oder schreibt er: Journalist. Er hat Journalismus studiert, doch seit über zehn Jahren keinen einzigen Text mehr geschrieben. Abgesehen davon, dass er als Makler reichlich Geld verdient und deshalb nichts mehr schreiben muss, hatte er schon immer Schwierigkeiten, einem unerlässlichen journalistischen Grundsatz zu genügen: jedweder Faktenlage verpflichtet zu sein. Und irgendwann, spätestens seit er aus Los Angeles nach Berlin zurückkam, wurde ihm das Vabanquespiel mit ausgedachten oder teilerfundenen Texten zu riskant.

Beim dritten und letzten Kunden an diesem Vormittag war die Frage des Passens bereits zu Anfang des ersten Treffens geklärt, genaugenommen schon beim Telefonat vor diesem ersten Treffen, in dem der Mann sogleich seine finanzielle Potenz erwähnte – tatsächlich sagte er: finanzielle Potenz –, erarbeitet während seiner langjährigen erfolgreichen Tätigkeit als Anlageberater. Große, gewichtige Anlagen, fügte er hinzu, worauf Matthias sagte, dass er davon aber mal hundertprozentig ausgehe. Kurzes, offenbar irritiertes Schweigen am anderen Ende der Leitung, ehe der Anlageberater weiterprahlte: Er sei viel herumgekommen in der Welt, wahrlich ausgiebig und erfolgreich. Nun jedoch wolle er den Alterswohnsitz für sich und seine Frau, und wo in Berlin, wenn nicht im angesagtesten Bezirk, nämlich Prenzlauer Berg. Und wo in Prenzlauer Berg? Nun ja, nirgendwo anders als im Skandinavischen Viertel. Denn die skandinavischen Länder habe er immer am meisten gemocht von allen in der Welt, und das müsse ja wohl seine Konsequenz haben.

Ohne diese seltsam vehemente Begründung hätte sich Matthias mit dem Anlageberater nicht getroffen; er hätte behauptet, die Wohnung sei vor zwei Tagen quasi verkauft worden, der Notartermin stünde unmittelbar bevor. Die Neugierde produzierte in seiner Vorstellung einen eigensinnigen Zeitgenossen mit Chuzpe, doch er war rasch ernüchtert, als der Anlageberater behäbig aus seinem Land Rover stieg und mit der Aufdringlichkeit eines Mannes, der ständig Angst hat, zu kurz zu kommen, sofort die Regie übernahm: »Auf in den Kampf, zeigen Sie mir, was Sie zu bieten haben.«

Die unfreiwillige Komik, die Matthias bei diesen Worten empfand, rührte daher, dass sie bitterernst gemeint waren. Überhaupt hatte der große, schwere Mann von Anfang Sechzig – fett wie seine Anlagen, dachte Matthias mit stiller Häme – nicht den geringsten Sinn für Leichtigkeit. Er ging in der Dachgeschosswohnung umher wie ein Feldherr vor seinen Truppen, und da die zweihundert Quadratmeter noch Gestaltungsspielraum boten – so war es auf Immobilienscout avisiert worden –, ließ der Anlageberater seine geballte Kreativität spielen, wie er es selbst nannte: Anstelle geplanter Rigips-Wände wollte er Mauerwerk, der Parkettfußboden sollte einem ganz bestimmten Vorbild entsprechen, das er in Brasilien oder Chile gesehen hatte, und die Fenster zur Straße müssten unbedingt die gesamte Breite oder Länge der Zimmer einnehmen.

»Am Ende ist alles eine Frage des Geldes«, sagte Matthias und versuchte, eine an Verachtung grenzende Gleichgültigkeit mitklingen zu lassen.

»Wo Sie recht haben, haben Sie recht«, entgegnete der Anlageberater, als hätte er soeben ein Kompliment bekommen. »Aber da brauchen Sie sich bei mir ja keine Sorgen zu machen.«

Mehrfach trafen sie sich auf Wunsch oder Verlangen des Anlageberaters, der immer wieder neue Ideen mitbrachte: Schiebetüren aus Japan oder eingebaute Kleiderschränke, wie man sie in den USA vorfindet, oder Wände mit speziellem Schallschutz. Da unter all den Ideen keine einzige aus Skandinavien dabei war – wenigstens eine finnische Sauna hatte er klischeehafterweise erwartet –, fragte Matthias ihn eines Tages, was er denn nun eigentlich mit dem Norden Europas am Hut habe. Offenkundig fühlte sich der Anlageberater zum ersten Mal brüskiert: »Keine Ahnung, was Sie als Makler das angehen sollte.«

»Ich habe den richtigen Kunden für die richtige Wohnung zu finden«, konterte Matthias, um einen nüchternen Ton bemüht, worauf der Anlageberater mit einer Unbedingtheit, die fast schon etwas Charme hatte, entgegnete: »Ich *bin* der richtige Kunde.«

Ein andermal fragte Matthias ihn, ob man sich denn so oft treffen müsse. Die Antwort lautete: »Sie sind der Makler, Sie müssen kommen, wenn ich es wünsche.« Diesmal verzichtete er auf eine Erwiderung; er ging davon aus, dass diese Unverschämtheit in Person ihr Spiel mit ihm trieb. Er nahm das Spiel an und dachte an den Boxkampf zwischen Muhammad Ali und George Foreman, der für ihn mit der Zeit zu einer Parabel geworden war.

Er war acht Jahre alt gewesen, als ihn der Vater nachts um vier weckte, denn diesen Kampf des Jahrhunderts sollte ein Junge nicht verpassen. Hellwach sah er, wie Ali Treffer um Treffer einsteckte, um den siegesgewissen Foreman in der achten Runde mit ein paar schnellen Links-Rechts-Kombinationen k.o. zu schlagen. So wie Ali sich malträtieren ließ, bis der Moment zum finalen Schlag gekommen war, ist es seine Taktik, das Gebaren dieses Mannes hinzunehmen, bis sich die Gelegenheit bietet, ihm eine schmähliche Niederlage zu bereiten.

Der Anlageberater wartet bereits vor dem Haus in der Kopenhagener Straße, zwei Häuser von der Ystader entfernt. Da Matthias sieben Minuten zu spät kommt, schaut er demonstrativ auf seine Uhr. »Keine Bange, unsere Beratungen gehen bald dem Ende entgegen«, sagt er. »Dann halte ich Sie nicht länger von Wichtigerem ab.«

»Nicht bald, sondern heute«, korrigiert ihn Matthias. »Die Wohnung ist verkauft worden.«

Der Hieb hat gesessen. Aber es ist kein K.o.-Schlag.

»Was heißt hier verkauft? *Ich* kaufe sie doch.«

»Vielleicht wäre es so gekommen, aber der Bauträger hat anders entschieden.«

»Dann rede ich mit dem Bauträger. Geben Sie mir seine Telefonnummer. Hatte ich sowieso längst vor.«

Er hat dem Geschäftsführer des Bauträgers, für den er seit Jahren Wohnungen verkauft, vorsorglich erklärt, dass unter den Interessenten einer sei, der jeden zur Weißglut treibe. Und dann hat er einen jungen Historiker aus Israel empfohlen, Zionismus-Forscher, der die

Wohnung zusammen mit seiner aus Thüringen stammenden Freundin und seinen drei Brüdern aus Israel kaufen will. Eine jüdisch-deutsche Familien-WG, die beim Bauträger sofort Sympathie auslöste.

Er schreibt dem Anlageberater den Namen und die Telefonnummer des Geschäftsführers auf einen Zettel und schiebt mit einer Portion Sarkasmus ein »Bitte sehr, viel Erfolg« hinterher. Täuscht er sich, oder nimmt der Blick des Mannes tatsächlich einen devoten Ausdruck an? »Vorgestern war sie noch nicht verkauft. Hören Sie, ich packe noch was drauf. Was ich zahle, zahlt Ihnen kein Schwein.«

Matthias tut, als würde er überlegen. Als prüfe er die Möglichkeit, den Verkauf rückgängig machen zu können. Dann sagt er ohne eine Spur Bedauern: »Gestern war der Notartermin.«

Das ist der K.o.-Schlag. Der Anlageberater bringt kein Wort heraus oder kennt keines, das nach seinem Empfinden angemessen wäre. Und Matthias verspürt wieder jenes Siegesgefühl, das er gegenüber den Grenzbeamten erlebte, als er seinen Onkel zum Funktionär gemacht hatte. Immer wieder über all die Jahre hat sich dieses Gefühl bei ihm eingestellt. So wie er in bestimmten Situationen regelrecht darauf angewiesen ist, ist er auch in der Lage, es hervorzurufen. Ein antrainierter Mechanismus des Gelingens und Triumphierens, bei genauerer Betrachtung ein Ersatz, der befriedigen, aber nicht wirklich glücklich machen kann.

Wie damals wartet er noch ein paar Momente, als wolle er dem am Boden liegenden Kontrahenten die Chance geben, wieder aufzustehen und den Kampf fortzusetzen. Dann dreht er sich mit einem lapidaren »Na dann, auf Wiedersehen« um und geht durch die Kopenhagener in Richtung Schönhauser Allee zurück.

Bei einbrechender Dunkelheit geht er noch einmal durch die Straßen des Viertels. Er erinnert sich, dass der Vater nach dem Boxkampf des Jahrhunderts von einer andächtigen Begeisterung erfüllt war, wie er sie noch nie bei ihm erlebt hatte. Der Vater stammelte Sätze wie: Man darf niemals aufgeben …, das war übersinnlich … Dann brachte er ihn ins Bett, wo Matthias zwei Stunden wach lag, bis er zur Schule musste. In der Klasse gehörte er zu den drei Schülern, die den Kampf gesehen hatten und sich vor den anderen wie ein Kreis von Auserwählten aufführten.

Am Nachmittag traf er auf den Onkel, der gerade vom Schluckspecht in die Weiber-Bar wechselte. Auch der Onkel hatte den Kampf gesehen, zusammen mit Oma Lisbeth und Opa Paul. Deshalb habe er auch schon ein bisschen getankt. Als ob er sonst nichts getankt hätte, dachte Matthias, doch viel mehr interessierte ihn, was der Onkel über Muhammad Ali sagte: »Das Schönste ist: He is back. Von wegen: They never come back. Sie haben ihn nicht kleingekriegt. Haben sie nicht geschafft. He is back …«

Matthias hatte den Onkel noch nie Englisch reden gehört, er hatte noch nicht einmal gewusst, dass er Englisch konnte, ein paar Worte nur oder mehr, egal. Warum bloß, fragte er sich, mögen sich der Onkel und der Vater nicht, wenn sie doch beide Muhammad Ali bewundern? Was ist los zwischen ihnen? Er hatte die Frage noch nie gestellt und ließ es auch jetzt. Er begleitete den Onkel bis zur Weiber-Bar und beobachtete durchs Fenster, wie er weitertankte und sich gemeinsam mit den anderen Säufern in schwärmerische Muhammad-Ali-Euphorie hineinsteigerte.

Natürlich gibt es die Kneipen von damals nicht mehr. Der »Goldene Anker«, den der Onkel Schluckspecht nannte, ist eine Trattoria mit dem Namen Da Sergio, die Weiber-Bar ein namenloser Döner-Imbiss, das Kummer-Eck ist einer Kindertagesstätte gewichen. Einzig die Gute-Laune-Destille ist immer noch eine Kneipe und heißt unverändert »Seelower Eck«. Die meisten Leute jedoch, die früher ihr Bier hier tranken, saufen heute zu Hause, im preiswerteren Imbiss oder Spätverkauf. Dafür finden sich hier einige der neuen Bewohner des Viertels, die Billard spielen, Musik hören und Bier vom Fass trinken. Sie kommen aus allen Teilen Deutschlands, aus den USA, Großbritannien, Spanien oder auch aus den skandinavischen Ländern, besonders Dänemark und Schweden. Sie sind meist jung, unter dreißig, haben geerbt oder Kredite aufgenommen. Nicht wenige planen weiterzuziehen, sobald sie Familien gegründet haben oder ihre Immobilien spekulationssteuerfrei verkaufen können. Sie behaupten, regelrecht verliebt zu sein in Berlin, und oftmals sind sie es auch, doch irgendwann werden sie in andere Städte verliebt sein oder in ihre Heimat zurückkehren.

Matthias geht gelegentlich ins »Seelower Eck«, trinkt zwei, drei gezapfte Bier, kein viertes oder fünftes, und arbeitet an dem, was er sein Netzwerk nennt. Immer wieder bekommt er Tipps: Dieser oder jener kennt jemanden, der seine Wohnung verkaufen oder vermieten möchte, ein anderer braucht selbst einen Makler. Die besten Tipps, wenn auch nur selten, bekommt er von Arnim, dem wortkargen Wirt, dessen Eltern ihn nach dem anliegenden Arnimplatz genannt haben. Arnim, Bürstenhaarschnitt, durchtrainierter Körper, sagte einmal, nachdem Matthias seinem Sohn eine Wohnung besorgt hatte, seltsam pathetisch: »Osten hält zusammen, das ist Ehrenkodex.«

Die Kneipenbesuche sind eine leidige Pflicht, der sich Matthias unterziehen muss, sofern er im Skandinavischen Viertel der König seiner Zunft bleiben will. Er kann eingreifen in dieses Räderwerk von Eigentum und Besitzwechsel, doch letztlich sieht er sich als Sisyphos, der den Stein berganrollt und dabei weiß, dass er wieder herunterrollen wird: Immer mehr Menschen kommen von irgendwoher, ohne eine Beziehung zum Viertel zu haben oder etwas Maßgebliches darüber zu wissen, und viele wollen auch gar nichts wissen, was über das Übliche, das auch in Reiseführern stehen könnte, hinausgeht.

Nur vier Tage vergehen, und Matthias hat für die kleine, dunkle, nachlässig sanierte Wohnung am Arnimplatz eine Kaufoption mit Anzahlung abgeschlossen, mit einer frischgebackenen Soziologie-Absolventin der Humboldt-Uni, deren Eltern zu DDR-Zeiten um die Ecke in der Paul-Robeson gewohnt haben. Die Eltern gaben ihr alles Ersparte, vierzigtausend Euro, für den Rest hat sie einen Kredit erhalten. Er hat sie auf die Schimmelflecken hingewiesen und den Verkäufer überzeugt, einen Preisnachlass zu gewähren. Die Bremerin mit der Haarnadel und dem boshaften Charme hat er nicht angerufen. Stattdessen den ehemaligen Hausbesetzer. Und den nötigen Druck gemacht: »Wir kommen in die Entscheidungsrunde.« Das stimmte, weil der Verkäufer das so wollte. »Wir haben etliche Bewerber.« Das stimmte nicht, zumindest war es übertrieben. »Aber Sie sind der Richtige für die Wohnung, glauben Sie mir. Geben Sie sich einen Ruck und ziehen Sie zurück in die aufregendste Zeit Ihres Lebens.« Dieser Slogan tat seine Wirkung. Am nächsten Tag schloss er mit dem angehenden Vater die Kaufoption ab; den Verkäufer hatte er bereits wie versprochen überredet, mit dem Preis runterzugehen.

Zwei Wochen später hat er an einem Tag drei Notartermine: mit der Soziologin, dem Hausbesetzer und dem israelischen Historiker samt Freundin und Brüdern. Die drei Provisionen landen auf seinem Geschäftskonto; er weiß nicht genau, wie viel Geld darauf ist, auf alle Fälle ist es mehr als genug. Er überlegt, eine Reise nach Los Angeles zu machen oder nach Kapstadt. Oder irgendwo hin, wo er noch nie gewesen ist. Vielleicht sollte er endlich mal nach Skandinavien reisen. Finnland, das Land der tausend Seen, Helsinki … Er kennt einige der Seen von Bildern, auch Bilder von Turku, Tampere. Ihm gefallen die Bilder nicht. Wenn er Städte oder Landschaften mag, dann die des Südens. Der Süden steht für: weg, weit weg. Allerdings will er auch nicht mehr dorthin, wo er es mag oder irgendwann einmal mochte. Als dürfe er nicht mehr weg, weil er sich damit jegliche Chance nimmt, sesshaft zu werden, und wo sollte er sesshaft sein, wenn nicht im Skandinavischen Viertel?

Auf seiner ungeschriebenen Webseite könnte es heißen: *Absurd, in einer Wohnung zu wohnen, die die Vergangenheit verkörpert, und dies vielleicht noch als eine veritable Voraussetzung für eine sesshafte Zukunft anzu-*

sehen. Während er das denkt, sitzt er auf seinem Balkon, trinkt ein Glas Champagner auf die drei Provisionen und fände es schön, ihn mit einer Frau zusammen zu trinken und sich mit ihr über all das Empfinden von Absurdität auszutauschen. Er erinnert sich, wie ihm seine Mutter einmal ein Buch schenkte, »Weltanschauung – Für die Jugend erklärt«, und er darin etwas über Albert Camus las, den spätbürgerlichen Philosophen des Absurden. »Wir müssen uns Sisyphos als einen glücklichen Menschen vorstellen«, hatte Camus geschrieben. Es war die trotzige Erhabenheit dieser Aussage, die Matthias schon damals begeisterte. Der Kampf gegen das Unabänderliche, gegen den Tod … Mit Camus betrachtet, wäre die Frage der Sesshaftigkeit im Grunde sehr einfach zu beantworten: Sie ist nicht möglich.

ACHT TAGE nach der Beisetzung von Onkel Winfried ist Heiligabend. In den Jahren zuvor, solange sich Matthias erinnern kann, ist Oma Lisbeth an einem der Weihnachtsfeiertage zu ihnen in die Mühlenstraße gekommen; diesmal hat sie den Vater gebeten, das Umgekehrte zu tun. Sie habe ihn derart eindringlich darum gebeten, erzählt der Vater, dass er es gar nicht gewagt habe, irgendeine Frage zu stellen, geschweige denn Nein zu sagen. Das Umgekehrte, das klingt in Matthias' Ohren irgendwie ungreifbar und deshalb bedrohlich.

Da die Mutter unter dem eisigen Wind leidet, der ihr, wie sie behauptet, die Gesichtshaut auseinanderreißt, fahren sie das erste Mal mit dem Trabant 601 in die Malmöer Straße. So kurze Strecken, meint der Vater, schaden dem Auto, da es nicht mal ordentlich warm werde. »Aber gut«, sagt er zu Matthias, »ehe das Gesicht deiner Mutter auseinanderfliegt, fahren wir lieber.« Noch nie hat er erlebt, dass der Sarkasmus des Vaters sich direkt gegen die Mutter richtet. Die Mutter tut so, als hätte sie nichts gehört, während Matthias sie am liebsten verteidigen würde: Sie könne ja nichts dafür, dass sie so empfindsam sei, viel empfindsamer als andere Menschen. Empfindsam, wäre das das richtige Wort? Er spricht es nicht aus, sagt überhaupt nichts und schämt sich für seine Feigheit.

Vor sechs Monaten und nach zehn Jahren Wartezeit haben die Eltern den Trabant gekauft und dafür ihr Konto leerräumen müssen. Übertrieben behutsam öffnet der Vater die Heckklappe, die Mutter nimmt rasch die Zellophantüte mit den Geschenken aus dem Kofferraum, der Vater schließt die Klappe; es wirkt wie ein seltsamer Ausdruck von Zweisamkeit, der für Matthias so gar nicht zu der beleidigenden Bemerkung des Vaters passt.

Opa Paul öffnet die Wohnungstür. Matthias kann sich nicht erinnern, dass das schon mal der Fall gewesen wäre. Damit nicht genug: Der Großvater riecht zwar wie immer nach Kölnischwasser, doch er hält ihm nicht die Wange hin, sondern reicht nur einfach die Hand. Ihm zuerst, dann der Mutter, dann dem Vater. Der Vater schaut, während er die Hand nur kurz hält, in die Tiefe des Flurs, und da kommt die Großmutter aus dem Wohnzimmer geeilt. »Was ist los?«, ruft der Vater ihr zu. »Alles in Ordnung?«

»Schön, dass ihr endlich da seid«, sagt Oma Lisbeth, die wie üblich ihren Pulmotingeruch verströmt, und nimmt der Mutter die Tüte aus der Hand. »Die Geschenke leg ich gleich untern Weihnachtsbaum.«

Der Wohnzimmertisch ist mit Kaffee, Kamillentee, Kakao und Kuchen gedeckt. »Heute gibt's keine Prozente«, sagt Opa Paul. Unglaublich, findet Matthias, wie freundlich das Gesicht des alten Griesgrams aussehen kann. Und vor allem: Seine Worte muten an, als habe er eine Entscheidung getroffen, die weit über den heutigen Tag hinausreichen soll.

Kaum ist der Großvater aufs Klo gegangen, beginnt Oma Lisbeth so schnell und leise zu reden, dass es fast verzweifelt klingt: »Ich weiß nicht, was mit ihm los ist. Erst wollt' er ins Zimmer von Winfried, wünschte es sich als Rückzugsgebiet. Ich darauf: ›Was heißt hier

Rückzugsgebiet? Wir sind nicht mehr im Krieg. Außerdem, in Winfrieds Zimmer hast du nichts verloren, das bleibt so, wie es ist.‹ Seitdem ist er ganz zahm und hat mich gebeten, euch Weihnachten herzuholen. Ich fragte, warum. Er sagte, weiß er selber nicht, wär' einfach so. Ich dacht' mir: Na gut, warum nicht, machen wir es mal umgekehrt … Was ist nur los mit ihm?«

Aufmerksam setzt der Vater sich an den Tisch, die Mutter setzt sich neben ihn. Die beiden vermeiden es, den Kuchen und die Getränke anzusehen. Als könne jeder Blick, denkt Matthias, die Explosion einer Mine auslösen, die Paul aus dem Krieg mitgebracht und all die Jahre heimlich aufbewahrt hat. Überhaupt kommt es ihm vor, als sei alles, was hier geschieht, all dies mehr oder weniger Sonderbare, nur ihm zuzuschreiben, seiner Schuld an Onkel Winfrieds Tod.

Als der Großvater ins Wohnzimmer zurückkommt und ihn ansieht, irgendwie prüfend, wie Matthias findet, vermag er dem quälenden Gefühl nur zu entkommen, indem er rasch und wie selbstverständlich ein Stück Kuchen nimmt, sich Kakao eingießt und zu essen und zu trinken beginnt.

»Greift zu«, sagt Oma Lisbeth, verwundert darüber, dass ausgerechnet ihr Enkel den Anfang macht, aber erfreut, dass überhaupt begonnen wurde.

Während alle Kuchen essen, sagt Opa Paul kein einziges Wort. Zunehmend mürrisch wirkt er und zeigt dabei immer wieder Anflüge von Grinsen. Matthias fragt sich, ob er auf dem Klo vielleicht getrunken hat. Doch so sehr er sich unauffällig bemüht, er riecht nichts. Nach dem zweiten Stück Kuchen senkt er seinen Blick, stellt sich vor, er würde beten und das Gebet würde erhört und der Onkel käme ins Wohnzimmer spaziert, quicklebendig und stocknüchtern, mit dem übermütigen Lächeln eines stolzen Zirkusarbeiters. Und vor allem: Dass er ihn verraten hat, würde nicht die geringste Rolle spielen. Oder besser noch: Der Verrat wäre überhaupt nicht geschehen.

»Meine Güte«, hört er Oma Lisbeth sagen, eine Spur zu schrill, »der Junge quält sich ja schon vor Aufregung. Jetzt machen wir aber Bescherung.«

Sogleich holt die Mutter die Geschenke, die mit seinem Namen versehen sind, unterm Weihnachtsbaum hervor und überreicht sie ihm. Drei sind es, die er, um Vorfreude und Dankbarkeit zu demonstrieren, langsam und sorgfältig auswickelt. Von den Eltern bekommt er einen Schal, hässlich dunkelgrau, aber flauschig weich, und eine neue Ausgabe von »Meyers Lexikon«, »etwas für den Körper, etwas für den Geist«, wie der Vater kommentiert; von den Großeltern ebenfalls ein Buch. Nicht irgendeines, wie Oma Lisbeth schon erläutert, als Matthias es noch auspackt, sondern Winfrieds Lieblingsbuch, »Finnland, das Land der tausend Seen«. Obwohl – das wisse sie von Winfried – Finnland nicht tausend, sondern mindestens hunderttausend Seen habe, das müsse man sich mal vorstellen.

Damit die Hände nicht zittern, presst Matthias das Buch gegen seine Brust. Aber er kann nicht verhindern, dass er zu weinen beginnt.

Die Mutter schließt ihn in ihre Arme. Um nicht Lisbeth anzubrüllen – das würde er wohl niemals tun –, herrscht der Vater Opa Paul an: »Musste das sein? Was soll das?«

Der Alte schaut zur Seite, gibt keine Reaktion zu erkennen. »Was hast du denn, Horst?«, sagt Oma Lisbeth. »Die beiden haben sich doch sehr gut verstanden, Matthias und Winfried. Kannst du das nicht einsehen? Kannst du dich nicht mal damit abfinden, dass es so ist wie es ist? Und Paul … der hat damit überhaupt nichts zu tun, das war meine Idee, nur meine.«

Der Vater entgegnet nichts. Die Art, wie er schweigt, wirkt auf Matthias aggressiver als das Brüllen zuvor. Er hört auf zu weinen, die Mutter entlässt ihn aus ihrer Umarmung.

Der Winter ist eisig, aber selbst wenn es angenehm warm wäre, würde Matthias das Skandinavische Viertel nicht besuchen. Meist geht er von der Schule direkt nach Hause, manchmal findet er sich mit Jungs aus seiner Klasse hinterm S-Bahnhof Pankow ein, wo heimlich geraucht wird. Es ist gut, dazuzugehören und ab und an ein paar Groschen in die Raucherkasse zu geben, damit Achim Scholz oder Gunther Speichereit, die ihren Vätern Zigaretten klauen, eine verdiente Belohnung erhalten. Da Matthias nicht gern raucht, wenn er friert, geht er fast immer nach einer halben Zigarette.

Am zweiten Donnerstag des neuen Jahres trifft er an der Ecke von Flora- und Mühlenstraße auf Opa Paul. Noch nie ist er ihm irgendwo auf der Straße begegnet, geschweige denn an dieser Ecke. Was will der Alte hier? Kaum dass Matthias sich die Frage gestellt hat, sagt Paul, dass er ihm mal was zeigen wolle, er komme gerade von der Prenzlauer Allee. So mürrisch er den Alten immer wieder erlebt hat, so emsig und beinahe frohgemut erscheint er ihm jetzt, doch das beunruhigt ihn nur noch mehr. Er folgt ihm die Florastraße hinunter bis zur Ecke Görschstraße, wo sie in die »Braustube« gehen. »Hier kennt mich keiner«, flüstert ihm der Großvater zu. »Genauso wie in der Prenzlauer. Oder Greifswalder. Da kennt mich auch keiner.«

Er bestellt für sich ein Glas Bier, für Matthias eine Limo. Dann holt er unter seinem Mantel eine Mon-Chéri-Schachtel hervor; vielleicht ist es genau die, die Oma Lisbeth von der Mutter zum Geburtstag geschenkt bekommen hat. In der Schachtel sind aber keine Pralinen mehr, sondern Bildchen aus verschiedenfarbigem Stanniolpapier: Hellblaues Meer mit weißen Eisbergen. Ein rotes Haus mit silbernem Schornstein, aus dem schwarzer Rauch zu einem blauen Mond hinaufkringelt. Eine tiefgrüne Wiese, auf der drei gelbe Schäfchen grasen. Die einzelnen Teile sind sorgsam übereinandergeklebt und wirken auf ihre schlichte Weise anrührend und idyllisch.

»Meine Kreaturen«, sagt Paul, und bei diesem Wort des Onkels stockt Matthias der Atem. »Hättest du mir nicht zugetraut, was?«

»Doch«, lügt er, um den Alten nicht zu beleidigen, und der erklärt stolz und redselig, dass er vor Weihnachten Unmengen an Schokolade gekauft hat, Unmengen! Nicht auf der Bornholmer oder Schönhauser, nein, auf der Prenzlauer und Greifswalder, wo ihn, wie gesagt, niemand kennt. Die Schokolade habe er sofort weggeworfen, er wollte ja keine Verstopfung bekommen, außerdem mag er keine Schokolade. »Aber das Stanniolpapier«, sagt er mit listiger Stimme, »das brauche ich für meine Kunst.«

Er hält inne, schaut Matthias prüfend an. »Schon in

deinem Alter war ich nämlich Künstler. Staunst du, was? Hab Bildchen gemalt, Berge und Seen, Wiesen und Felder. Und gebastelt hab ich. Zum Beispiel 'ne Burg gebaut nur aus Streichhölzern, die hab ich schön zusammengeklebt. Dann kam der Krieg, und danach war's aus. Musste mich mit andern Sachen rumschlagen. Denk nicht, dass es einfach war nach 'm ersten Weltkrieg bei den Sozis, dem Dreckspack, oder nach 'm zweiten, da erst recht nicht.«

Sie bekommen das Bier und die Limo serviert, und da Opa Paul den Mantel nicht auszieht, behält Matthias seinen Anorak an. »Prost«, sagt der Alte und trinkt das halbe Bier in einem Zug, holt eine filterlose Zigarette – Salem rot, seine Stammmarke – und Streichhölzer aus der Hosentasche, zündet die Zigarette an und flüstert: »Kein Wort zu Oma Lisbeth. Die hat garantiert nur Verachtung für meine Kunst, weil sie sowieso nur Verachtung für mich hat. Kein Wort, versprich's mir!«

Noch nie hat der Großvater ihm ein Versprechen abgenommen. Matthias bringt kein Wort über die Lippen, nur ein Kopfnicken gelingt ihm. Dann trinkt er die halbe Limo, während der Alte die Stanniolpapierbilder zurück in die Mon-Chéri-Schachtel legt, auf seinen Mantel deutet und fragt, ob Matthias eigentlich wisse, dass er – egal was er anhabe, egal bei welcher Temperatur – immer gleichwarm sei.

»Wie Onkel Winfried«, stellt Matthias fest, dem der Alte immer weniger geheuer ist.

»Genau«, bestätigt Opa Paul, »wie Winfried. Aber«, setzt er hinzu und grinst vergnügt, »nicht dass du denkst, dass ich auch noch anfange zu schielen. Den Gefallen tu ich dir nicht.«

Matthias lacht, ein anerkennendes Lachen, das ihm schwer fällt und dem Alten vorgaukeln soll, dass er ihn für ausgesprochen witzig hält. Als er sieht, wie zufrieden der mit der Anerkennung ist, entschließt er sich zu einer Flucht nach vorn: »Sag mal, Opa« – noch nie hat er ihn Opa genannt, immer eine direkte Anrede vermieden – »dein Sohn Horst, also mein Vater, hat gesagt, dass er sich ein einziges Mal auf Onkel Winfried verlassen hat, ein einziges Mal … Wie hat er das gemeint? Kannst du mir das erklären?«

»Da musst du schon deinen Vater fragen«, entgegnet der Alte. Es hört sich an, als müsste er sich an ein Abkommen halten, und das sei eine Frage der Ehre. Dann aber kann er doch nicht an sich halten, als wäre er für seine Verhältnisse viel zu vergnügt gewesen und müsse wieder den Griesgram geben. »Will mal so sagen: Hat sich ziemlich blöd angestellt, dein Vater. Und dann hat er dem Winfried die Schuld in die Schuhe geschoben. Der Winfried war 'n armer Tropf, aber deshalb hatte er nicht die Schuld an allem.«

Der Alte trinkt sein Glas leer, starrt auf die Zigarette in seiner Hand, lässt den Rauch ins linke Auge steigen. Es sieht aus, als würde das Auge den Rauch aufsaugen. »Aber ich sag dir, gegen das, was ich mitgemacht hab, hat dein Vater einen Scheißdreck erlebt … Ist nicht deine Schuld. Ist einfach so.«

Was soll daran *seine* Schuld sein? Oder ist das nur so eine Redensart? Opa Paul wirkt in sich versunken. Wer weiß, denkt Matthias, was er noch über Onkel Winfried zu erzählen hat und über den Vater oder sogar über sich selbst.

»Gut«, sagt der Alte, »das war's für heute.«

»Und was«, entgegnet Matthias, »was hast du mitgemacht?«

Der Großvater schweigt. Die lauernde Aggressivität, die mit dem Schweigen einhergeht, jagt Matthias Angst ein, trotzdem bleibt er sitzen. Mit einem langgezogenen Stöhnen unterdrückt Paul einen Hustenanfall. Dann drückt er die halbgerauchte Zigarette routiniert auf der Hornhaut seines Handballens aus und reicht sie Matthias. »Hier, nimm. Und nun verdufte.«

Woher weiß der Alte, dass er raucht? Hat er, ähnlich wie der Onkel, so etwas wie einen siebten Sinn? Oder ist es simple Spekulation, mit der er ihn einfach nur herausfordern will? Wenn das so sein sollte, dann will er mitspielen. »Gut«, sagt er, »aber erst will ich noch zwei ganze Zigaretten dazu.«

Paul grinst, nickt anerkennend, zieht vier Zigaretten aus der Schachtel und legt sie auf den Tisch; den Stummel tut er dazu. »Rauch langsam, sonst fängst du dir Lungenkrebs ein und krepierst. Kann ganz schnell gehen.«

Matthias nimmt die Zigaretten, den Stummel lässt er liegen. »Danke«, sagt er, nicht freundlich, nicht arrogant, irgendwie neutral. Filterlose Zigaretten – das weiß er – stehen in der geheimen Raucherecke hinterm S-Bahnhof Pankow besonders hoch im Kurs.

Er spricht den Vater nicht darauf an, dass er sich nach Opa Pauls Meinung blöd angestellt und Winfried die Schuld in die Schuhe geschoben habe. Er wartet auf eine passende Gelegenheit, bei der der Vater ihm nicht ausweichen kann. Vielleicht wird sie sich beim Geburtstag des Großvaters bieten. Er wundert sich, dass der Vater nach Weihnachten nun auch zum Geburtstag seines verhassten Vaters geht; Oma Lisbeth habe ihn darum gebeten.

Seit dem eisigen Donnerstag im Januar – vier Monate ist das her – hat Matthias Opa Paul nicht mehr gesehen; jetzt liegt der Alte im Wohnzimmer auf dem Kanapee. Die Augen hat er zu Schlitzen verengt, aus denen er Matthias ansieht wie ein lauerndes Krokodil. Er sagt kein Wort, hält ihm nur die linke Wange hin, deren Kölnischwassergeruch die säuerliche Muffigkeit, die er ausdünstet, nicht überdecken kann. Bevor Matthias mit seinen Lippen die Wange berührt, zieht der Großvater sie weg. »Lass mal, lass mal. Hab längst gemerkt, dass du dich davor ekelst. Setz dich schon mal hin.«

Matthias lässt sich seine Verblüffung nicht anmerken und setzt sich an den Tisch, der wie am Heiligen Abend mit Kuchen und Kaffee, Kakao und Kamillentee gedeckt ist. Oma Lisbeth hat das Geschenk der Eltern ausgewickelt und hält es ihrem Mann hin. »Hier«, sagt sie barsch. »Stützstrümpfe«, fügt der Vater hinzu. »Gut für deine Krampfadern.« Es klingt brutal. Als würde er sagen: Wenn man schon sonst nichts mehr für dich tun kann.

Der Alte nickt nur, ohne einen Blick auf die Strümpfe zu werfen. Dann sagt er: »'n Gläschen Koks wär mir lieber. Ich genehmige mir erst mal eins.«

Schon ist er aufgestanden und holt aus der Kommode eine Flasche Rum, eine Tüte mit Würfelzucker und Kaffeebohnen und sein Vierzentiliterglas.

»Ist das nicht noch 'n bisschen früh?«, sagt Oma Lisbeth.

»Hast du Geburtstag oder ich?«, entgegnet Opa Paul, gießt sich das Glas halb voll, gibt ein Stück Würfelzucker und drei Kaffeebohnen dazu und sagt in leisem Befehlston: »Prost!«

Er trinkt das Glas in einem Zug, zerkaut mit schnellen, kräftigen Bissen den Zucker und die Kaffeebohnen, schüttelt sich mit angewidertem Gesicht und füllt, ohne ein Wort zu sagen, das nächste Glas, das er auch wieder ohne Zögern in einem Zug trinkt. Dann fragt er den Vater: »Woher weißt du eigentlich, dass ich Krampfadern hab?«

»Weil ich's ihm erzählt habe, alter Suffkopp«, erwidert Oma Lisbeth, worauf der Vater beipflichtend nickt.

Der Alte winkt ab, gießt sich nichts mehr ins Glas, sondern nimmt einen großen Schluck aus der Flasche, wirft Würfelzucker und Kaffeebohnen in den Mund, kaut jetzt langsam und gründlich und sagt leicht lallend: »Die Kasse von der Parteigruppe hab ich geklaut. Trotzdem hat mich der Lehmann ins KZ gebracht. So sieht's aus, jetzt wisst ihr's. Und nun geh ich schlafen, basta!« Mit dem letzten Satz steht er auf, wankt aus dem Wohnzimmer.

Stille im Raum, Verblüffung. Oma Lisbeth und der Vater geben keine Regung zu erkennen, während die Mutter für ein oder zwei Sekunden ein spöttisches Lächeln zeigt.

»Was hat Opa Paul gemeint?«, fragt Matthias vorsichtig. Und Oma Lisbeth prompt: »Keine Ahnung. Oder, was sagst du, Horst?«

»Keine Ahnung«, sagt der Vater mit großer Entschiedenheit, worauf die Mutter, nun ohne jegliches Lächeln, ihm zustimmt.

Matthias ist klar, dass die drei etwas vor ihm geheim halten. KZ heißt Konzentrationslager, und solche Lager – das hatten sie in der Schule – gab es bei den Nazis. Im Fernsehen hat er Filmaufnahmen von ausgemergelten Männern und Frauen gesehen, die in diesen KZs waren. Er kann sich nicht vorstellen, dass der Großvater mit seinem aufgedunsenen Schnapsgesicht jemals einer von diesen Menschen gewesen sei. Vor allem: In den Konzentrationslagern waren Kommunisten und andere Widerstandskämpfer; unvorstellbar, dass Opa Paul bei denen dazugehörte. Vielleicht, geht ihm durch den Kopf, meinte der Alte mit KZ irgendetwas anderes: Knastzelle, Kriegszentrale …

»Der ist nicht mehr ganz dicht im Kopf«, erklärt Oma Lisbeth. »Was der den lieben langen Tag erzählt, meine Güte …«

»Aber Lehmann«, entgegnet Matthias, »wer soll das sein?«

»Lehmann«, sagt der Vater, »den Namen habe ich noch nie von ihm gehört. Du?«

»Nein«, antwortet die Mutter. Dieses eine Wort kommt schnell, zu schnell, wie Matthias findet. Er glaubt nicht daran, dass der Alte einfach nur verrückt ist.

Während er Kakao trinkt und Kuchen isst und sich am Gespräch der Erwachsenen über den wechselhaften Gesundheitszustand von Verwandten und Bekannten nicht beteiligt, beobachtet er einen Speicheltropfen, den der Großvater auf dem Tisch zwischen der Rumflasche und der Tüte mit dem Würfelzucker und den Kaffeebohnen hinterlassen hat und der von einem Millimeter Durchmesser auf mindestens drei anwächst. Ist das ein Kunstwerk oder Zauberei oder nur eine Täuschung? Will der Alte ihm damit etwas sagen? Hat er ihm ein Rätsel aufgegeben?

Noch vor Anbruch des Abends gehen sie nach Hause, der Vater voran, die Mutter und Matthias hinter ihm her. In der Bornholmer Höhe Driesener glaubt Matthias, auf der Straßenseite gegenüber die beiden Grenzsoldaten zu sehen, den Sachsen und den anderen. Doch sie sind es nicht. Wenn er eines Tages auf sie treffen sollte, wird er sagen, dass sein Onkel in Ausübung seiner aufopferungsvollen Funktionärstätigkeit gestorben ist und ein Staatsbegräbnis bekommen hat. Sie sind schon fast an der Schönhauser, als aus Richtung der Grenze Hundegebell zu hören ist. Das Gebell will nicht aufhören. »Scheiß Köter«, flucht der Vater.

Neben der Wut hört Matthias Angst aus seiner Stimme. Die Mutter schließt zum Vater auf und ergreift seine Hand. So gehen die Eltern Hand in Hand und reden kein Wort.

Am nächsten Abend klingelt es an der Wohnungstür, ein kurzes Klingeln, das Matthias regelrecht zaghaft erscheint. Er hört in seinem Zimmer, wie der Vater die Tür öffnet und anstelle einer Begrüßung nur sagt: »Was ist denn passiert?«

»Was soll schon passiert sein?«, entgegnet Oma Lisbeth seltsam lapidar. Und übergangslos fügt sie hinzu: »Paul ist tot.«

Matthias öffnet die Tür seines Zimmers einen Spalt und sieht, wie die Großmutter ausgiebig in ihr Taschentuch schnaubt. Es kommt ihm vor wie eine Übung in

Trauer, weil auf den Tod eben die Trauer zu folgen hat. Der Vater entdeckt ihn. »Komm«, sagt er und winkt ihn heran. Sie gehen ins Wohnzimmer, wo die Mutter am Tisch sitzt, die Hand am Hals, als wolle sie ihren Puls prüfen. »Bitte, setz dich doch«, sagt sie zu Oma Lisbeth.

Die Großmutter setzt sich nicht, sie nimmt Matthias in ihre Arme und beginnt zu weinen. Ist das der Übung nächster Teil oder wirkliche Trauer? »Manches Mal hab ich ihm den Tod an 'n Hals gewünscht«, schluchzt sie, »aber jetzt, wo er weg ist, hab ich so 'n schlechtes Gewissen. Als wenn ich ihn umgebracht hätte.«

»Das hast du nicht«, sagt der Vater, es klingt mehr provozierend als beruhigend, und Oma Lisbeth entgegnet, fast trotzig: »Das weiß ich selber.«

Matthias hofft, dass sie ihn nun wieder aus ihren Armen entlässt. Doch im Gegenteil: Sie umklammert ihn, als wäre er der nächste, der vom Tod hinfortgerissen werden soll, und sie müsse das verhindern. »Junge, du zitterst ja«, stellt sie fest. »Du musst dir's nicht so zu Herzen nehmen«, sagt sie, tröstend, liebevoll. »Bei seiner Sauferei und dem ewigen Rauchen, da musste es doch so enden. Außerdem, im Frühjahr sterben die meisten Menschen. Und vielleicht«, sie wischt sich die Tränen aus den Augen, »vielleicht hat ihn der Winfried nachgeholt. Soll doch so sein. Hat mir meine Mutter erzählt, als ich Kind war, dass die Toten einen nachholen. Einen nur, einen ganz bestimmten.«

Er kennt diese Theorie, die er immer für Aberglauben hielt. Aber – wenn doch was dran ist? Vielleicht beruht sie auf fundierten Erfahrungen, die man erst im höheren Alter macht. »Komisch nur«, setzt Lisbeth hinzu, »dass der Winfried nicht mich nachgeholt hat. Ich war doch sein Ein und Alles.« Es hört sich an, als bedauere sie, nicht nachgeholt worden zu sein.

»Was du so dahin faselst«, sagt der Vater. »Vielleicht hätte er nur die Stützstrümpfe anziehen müssen, um noch 'n paar Jahre fröhlich weiterzusaufen.«

Der Vater wirkt kläglich bei diesem Versuch von Spott, der die Wut kaum zu überdecken vermag. Matthias ist froh, dass er nicht mehr zittert und Oma Lisbeth ihn freigibt. »Wie redest du denn?«, fährt sie den Vater an, doch es klingt kraftlos. Sie will offenbar keinen Streit anfangen.

Er würde die Großmutter am liebsten fragen, ob sie nicht Angst hat, dass Opa Paul nun sie nachholt, sie sogar im Jenseits an seiner Seite sein muss. Aber er will nicht noch Öl in dieses Feuer gießen. Stattdessen fragt die Mutter: »Wie ist er denn eigentlich gestorben?«

Oma Lisbeth schaut sie verwundert an. »Ist einfach nicht aufgestanden«, sagt sie mit den Schultern zuckend. »Dachte mir, na gut, er ist besoffen, obwohl er deshalb noch nie lange geschlafen hat. Als er sich nachmittags immer noch nicht blicken ließ, hab ich nachgeguckt. Da war er schon kalt. Hab mich so erschrocken, dass ich gleich runter bin in den Konsum, die haben ja Telefon. Zehn Minuten später wurde er abgeholt.«

Die Großmutter wird nun ruhiger. Matthias hingegen stellt die Frage, die ihm keine Ruhe lässt: »Dann waren das ja seine letzten Worte: Kasse von der Parteigruppe, KZ, Lehmann. Das muss doch eine Bedeutung haben. Was könnte er denn gemeint haben?«

»Junge, hör auf«, antwortet der Vater. »Wenn das jemand hört, der denkt sich noch sonst was bei dem Blödsinn.«

Wieder glaubt er Angst aus der Stimme des Vaters herausgehört zu haben. Oder eher Besorgnis. Besorgnis um ihn, den Sohn, dem man offensichtlich nicht zutraut, ein Geheimnis verkraften zu können. »Opa Paul«, hakt er nach, »meinte der mit KZ etwa ... Konzentrationslager?«

»Wenn wir es wüssten, würden wir es dir sagen«, antwortet die Mutter, wieder eine Spur zu schnell. Sie hat die Hand nicht mehr am Hals, sie hat ihre Hände gefaltet auf dem Tisch liegen. Eine Geste – so kommt es ihm vor –, mit der sie die Glaubwürdigkeit ihrer Worte unterstreichen will.

»Ich weiß, dass das gelogen ist«, erwidert Matthias und ist selbst erstaunt über seinen Mut.

»Natürlich heißt KZ Konzentrationslager«, sagt der Vater. »Oder hast du in der Schule geschlafen, als das erklärt wurde? Wenn Opa Paul im KZ gewesen wäre«, fährt er fort, »dann müsste er ja Widerstandskämpfer oder sogar Kommunist gewesen sein, und das war er ja wohl kaum.«

»Das hab ich mir auch schon gedacht«, entgegnet Matthias.

»Na, immerhin«, sagt der Vater, um nunmehr Pauls letzte Worte endgültig ins Reich des Unsinns zu verweisen: »Stell dir vor, irgendein Nazi, zum Beispiel namens Lehmann, hätte deinen Großvater ins KZ gebracht. Dann wäre er nach dem Krieg ein Held gewesen, hätte als Verfolgter des Naziregimes sogar eine Extrarente bekommen.«

Oma Lisbeth lacht spitz auf: »Extrarente ... der Suffkopp.«

Damit ist alles gesagt. Seine Zweifel lässt sich Matthias nicht anmerken. Sie sind – so will er das sehen – wie ein Trumpf in seiner Hand. Irgendwann wird er diesen Trumpf ausspielen, und alle werden staunen.

Am Tag der Beisetzung blühen die Kastanienbäume, und die Vögel auf dem Friedhof zwitschern so beharrlich, als könnte es ihnen jeden Moment verboten werden und sie müssten dafür werben, dass das nicht geschieht. Überhaupt ist die Natur von einer kraftvollen Schönheit, dass es ihm wie Hohn vorkommt. Doch Hohn worauf? Auf die Trauergäste, die, wie ihm scheint, gar nicht trauern? Oder auf den Tod, der, wenn keine Trauer herrscht, seine Macht einbüßt?

Sie warten vorm Eingang zur Kapelle: Matthias an der Seite der schweigenden Eltern, außerdem Mimmi, Agathe und Grete, die sich darüber austauschen, was sie in ihren Gärten bereits angepflanzt haben. Endlich kommt Oma Lisbeth mit dem Redner, der mit frisch geföhnten Haaren um Jahre jünger aussieht als bei der Beerdigung von Onkel Winfried und die Großmutter behandelt, als wären sie gute alte Bekannte.

Der Mann schließt die Kapelle auf, eilt hinter sein Pult, und kaum dass die Hinterbliebenen sich gesetzt haben, beginnt er schon mit der Ansprache. Sie ähnelt eher einer Abrechnung als einer Trauerrede. Matthias ist froh, dass nur Familie in der Kapelle versammelt ist. Es wäre ihm peinlich, wenn ein Fremder allzu Negatives über den Mann zu hören bekäme, der immerhin sein Großvater war. Dass Opa Paul als Jüngling – was für ein altertümliches Wort – Anfang der zwanziger Jahre aus Pommern nach Berlin kam und als Anstreicher arbeitete, wusste er, doch dass er sich nach Feierabend gern mit Gesindel und Halbkriminellen herumtrieb, ist ihm neu. War nicht auch Adolf Hitler, der Naziführer, Anstreicher gewesen? Vielleicht trieb der sich ebenfalls mit Gesindel und Halbkriminellen herum; womöglich kannte er den Großvater, war sogar mit ihm befreundet.

Mehr und mehr kommt es ihm komisch vor, dass der Redner Dinge erzählt, die er nur von Oma Lisbeth weiß und sich – das muss man ihm lassen – ziemlich gut gemerkt hat. Zum Beispiel, dass sie erst wenige Tage nach der Hochzeit durch ihre Kollegin Gerlinde, die beide verkuppelt hatte, von seinem halbseidenen Vorleben erfuhr, was Paul als Jugendsünde abtat. Kaum geehelicht, vertrug der erprobte Anstreicher die Farbdämpfe auf den Baustellen nicht mehr und war immer häufiger krankgeschrieben. Später, nach dem Zweiten Weltkrieg, wollte er fortziehen, in den Westen, doch Lisbeth bestand darauf zu bleiben. Mit so einem faulen Ehepartner konnte sie sich doch keine neue Existenz aufbauen. Außerdem mochte sie einfach nicht – wer wollte und will ihr das verdenken – aus der Wohnung ziehen, in der sie seit ihrer Kindheit lebte. Dass mal eine Mauer durch Berlin gebaut wird, obendrein in unmittelbarer Nähe – damit hatte niemand rechnen können.

Irgendwie, findet Matthias, hört sich das nach Protest an: Mauer durch Berlin … damit hatte niemand rechnen können … Immerhin ist das im öffentlichen Sprachgebrauch der antifaschistische Schutzwall, und eine Beerdigung, selbst die von Opa Paul, ist doch etwas Öffentliches. Vielleicht aber tut der Redner auch nur so und hat nichts anderes im Sinn, als Protest vorzutäuschen, um zu sehen, wer darauf einsteigt. Wer sich in diesem Sinne sogar als Staatsfeind zu erkennen gibt. In der Schule heißt es: Gebt Acht auf Staatsfeinde. Am schlimmsten sind die, die sich erfolgreich maskieren, bis man ihnen eine Falle stellt. Matthias legt eine an Ausdruckslosigkeit grenzende Miene auf, als wäre alles Gesagte richtig, aber absolut belanglos. Aus den Augenwinkeln sieht er den Vater, angespannt, hochrot im Gesicht.

Im Sozialismus, fährt der Redner fort, habe der Verstorbene seine Tätigkeit als Lagerarbeiter behalten dürfen, obwohl er ständig krankgeschrieben war; das hätte es im anderen Teil Deutschlands, im menschenfeindlichen Kapitalismus, niemals gegeben. Ist das der Ausgleich für die Erwähnung der Mauer? Will sich der Redner damit wieder treu sozialistisch geben? Und warum nennt er Opa Paul auf einmal den Verstorbenen? Als Rentner schließlich, in den letzten Jahren seines Lebens, habe der Verstorbene überhaupt nicht mehr die Wohnung verlassen wollen. Er verrecke, habe er manchmal gesagt, wenn er draußen umherginge, allein die kommunistischen Straßennamen ertrage er kaum: Willi Bredel, Paul Robeson, Helmut Just … Nein, ist das möglich, so eine staatsfeindliche Äußerung? Oder hat er sich verhört? Vor allem dieses eine Wort: Verrecke! Hat der Großvater es tatsächlich gesagt? Matthias kommt es regelrecht gespenstisch vor, dass er es selbst benutzt hat, um ihm den Tod zu wünschen. Er spannt die Muskeln an, um nicht die Fassung zu verlieren und losheulen zu müssen.

Höchst seltsam allerdings, so der Redner weiter, dass der Verstorbene nach dem Tod seines Sohnes Winfried, kurz vor Weihnachten, die Wohnung doch verlassen habe, ein paar Tage lang für jeweils mehrere Stunden. Auf der Schönhauser Allee wurde er gesehen, und zu Hause habe er Winfried voller Hochachtung einen Künstler genannt, der leider unvollendet geblieben sei, und ein Künstler gebe logischerweise kein Kostgeld ab, weil er eben Künstler sei und deshalb ein Recht darauf habe, durchgefüttert zu werden. Ja, so der Redner, anscheinend war er von Sinnen, der arme Verstorbene, am Ende seines Lebens, wirres Zeug habe er geredet, nichts als wirres Zeug.

Hat Oma Lisbeth den Redner zur Erwähnung des wirren Zeugs angestiftet? Damit Matthias es endlich glaubt und keine Fragen mehr stellt? Nie mehr Fragen stellt, die irgendjemandem unbequem sein könnten?

Der Redner schaut ihn an, nur ihn, während er sagt, dass der arme Verstorbene nun endlich im Tod die verdiente Ruhe finden werde. Matthias hält dem Blick stand und bemüht sich, kein Gefühl, keine Wertung zum Ausdruck zu bringen, allenfalls eine Spur Geringschätzung. Das ist anstrengend, kaum auszuhalten. Nie mehr will er sich solch einer Qual aussetzen.

DIE VIER WOHNUNGEN, die er in den Jahren seiner Maklertätigkeit selbst gekauft hat, befinden sich in der Ueckermünder alias Aarhuser und in der Schönfließer alias Odenser. Zwei da, zwei dort. Dass es sich mit Aarhus und Odense um ein dänisches Duo handelt, ist keine Absicht gewesen, und er wüsste auch nicht zu sagen, worin eine unbewusste Strategie bei der Auswahl bestanden haben könnte.

Ganz bewusst hingegen waren es vier kleine Wohnungen, jeweils knapp unter fünfzig Quadratmeter groß. Wenn für eine Wohnung keine Miete mehr gezahlt wird oder ein sogenannter Mietnomade einfach das Weite suchen sollte, hat er noch drei andere, die ihm allmonatlich Geld einbringen. Obwohl er nur eine durchschnittliche Miete kassiert und mit Erhöhungen sehr zurückhaltend ist, wäre er in der Lage, allein von diesen Einnahmen zu leben. Damit sich daran nichts ändert, verzichtet er seit Jahren auf ein Auto und auf größere Reisen, von tatsächlichem Luxus ganz zu schweigen.

»Du meidest teure Restaurants, lehnst modische Kleidung ab, die Möbel in deiner Wohnung können nicht alt und klapprig genug sein. Du lebst in einem verstaubten Museum.«

Das hat Marina vor zwölf Jahren zu ihm gesagt. Zu diesem Zeitpunkt hatte er abgesehen von der Oma-Lisbeth-Wohnung, in der er selbst wohnte, keine eigenen;

er stand immer noch am Anfang seiner Maklerkarriere. Für Marina waren ihre Worte der wiederholte Versuch, ihn aus der Reserve zu locken, und als er mit einem halb spöttischen, halb verlegenen Lächeln nur ausweichend reagierte, setzte sie hinzu, dass er das ganze Leben an sich vorbeiziehen lasse. »Vielleicht hast du recht«, entgegnete er, und der resignative Ton galt mehr dem bevorstehenden und irgendwie unvermeidlichen Ende ihrer Beziehung als seinem Konsumverhalten oder der Unfähigkeit, daran etwas ändern zu können.

Sie war fünfundvierzig, er achtunddreißig, seit drei Jahren waren sie zusammen. Seit er wieder in Berlin lebte, nachdem er sich von Los Angeles ebenso wie von Buenos Aires und den anderen Städten im Süden verabschiedet hatte. Sie war Maklerin, seine Mentorin – das Wort hatte sie selbst ein paarmal gebraucht –, und es schien ihm und kommt ihm immer noch so vor, dass die Dankbarkeit, die man jemandem in dieser Rolle entgegenzubringen hat, der schleichende Tod für die Liebesbeziehung ist.

Nach all den Jahren seit ihrer Trennung erinnert er sich kaum noch an die vielen Streits, doch diesen einen hat er nahezu Wort für Wort im Gedächtnis. Vielleicht weil es sich um den ersten Streit handelte, bei dem er das unabweisliche Gefühl hatte, dass er überflüssig war. Der erste, bei dem ihm klar war, dass er nichts, aber auch gar nichts mehr zur Klärung ihrer gemeinsamen Zukunft beitragen würde. Es folgten noch einige Dispute, aber sie waren auf kraftlose Weise Wiederholungen, fast plumpe Kopien und unterstrichen nur die Unvermeidlichkeit der Trennung.

»Wenn ich recht habe«, erregte sich Marina, »dann

ändere doch etwas daran. An deiner Einstellung«, präzisierte sie, als hätte sie den Eindruck, er würde nicht begreifen oder sich weigern zu begreifen, um was es ging.

»Ich habe gesagt: *Vielleicht* hast du recht«, entgegnete er, und diese Spitzfindigkeit erzürnte sie erst recht. Sie zerriss irgendetwas Imaginäres in der Luft und warf es vor sich auf den Fußboden. Sie wirkte wie ein Kind, dem man beigebracht hat, seine Wut auf diese Art zu kanalisieren. Als sie das geschafft hatte, gab sie mit bemühter Beherrschung eine Erkenntnis zum Besten, auf die sie sogar etwas stolz zu sein schien: »Du bist ein Vielleicht-Mensch. Das bist du.«

Das Wort sollte ihm in Erinnerung bleiben, und vielleicht war allein wegen dieser Erkenntnisspur der Streit doch nicht ganz überflüssig oder nutzlos. Vielleicht – tatsächlich dachte und sagte er dieses Wort oft. Um ihre Erkenntnis noch ein Stückchen weiterzutreiben, meinte sie: »Weißt du eigentlich, warum du dir nichts gönnst? Weil du nicht wirklich lebst. Weil du tot bist.«

Weil du nicht wirklich lebst, weil du tot bist. Das hatte sie noch nie gesagt. Es war natürlich ihre Projektion, doch für ihn brachte es etwas auf den Punkt, das er ehrlicherweise nicht abstreiten konnte noch wollte. Vielleicht, dachte er trotz seiner Erregung frappierend ruhig und korrigierte sein Vielleicht in ein Bestimmt; bestimmt hat sie diesen Vorwurf seit Monaten wie einen Pfeil im Köcher mit sich herumgetragen, um ihn jetzt mit finaler Wirkung abzuschießen. Sollte er mit gleicher Münze heimzahlen? Der Drang, es zu tun, war so stark, dass er keinerlei Abwägen zuließ. »Du willst mich nur verletzen«, sagte er, »um endlich selbst mal wieder zu spüren, dass du lebst. Das ist dein einziges Motiv. *Du* bist es nämlich, die nicht wirklich lebt.«

Dass sie außerstande sei, einmal innezuhalten, hatte er ihr schon öfter gesagt. Oder dass sie wie in einem Hamsterrad strampele. Dass sie nur deshalb einen immer vollen Terminkalender habe, weil sie keine Ruhe ertrage. Dass Geld verdienen wie eine Droge für sie sei. All das befand sich bereits in seinem Streitrepertoire. Doch dass sie nicht wirklich lebe – zu dieser Äußerung hatte er sich noch nie verstiegen. »Wenn ich deiner Meinung nach tot bin«, legte er nach, »bist *du* mausetot, sowas von mausetot. Und das schon lange.« Plötzlich war ein Kloß in seinem Hals, der es ihm unmöglich machte, weiterzureden. Und da sie auch nichts mehr sagte, war der Streit zu Ende.

Nach einigem Hin und Her und ein paar schalen Neuauflagen ihrer Auseinandersetzung – diese Phase währte ein halbes Jahr – bewerkstelligten sie die Trennung auf gänzlich undramatische Art: Sie holten jeweils ihre Sachen aus der Wohnung des anderen – Zahnbürste, Schlafanzug, Unterwäsche, Bücher – und ließen nichts mehr von sich hören. Ein paar Wochen später trafen sie sich zufällig auf der Schönhauser Allee und gaben sich Mühe, voreinander wie zwei gute alte Bekannte aufzutreten, die sich lange nicht gesehen hatten. Sie gingen einen Kaffee trinken, unterhielten sich über ihre Geschäfte, die sich immer besser entwickelten, und Matthias staunte insgeheim, wie wenig Mühe es ihn kostete und dass er von Marina exakt den gleichen Eindruck hatte.

Wiederum ein paar Wochen später hatte er dem Tod seine Wohnung in der Ueckermünder Straße zu verdanken. Es müsse schnell gehen, sagte der Eigentümer, der ihn mit seinem Walrossbart an den Vater erinnerte, doch das schien die einzige Ähnlichkeit zu sein. Der alte Mann war eine redselige Frohnatur mit der Euphorie eines frisch Verliebten. Seine Glückliche – so nannte er sie ausnahmslos – habe er vor einem knappen halben Jahr kennen und lieben gelernt, auf einer Schifffahrt die Mosel hoch und runter. Kurz darauf sei sie erkrankt, Krebs im Unterleib. Aber sobald sie aus dem Krankenhaus raus sei, würden sie jeden Tag so intensiv wie möglich genießen. Eine Weltreise habe sie sich gewünscht, und damit sie dabei aus dem Vollen schöpfen könnten, verkaufe er seine Wohnung. »Man lebt nur einmal, oder was meinen Sie?«

»Es hat noch nie jemand vom Gegenteil berichtet«, entgegnete Matthias, überrumpelt vom naiven oder hintersinnigen Charme dieser Frage. Dann staunte er, dass sich der Mann für sein Leben zu interessieren begann. »Erzählen Sie: Was haben Sie gelernt, wie sind Sie Makler geworden?«

Matthias erklärte, dass er Journalismus studiert habe, hielt sich aber nicht länger dabei auf, sondern öffnete rasch die Onkel-Kiste, griff in den Geschichtenvorrat und erzählte von der Widerstandsgruppe »Skandinavisches Viertel«, die zu DDR-Zeiten Flugblätter anfertigte und in Briefkästen warf. »Für Freiheit und Demokratie, gegen die kommunistische Zwangsherrschaft«, war darauf zu lesen. Er war zwölf Jahre alt, als sein Onkel von jemandem verraten, darauf verhaftet und ins Zuchthaus Bautzen gesteckt wurde. Dort wurde er gefoltert, gab jedoch keine geheimen Informationen preis und starb an den Folgen der Misshandlungen.

Keine Spur von Zweifel bei dem künftigen Weltreisenden, der aus dem Westen stammte, irgendwo aus Baden-Württemberg, wie er seltsam lapidar sagte, die Wohnung kurz nach dem Ende der DDR gekauft hatte, doch immer noch, obwohl seine Glückliche ihm schon einiges berichtet habe, viel zu wenig wisse über diese … Zwangsherrschaft. War es Anbiederei, dass er diesen Begriff benutzte, den er in seinem schwäbischen Tonfall wie ein schwieriges Fremdwort aufsagte? Mit Matthias ging der Übermut durch und er erläuterte, dass Widerstand Familientradition sei, denn in der Nazizeit habe sein Großvater einer sozialdemokratischen Gruppe angehört, die ebenfalls »Skandinavisches Viertel« hieß und Flugblätter unter die Leute brachte, auf denen stand: »Für Freiheit und Demokratie, gegen die faschistische Zwangsherrschaft«. Auch der Großvater wurde verraten und verhaftet, landete im KZ Sachsenhausen und starb kurz vor Ende des Krieges.

Zwar hatte er damit nicht beantwortet, wie er Makler geworden sei, doch der Baden-Württemberger war so begeistert, dass er seine Frage womöglich schon wieder vergessen hatte. In den folgenden Tagen ließ er nichts von sich hören, sodass Matthias befürchtete, seine Geschichte vom Widerstand sei bereits als Mär entlarvt worden. Eine Widerstandsgruppe namens »Skandinavisches Viertel« war im Internet nirgendwo zu finden, aber sprach das schon gegen ihre Existenz? Allerdings gab es keine Notwendigkeit, dass der Mann sich meldete; er würde vermutlich darauf warten, die ersten Kaufinteressenten offeriert zu bekommen.

Nach einer Woche erhielt Matthias einen Anruf: Die Glückliche, die sich als Ehefrau vorstellte – sie habe ihren geliebten Mann vor einem Vierteljahr geheiratet –, berichtete von dessen plötzlichem Tod, Herzstillstand aus heiterem Himmel. Schmerz und Trauer waren ihr nicht abzusprechen, doch verzagt wirkte sie nicht. Sie sagte Sätze wie: »Das sollte seine Weltreise sein« oder »Liebe ist stärker als der Tod« und erklärte, dass die Wohnung nach wie vor verkauft werden solle, egal zu welchem Preis, sie werde das Geld ohnehin so rasch wie möglich ausgeben, ganz im Sinne ihres geliebten Mannes. Zum Abschluss meinte sie: »Von Ihnen hat er übrigens in den höchsten Tönen gesprochen, Ihre Familiengeschichte hat ihn sehr beeindruckt.«

In der schlaflosen Nacht, die auf dieses Telefonat folgte, entschloss sich Matthias, die Wohnung selbst zu kaufen. Es kam ihm wie eine Fügung vor, der er nur zu folgen brauchte. Der er – auch so konnte man es sehen – folgen *musste*. Als er die Witwe anrief und sie fragte, ob das möglich sei, war sie begeistert. »Es fügt sich alles wie vom Schicksal bestimmt«, sagte sie. »Wie viel können Sie zahlen?« Obwohl er mit dieser Frage hatte rechnen müssen, überraschte sie ihn, und ihm fiel keine Antwort ein. Worauf sie ihm ihre Adresse sagte. »Schreiben Sie mir, sobald Sie es wissen. Oder noch besser«, fügte sie hinzu, »Sie kommen einfach zu seiner Beisetzung. Da besprechen wir alles.«

Am Morgen der Beerdigung kam er nicht aus dem Bett. Kaum hob er seinen Kopf, wurde ihm schwindlig und speiübel. Er hatte, um des Kaufes willen, den Vorschlag der alten Dame befolgen wollen, zugleich war er erleichtert, dass sein Zustand ihn davon abhielt. Wer weiß, wer dort unter den Gästen sein würde und die Widerstandsgeschichte erzählt bekäme. Er schrieb der Witwe einen Brief, schilderte seine angeschlagene Gesundheit und fasste obendrein den Mut, ihr die Zweifel zu gestehen, die sich ihm nun doch vehement aufdrängten: Würde er, da er für die Wohnung, in der seine Großeltern wohnten, immer noch einen Kredit laufen habe, einen zweiten bekommen? Und wäre er in der Lage, beide gleichzeitig abzubezahlen? Als Makler sei er immer noch ein Greenhorn und habe sehr schwankende Einnahmen.

Eine Woche später erreichte ihn ihr Antwortbrief: Sie habe Verständnis für seine Notlüge, denn sie selbst habe früher nicht selten vor Situationen gekniffen, die eine immense emotionale Belastung befürchten ließen. Und überhaupt: Wer gehe schon gerne zu Beerdigungen? Wobei im Fall ihres geliebten Mannes außer ihr niemand dabei gewesen sei, denn so wie sie habe auch er keine näheren Angehörigen. Sie schrieb weiter, dass sie wie Matthias aus dem Osten stamme, aus Brandenburg an der Havel, dort habe sie als Psychologin in einem Krankenhaus gearbeitet und immer wieder auch Menschen wie seinen Onkel behandelt, die gegen das Regime aufbegehrten und deshalb als psychisch Kranke klassifiziert wurden. Sie habe versucht, diesen Menschen Mut zu machen, sie zu stärken. Doch sie wolle nicht über sich reden, ihm vielmehr die Wohnung für die Hälfte des Preises anbieten, den er als Makler ursprünglich aufgerufen habe. Außerdem könne er, um nicht um einen Kredit betteln zu müssen, das Geld ohne Zinsen in monatlichen Raten zahlen. Sollte es bei ihm mal einen finanziellen Engpass geben, könne er auch zeitweise mit der Zahlung aussetzen.

Dieses Angebot las sich wie ein Märchen, das seine eigenen Erfindungen weit in den Schatten stellte. Matthias fühlte sich wie jemand, dem das nicht geheuer sein durfte. Doch sein Verstand kämpfte dieses Gefühl nieder: Was sollte schon passieren, er hatte einfach nur Glück. Ein irgendwie unverständliches Glück zwar, aber war nicht jedes Glück am Ende unverständlich?

Im Vorzimmer des Notars sah er die Dame zum ersten Mal. Großgewachsen war sie, über einen Meter achtzig, schätzte er, so groß etwa wie er selbst, mit schmalem Gesicht, langen Armen, langen Fingern, langen weißsilbernen Haaren. Als er sie begrüßte, staunte er, wie kalt ihre Hand war. Fischblut, dachte er – das Wort kannte er aus der Kindheit. Es musste lange her sein, dass er es zuletzt gehört oder gedacht hatte. Sie strahlte eine elegante Künstlichkeit aus und glich, wie er fand, einer Giacometti-Skulptur. Wie alt mochte sie sein? Mitte siebzig? Vielleicht war sie schon über achtzig oder erst Mitte sechzig. Sie lächelte ihn an, und er kam sich vor, als wäre er zu einem Rendezvous erschienen.

Während der Notar pflichtgemäß den Vertrag vorlas, sah Matthias ihm die Verwunderung an über dieses seltsame Geschäft, das er zu beglaubigen hatte. Im Vertrag stand geschrieben, dass der gesamte Kaufpreis bereits gezahlt worden sei, sodass die Eintragung des neuen Eigentümers ins Grundbuch ohne Aufschub beantragt werden konnte.

Matthias vermietete die Wohnung und zahlte von den Einnahmen seine monatlichen Raten. Alle paar Wochen rief die Witwe ihn an und verabredete sich mit ihm in einem Café in den Schönhauser Allee Arcaden. Sie erzählte von ihrer Arbeit in der Psychiatrie, die sie in ihrem

Leben über alles gestellt habe; ausführlich berichtete sie von diversen Fällen politischer Rebellen, die von den Chefärzten ganz und gar staats- und parteikonform als psychisch Kranke eingestuft wurden. Sie selbst habe vieles unternommen, um die Leute wieder aus der Anstalt herauszubekommen. Nicht immer sei ihr das gelungen, und tatsächlich gab es ja auch bei Widerständlern Fälle von psychischen Erkrankungen, die als solche zu behandeln waren. Wie auch immer, meinte sie jedes Mal abschließend, prinzipiell habe sie sich bemüht, eine gute Rolle auszuüben.

Diese Formulierung ging Matthias nicht aus dem Kopf. Er fragte sich vor allem, ob es im Leben denn darauf ankäme, eine *Rolle* auszuüben. Ob nicht genau das der Untergang jeder Persönlichkeit sein müsse. Ihm war klar, dass er sich selbst in dieser Frage spiegelte: Was würde irgendwann der Preis für seine Rolle als Makler sein? Er wollte mit der Witwe darüber reden, immerhin war sie Psychologin; warum sollte er die Chance vertun, sich von ihr den Horizont erweitern zu lassen? Schließlich – es war, er weiß es noch genau, zu Anfang ihres fünften Treffens – fragte er sie, wie sie das eigentlich gemeint habe: prinzipiell eine gute Rolle ausüben. Statt zu antworten, begann sie zu weinen und erzählte, wie sie nach dem Ende der DDR als Handlangerin der Obrigkeit diffamiert und aus dem Krankenhaus entlassen worden sei. Sie sei zwar kurz vor der Rente gewesen, aber diese Demütigung … sie stockte, kämpfte mit den Tränen … diese bodenlose Ungerechtigkeit … Sie bekam kein Wort mehr heraus, stand auf, sagte nur noch: »Verzeihung, verzeihen Sie bitte« und ging.

Sie ließ nichts mehr von sich hören, es kam kein Anruf,

kein Brief. Matthias überlegte, ob er sich bei ihr melden sollte. Trost spenden, mindestens sein Mitgefühl zeigen. Oder aber sie befragen, sich im Krankenhaus umhören. Womöglich war sie nicht so frei von Schuld, wie sie ihm suggeriert hatte. Oder wie er meinte, es suggeriert bekommen zu haben. Er tat es nicht. Er hatte Angst, einen schlafenden Hund zu wecken, der darauf sofort über ihn herfiele. Für diese Angst schämte er sich, doch das änderte nichts an ihrer Existenz. Und auf einmal schämte er sich noch für etwas anderes: dass er, der Lüge zugetan, durch seine Zweifel ihre Ehrlichkeit beschmutzte.

Er zahlte seine monatlichen Raten, bis er nach einem knappen Jahr die zuletzt erfolgte Überweisung auf sein Konto zurückbekam, da das Konto der Witwe aufgelöst worden war. Er fuhr nach Lichtenberg, ihre Adresse war in der Nähe des S-Bahnhofs. Ihr Name stand nicht auf dem Klingelschild. Ein junger Mann im Erdgeschoss erklärte ihm, dass die Frau vor kurzem gestorben sei. Mehr wisse er nicht.

Matthias dachte an die Gespräche in den Schönhauser Allee Arcaden, und im Rückblick erschien ihm die Frau immer schöner und jünger, wie Anfang fünfzig oder Ende vierzig sogar, mit silbern glänzenden wallenden Haaren. Als sie geweint hatte, war jegliche Künstlichkeit von ihr abgefallen; er hätte sie am liebsten fest in seine Arme genommen, und er musste sich eingestehen, dass diese Geste auch etwas Erotisches gehabt hätte. Er fragte sich, ob die Schönheit Ausdruck der Krankheit gewesen war, ob es überhaupt so etwas gibt: Schönheit als Ausdruck von Krankheit. Vielleicht aber, sagte er sich, und dieser Gedanke verfestigte sich von Woche zu Woche, vielleicht ist sie gar nicht krank gewesen. Vielleicht ist sie nicht tot, und der frohsinnige Baden-Württemberger ist es ebenfalls nicht, und zusammen sind sie auf Weltreise, auf einer Reise ohne Wiederkehr. Doch dann, nach Monaten und Jahren, setzte sich in ihm die Gewissheit durch, dass die beiden tot, einfach nur tot waren.

Manchmal aber träumt er, die beiden tauchen nachts bei ihm auf, lachen hämisch über ihn und wundern sich, wie er nur all die Jahre hindurch davon ausgehen konnte, eine Wohnung zu besitzen, die er gar nicht bezahlt hat. Wo leben wir denn?!, ruft der Mann aus, plötzlich ohne Lachen, worauf die Frau, schöner denn je und mit Anfang vierzig in der Blüte ihrer Jahre, ihn in Schutz zu nehmen beginnt: Er habe es doch nicht gewusst, und er verwalte ja ihre Wohnung nur, bis sie eines Tages wiederkämen, und keinen Tag länger. Im Traum hat er das Gefühl, dass er sie in seine Arme schließen und küssen sollte. Dass sie sich genau das wünscht. Nach dem Aufwachen sagt er sich, dass er sie beim nächsten Mal umarmen und küssen und damit diesem ganzen Spuk ein Ende bereiten wird.

Nach diesem geschäftlich gesehen mehr als glücklichen Erwerb einer Wohnung – seiner ersten nach der Oma-Lisbeth-Wohnung – kaufte er die nächste nur wenige Wochen später. Es war eine Flucht nach vorn; die Angst davor, einen weiteren Kredit aufzunehmen, besiegte er mit der noch stärkeren Angst, sich ein Leben lang zu grämen, diesen Schritt nicht getan zu haben. Ebenfalls achtundvierzig Quadratmeter groß war diese Wohnung, nur zwei Häuser weiter, vermietet an einen alten Säufer, der behauptete, in der Wohnung geboren worden zu sein, und sich deshalb nichts sehnlicher wünsche, als in ihr auch sterben zu dürfen. Nach einem kurzen Gespräch mit dem Nachbarn wusste er, dass der Säufer gelogen hatte und erst Mitte der achtziger Jahre hier eingezogen war. Der Nachbar hoffte, Matthias würde den immer wieder lautstark krakeelenden Trunkenbold – so merkwürdig altmodisch nannte er ihn – mit einer Modernisierung und sich anschließender Mieterhöhung vergraulen. Doch das tat er nicht. Wegen der niedrigen Miete hatte er die Wohnung preiswert kaufen können und war nicht auf Renditemaximierung aus. Vor allem aber – und das sagte er dem Nachbarn unumwunden – wollte er so viel wie möglich aus dem Viertel erhalten.

Der Nachbar, ein knapp fünfzigjähriger Fahrlehrer, der schon länger als der Trunkenbold in dem Haus wohnte, sah ihn erstaunt an und fragte, ob er ein Linker sei. »Und wenn?«, entgegnete Matthias. »Ich bin auch einer«, sagte der Fahrlehrer. »Ich nicht«, erwiderte Matthias. Er sah sich ideologisch oder parteipolitisch eigentlich nirgendwo, wollte aber insbesondere keinen Schulterschluss mit diesem Fahrlehrer, der ihm denunziatorisch vorkam und schmierig obendrein.

Ein knappes Jahr später starb der Säufer, und um den Nachbarn zu ärgern, vermietete Matthias die Wohnung an einen frisch geschiedenen Maurer, dessen dunkelrote Erdbeernase darauf hindeutete, dass auch er dem Alkohol nicht abgeneigt war.

Es folgten, ein Jahr und noch mal dreieinhalb Jahre später, die Wohnungen Nummer drei und vier, beide in der Schönfließer Straße, beide sechsundvierzig Quadratmeter groß und so preiswert, dass es auf jeden Fall ein Fehler gewesen wäre, sie nicht zu kaufen. Der Sinn im Erwerb dieser Wohnungen bestand vor allem darin, die Angst vor weiterer Verschuldung zu überwinden, einer Verschuldung, die in ökonomischer Hinsicht klug war: Nicht nur, dass sich Zins- und Tilgungskosten von der Steuer absetzen ließen, der Wertzuwachs von Immobilien in bestimmten Vierteln Berlins war bekanntermaßen enorm und, sofern Katastrophen ausblieben, ein Ende nicht abzusehen.

Die erste Wohnung in der Schönfließer, Parterre, Seitenflügel, hatte der einzige Sohn eines Emigrantenpaares kaufen wollen. Sechs Jahre alt war er gewesen, als seine Eltern, beide Kommunisten, 1938 Berlin verließen und in die USA gingen. Am Telefon erschien er Matthias wie die personifizierte amerikanische Euphorie: Wonderful, dass die Wohnung noch zu haben ist … amazing … ja, of course. Zwei Stunden später standen sie in der Wohnung, und Matthias fragte: »Why such a small flat without any sun?« – »Because of my childhood«, antwortete der Mann. Dann: »Sorry, ich muss Deutsch reden. Es ist meine Kindheit. Sie war um die Ecke, Stolpische Straße, heute Paul-Robeson. Jetzt ich will zu meinem Ursprung zurück. Sorry für das Pathos, aber das sind die Gefühle. Das ist Kindheit, Erdgeschoss, winzige Wohnung.« Seine Eltern, erzählte er weiter, ohne die Wohnung zu beachten, zu deren Besichtigung er gekommen war, sie wären glückvoll, wenn sie noch lebten und erfahren würden, dass er hierherziehen möchte.

Sie vereinbarten einen Notartermin, doch wenige Tage zuvor bat der Sohn um ein weiteres Treffen. Er strich sich immer wieder durchs schlohweiße Haar – eine Geste der Hilflosigkeit, der Verzweiflung – und erklärte, dass er es doch nicht übers Herz bringe, die Wohnung zu nehmen oder irgendeine andere Wohnung in Berlin. Er habe zwar seine Wurzeln hier, aber die spüre er nicht, und daran werde sich auch nie etwas ändern. Es wäre eine Lüge, das nicht zu akzeptieren; er habe schon den Flug gebucht, zurück nach New York.

Dem Verkäufer der Wohnung – einem jungen Mann aus Westberlin, der als Erbe Nutznießer von Rückübertragungsansprüchen geworden war – sagte Matthias, dass der Grund für den Sinneswandel kurz vor Ultimo in der schlechten Qualität der Immobilie gelegen habe; neben dem Mann aus New York hätten auch andere Interessenten von Mängeln gesprochen, die den Kaufpreis keineswegs gerechtfertigt erscheinen ließen. Als ginge plötzlich eine Gefahr von dieser Wohnung aus, die er nicht mehr würde bändigen können, bat der Erbe um schnelle Erledigung der Sache, Kaufpreis nebensächlich. Genauso formulierte er es. Auf Matthias' verblüfften Blick hin sagte er: »Und Sie? Wollen *Sie* nicht kaufen? Wie viel wollen Sie zahlen?«

Jetzt kam sie wieder auf, die Lust am Spiel. Matthias entgegnete: »Ihre Wohnung wird mittel-, auf jeden Fall langfristig einen ziemlichen Wertzuwachs erfahren, bedenken Sie das. Handeln Sie besonnen.«

Ein Wohltäter im Dienst des Kunden – anders hätte man ihn wohl in dieser Rolle nicht nennen können. Der Erbe jedoch wurde nur noch nervöser. »Langfristig … Sie machen mir Spaß. Schicken Sie mir spätestens morgen eine Mail. Schreiben Sie den Kaufpreis rein, den Sie zahlen wollen. Dann ist das Ding weg. Und fertig.«

Am nächsten Tag nannte er dem Erben einen Kaufpreis, der so niedrig war, dass er eine Unverschämtheit darstellte. »Okay«, schrieb der zurück, »das ist zwar unglaublich, was Sie sich da vorstellen, aber ich mache es. Ich habe keine Zeit mehr.«

Einen Tag nach der Kaufpreisüberweisung verschwand der junge Mann, flüchtete vor einer Reihe von Gläubigern und lebte fortan, wie es hieß, in einem karibischen Inselstaat. Diese Geschichte mit dem Charme einer Räuberpistole erheiterte Matthias so sehr, dass eine Leichtigkeit in sein Gemüt zog, die ihn nach ein paar Wochen zu beunruhigen begann, weil sie ihm so fremd erschien.

Die zweite Wohnung in der Schönfließer schließlich, drei Häuser weiter, Seitenflügel, dritte Etage, war ein Notverkauf der anderen Art. Der Mieter, ein Mann von Ende siebzig, war hier im Streit erschlagen worden. Der Mörder, ebenfalls Ende siebzig, hatte den Mieter seit Jahren mit billigem Schnaps und Büchsenbier versorgt. Sie tranken und stritten zusammen; worüber sie zum letzten Mal und auch sonst gestritten hatten, vermochte der Mörder bei der Vernehmung und vor Gericht nicht zu sagen, nur, dass er einen Mord begangen habe, da sei er sich sicher. Der Eigentümer ließ die Wohnung gründlich renovieren und bat Matthias, potenziellen Käufern kein Wort von der schrecklichen Geschichte zu erzählen. Matthias kam der Bitte nach, doch die Interessenten erkundigten sich im Haus oder anderweitig, jedenfalls handelte er sich reihenweise den Vorwurf ein, etwas zu verschweigen. Der Eigentümer ging in Fünftausenderschritten vom ursprünglichen Verkaufspreis herunter, ließ den Interessenten auch reinen Wein einschenken, doch niemand wollte diese Wohnung haben. »Die meiden das Ding wie der Teufel das Weihwasser«, stellte er ratlos fest, worauf Matthias meinte: »Gut, dann bin ich der Teufel und kaufe die Wohnung.«

Er kann heute noch nicht sagen, was in ihn gefahren war, diesen Entschluss zu äußern. Verbarg sich dahinter die schlichte Tatsache, dass sowohl der Ermordete als auch der Mörder so alt waren wie der Onkel, hätte er noch gelebt? Bestimmt hatte der Onkel die beiden gekannt; möglicherweise hatte er mit ihnen zusammen gesoffen, denn seinerzeit konnten es sich die Säufer noch leisten, zum Trinken in die Kneipen zu gehen statt irgendwo den billigsten Fusel zu kaufen.

Nur vierzehn Tage nachdem er die Wohnung erworben hatte, fand sich ein Mieter, ein junger Wolgadeutscher, der auf Abstand zu seiner in Marzahn ansässigen Großfamilie gehen wollte. Matthias erzählte dem Mann, sein Onkel habe bis vor ein paar Jahren in dieser Wohnung gelebt und sich dann in eine schwarze Frau aus Südafrika verliebt, mit der er nach Johannesburg gezogen sei. Natürlich musste er damit rechnen, dass der Wolgadeutsche sich im Haus erkundigte, doch das war ihm egal. Haben Sie noch nie Lust gehabt, mal etwas anderes als die Wahrheit zu sagen? Das hätte er auf eine entsprechende Frage entgegnet. Er hatte Lust, genau das einmal zu äußern.

Die Frage blieb aus. Stattdessen verliebte sich der Wolgadeutsche in eine Bulgarin und folgte ihr nach Bulgarien. Auch späteren Mietern erzählte er vom Onkel und der nicht näher beschriebenen schwarzen Frau; niemand äußerte Zweifel.

Nach Möglichkeit meidet Matthias die Schönfließer und die Ueckermünder Straße. Zu viel Tod, zu viel Tragik hängt am Erwerb der vier Wohnungen. Mit seinem Eigentum ist er, ganz gleich wie er selbst das sieht, längst ein Vertreter des Kapitalismus. Am liebsten würde er mit dem Besitz nichts zu tun haben. Dass er die Eigentümerversammlungen besucht, nennt er für sich ein Mindestmaß an Professionalität. Als Mann vom Fach fragen ihn gelegentlich andere Eigentümer; er gibt Tipps und Ratschläge, und bisweilen revanchieren sie sich, indem sie ihn für den Verkauf einer Wohnung beauftragen oder vermitteln. Das Geschäft geht weiter, immer weiter.

ALS HÄTTE SICH DER FRÜHLING mit seiner ganzen Schönheit am Tag der Beisetzung bereits verausgabt, stürmt und regnet es in den nächsten Wochen fast unablässig. Umso mehr drängt es Matthias wieder ins Skandinavische Viertel. Nichts soll ihn davon abhalten, sein Revier zu durchstreifen, und so taucht er täglich direkt nach der Schule dort ein. Die Schultasche auf dem Rücken, kämpft er gegen Wind und Regen an, wie um eine Strafe abzubüßen oder etwas zu besiegen, das immer wieder stärker ist als er.

Er schaut durch die Fenster in die Gute-Laune-Destille, den Schluckspecht, die Weiber-Bar, und jedes Mal ist er wütend, dass er die Vorstellung nicht loswird, den Onkel oder sogar den Großvater oder beide zusammen wiederzusehen. Manchmal, vor einer der Kneipen, glaubt er den Kölnischwassergeruch des Alten wahrzunehmen. Und er hat wieder die Frage im Ohr, die Oma Lisbeth in die Runde gab, kaum dass sie den Friedhof verlassen hatten: »Habt ihr eigentlich schon mal überlegt, wer nach Winfried und Paul eigentlich noch in die Urnenstelle reinkommt?« Dieses doppelte »eigentlich« verlieh der Frage eine beängstigende Dringlichkeit. »Ich meine«, fügte sie hinzu, »es sind ja noch zwei Plätze frei. Klar, ich bin wahrscheinlich die Nummer drei. Und du, Horst? Bist du die Nummer vier?« Der Vater erstarrte, als wäre soeben sein Todesurteil gefällt worden. Tante Mimmi kicherte ihr übliches Kichern, wie aus einem Automaten, der auf Knopfdruck loslegt. Worauf Lisbeth, an alle drei Schwestern gewandt, sagte: »Fühlt euch mal nicht so sicher, nur weil ihr mit Paul nicht blutsverwandt oder, noch schlimmer, verheiratet gewesen seid.« – »Wenn er mich nachholt«, konterte Agathe, »geh ich deswegen noch lange nicht in seine Urnenstelle. So viel steht fest. Jawohl, das sag ich hiermit unter Zeugen.« Mimmi und Grete schlossen sich dem an, und damit war gewissermaßen der Ball wieder an den Vater zurückgespielt.

Einmal – Matthias will gerade von der Finnländischen in die Malmöer einbiegen – sieht er, wie ihm die drei Schwestern entgegenkommen. Rasch verbirgt er sich in einem Hauseingang, wartet, bis sie ihrerseits in die Malmöer eingebogen und nicht mehr zu sehen sind. Er könnte nicht genau sagen, ob er Gefühle für sie hat und wenn ja, welche. Die schlagfertige Agathe, die lachfreudige Mimmi und Grete, die ihrem Namen alle Ehre macht, weil sie aussieht wie Haut und Knochen – sie sind für ihn nicht mehr als schrullige Figuren, die er vermutlich auch nur als solche vermissen würde. Der Wunsch, dass am besten eine von ihnen nachgeholt wird, wenn es denn sein muss, kommt ihm ungehörig vor, doch er empfindet ihn immer stärker, je länger er darüber nachdenkt. Dieses Nachholen, sagt er sich schließlich, ist der blödsinnigste Aberglaube aller Zeiten, Altweibergewäsch, mit dem er nichts, aber auch gar nichts mehr zu tun haben will.

Eines Nachmittags – er kommt durchnässt nach Hause und will sofort in sein Zimmer verschwinden – stellt ihn die Mutter zur Rede. Sie hat sich in der Schule erkundigt und erfahren, dass er nach Unterrichtsschluss nie länger dort sei. Warum er sie angelogen habe, mit Mathezirkel und so, warum nur? Sie fasst sich ans Herz, doch die Geste kommt ihm gespielt vor. Dennoch tut er so, als hätte er ein schlechtes Gewissen. Wenn sie doch bloß arbeiten ginge, sagt er sich. Dann wäre sie nicht so oft zu Hause. Als sie mit ihm schwanger wurde, hat sie auf Drängen des Vaters ihre Fließbandarbeit in der Glühlampenfabrik gekündigt. Er weiß, dass der Vater stolz ist, genug Geld für sie drei zu verdienen.

Er überlegt, was er vorbringen soll, um seine Lüge zu rechtfertigen oder wenigstens zu begründen. »Ich hab Angst«, sagt er, und indem er das sagt, packt ihn die Angst. »Dass ich sterben muss … als nächster. Und ich dachte, wenn ich auf der Straße bin und immer in Bewegung bleibe, dann muss ich nicht sterben.«

Er fängt an zu zittern, spürt Kälteschauer über seinen Rücken ziehen. »Die alten Weiber mit ihrem Gequatsche«, flucht die Mutter. Ihr Groll ist ungewohnt heftig; jetzt fühlt er sich ihr nahe. Um sie zu beruhigen, legt er seinen Kopf an ihre Brust.

In den folgenden Tagen und Nächten liegt er mit Grippe im Bett. Fiebernd stellt er sich vor, was der Trauerredner von seinem Pult aus über ihn sagen würde: Ein sensibler Junge, machte sich zu viele Gedanken über schwierige Dinge. Litt darunter, wenn man ihm nicht reinen Wein einschenkte oder gar irgendetwas verschwieg. Nimmt die großartige Idee, allen Straßen skandinavische Namen zu geben, mit ins Grab. Allen Straßen zwischen Gleim und Ibsen, zwischen Grenze und Schönhauser. Ein Jammer … Was auch immer Inhalt der Rede wäre, die Mutter, der Vater, Oma Lisbeth und sogar die Tanten, deren Söhne und Töchter und Enkel würden so sehr Rotz und Wasser heulen, dass der Redner sich ständig unterbrechen müsste, um Papiertaschentücher zu verteilen.

Nach der Schule geht er direkt heim, nur ab und zu macht er, um nicht als Außenseiter dazustehen, einen Abstecher zur Raucherecke. Zu Hause lernt er Mathematik, Biologie und Physik, das sind seine Problemfächer. Mit Geschichte und Geografie beschäftigt er sich wie zur Erholung. Sein neuer Favorit ist Staatsbürgerkunde: Die sozialistische Gesellschaft ist klar und durchschaubar, fortschrittlich, zukunftsweisend, das alles wissenschaftlich erwiesen. Dagegen ist der Vater mit seiner Sehnsucht nach dem Westen reaktionär – was umso schwerer wiegt, als er zur Arbeiterklasse gehört, die historisch gesehen den Fortschritt verkörpert. Staatsbürgerkunde ist die beste Medizin gegen Aberglauben. Wissenschaftlich vollkommen unhaltbar, dass der Großvater starb, weil er, Matthias, ihm den Tod wünschte. Und der Verrat am Onkel? Auf diese Frage hat er noch keine Antwort, und er weiß auch nicht, mit wem er darüber reden könnte. Wenn er an den Onkel denkt, treten ihm Tränen in die Augen. Er spannt die Gesichtsmuskeln an, bis das Gesicht zu zittern beginnt und die Tränen weg sind.

Sein beharrliches Lernen zeigt bald Erfolge: Sogar in Mathematik und Physik bekommt er die ersten Einsen. Als er der Mutter eine sehr gut benotete Arbeit präsentiert, erlebt er sie frohgemut wie lange nicht mehr. Sie fasst sich wieder ans Herz, diesmal aus Ehrfurcht vor seiner Leistung. »Weißt du«, sagt sie, »wenn ich als Schülerin bessere Leistungen gehabt hätte, wäre ich nicht in der Glühlampenfabrik gelandet. Ich hätte ja auch als Sekretärin arbeiten können. Im Diktat war ich immer gut.« Es hört sich an, als wäre Sekretärin ihr Traumberuf. Vielleicht ist er das, er hat nie mit ihr darüber gesprochen. Er kann sich gar nicht vorstellen, dass sie einer Arbeit nachgeht, so sehr ist sie für ihn Mutter und Hausfrau. »Damals«, fährt sie fort, »in der Schule war mir nicht bewusst, wie wichtig es ist, fleißig zu sein, gute Zensuren zu bekommen. Aber ... es war natürlich auch eine andere Zeit.«

Es klingt so lapidar, dass er zunächst gar nichts dazu sagen möchte. Dann aber entschließt er sich zur Offensive: »Wie meinst du das?«

»Wie ich das meine? Ganz einfach: Es war nach dem Krieg, und ich hatte keine Eltern, die mir erklärten, wie wichtig es ist zu lernen.«

Er weiß, dass sie im Heim aufgewachsen ist, weil ihr Vater im Krieg geblieben und die Mutter an Typhus gestorben war. »Gab es denn«, fragt er, »im Heim niemanden, der dir das erklärte?«

»Nein«, sagt sie, »da hatten wir andere Probleme.« Sie meint damit sicher auch, dass er froh sein soll, nicht solche anderen Probleme zu haben, welche auch immer das wären. Vor allem aber soll er wohl dankbar sein, dass er Eltern hat, die ihm erklären, was wichtig ist im Leben. Diese Verpflichtung zur Dankbarkeit bereitet ihm Missbehagen; trotzig fragt er: »Welche denn?«

Noch nie hat sie mit ihm über ihre Kindheit gesprochen. Jetzt sagt sie: »Wenn du im Heim aufwächst, hast du immer das Gefühl, dir fehlt etwas. Oder du bist nicht vollständig. Eigentlich ist das ein Gefühl, das nie aufhört.«

Er fragt sich, ob sie deshalb oft krank wirkt, zumindest müde, erschöpft. Er überlegt, ob er ihr diese Frage stellen soll oder besser damit warten. Indem er überlegt, verliert er den Mut zur Offensive.

So sehr er sich in den nächsten Wochen eine Gelegenheit herbeiwünscht, sie will nicht eintreten. Wenn er an den Nachmittagen mit der Mutter allein ist, ist sie oft hektisch oder abgelenkt. Vielleicht, denkt er, spürt sie, dass er sie ausfragen möchte. Er versucht, dieses Bedürfnis zu unterdrücken, aber das gelingt ihm nicht. Da er ausgerechnet in diesen Wochen keine Eins bekommt, fälscht er die Schrift seines Mathelehrers und schreibt in dessen Namen eine Belobigung: *Werte Frau Weber, Ihr Sohn Matthias ist eine große Freude für mich. Er ist fleißig, seine Mitarbeit ist sehr gut, und seine Leistungen werden immer besser.* Als er das der Mutter zeigt, bricht sie in Tränen aus. Zunächst hat er den Eindruck, es sind Freudentränen, dann aber geht ihr Weinen in Schluchzen über. Was schmerzt sie? Hat sie seine Fälschung erkannt? Sie nimmt ihn in die Arme, drückt ihn so fest an sich, als wolle sie eins mit ihm werden. Zumindest denkt er das: Sie will eins mit mir werden. Vielleicht, weil sie sich nicht vollständig fühlt. Er wartet, bis sie mit dem Schluchzen aufgehört hat, dann fragt er vorsichtig: »Fühlst du dich oft krank, weil du … weil du dich nicht vollständig fühlst?«

»Woher weißt du, dass ich mich oft krank fühle?«, entgegnet sie.

»Es sieht so aus«, sagt er. So unzulänglich ihm diese Antwort vorkommt, sie erzielt eine Wirkung, die er nicht erwartet hat.

»Es frisst sich ins Gesicht«, sagt sie.

»Was ist ›Es‹?«, fragt er.

»Nichts Bleibendes«, sagt sie und versucht ein Lächeln. Dann nimmt sie ihn wieder in ihre Arme, und diese Geste ist wie ein Verbot, weiter zu fragen.

Kein Tag vergeht, an dem Matthias nicht das Gesicht der Mutter betrachtet. Sie scheint sich an seinen Blicken nicht zu stören, bemerkt sie vielleicht noch nicht einmal. Sicherlich – warum auch immer – tut sie nur so.

Um ihre Aufmerksamkeit herauszufordern, beginnt Matthias, ihre Gesten zu imitieren: Er streicht mit der Hand über seinen Arm, greift an seinen Hals, als wolle er sich erwürgen, befühlt seine Stirn wie um zu prüfen, ob er Fieber hat, und schließlich legt er immer wieder die Hand ans Herz. Sie sagt nichts zu seinem Gebaren, doch so wie sie ihn anschaut, wenn er sie wieder einmal nachgeahmt hat, scheint sie sich darüber zu freuen.

Eines Nachmittags empfängt sie ihn in einem Kleid. Er weiß nicht, wann er sie jemals in einem Kleid gesehen hat. »Hab ich mir gekauft«, sagt sie, kaum dass er die Schultasche abgestellt hat. »Gefällt dir die Farbe?« Es ist hellblau mit weißen Blumen.

»Ja«, sagt er.

»Was ist deine Lieblingsfarbe?« Noch nie hat sie ihn nach seiner Lieblingsfarbe gefragt.

»Grün«, sagt er.

Am nächsten Nachmittag trägt sie ein grünes Kleid, und stolz zeigt sie ihm weitere Kleider, die sie sich ebenfalls gekauft hat. »Ich liebe Kleider«, sagt sie.

»Warum ziehst du sonst keine an?«, fragt er.

»Ich habe diese Liebe erst jetzt entdeckt«, sagt sie. »Oder besser gesagt: wiederentdeckt. Das heißt«, fügt sie erklärend hinzu, »als Mädchen hab ich manchmal Kleider getragen. Leider war ich klein und dürr und wollte älter aussehen, deshalb hab ich dann keine Kleider mehr angezogen, sondern Röcke und Blusen.« Er kennt sie kaum anders als in Rock und Bluse. »Dein Vater«, sagt sie, »hat mich ja so kennengelernt. Es war Sommer, und ich kam von der Arbeit im Glühlampenwerk. Ich ging die Warschauer runter, und da kam mir eine Gruppe Bauarbeiter entgegen. Die waren alle angetrunken, haben mich angequatscht, blöde Witze gemacht, bis auf einen. Der hat aufgepasst, dass sie mir nicht weiter dumm kommen. Dieser eine, das war dein Vater. Ein paar Tage drauf hab ich ihn auf dem Nachhauseweg wiedergetroffen. Später, als wir zusammen waren, sagte er, dass er extra auf mich gewartet hat.«

Dieser eine. Das klingt, als rede sie von jemandem, der über allen anderen steht. Der Schutz bietet, wie niemand sonst jemals Schutz bieten könnte.

»Auf alle Fälle«, sagt die Mutter, wie um einen ausführlich erläuterten Gedanken endlich auf den Punkt zu bringen, »seid ihr beide, du und dein Vater, für mich das Wichtigste im Leben. Du glaubst gar nicht, wie ich euch vermissen würde, wenn ich ohne euch wäre.«

Was soll er dazu sagen? Soll er sich gerührt zeigen oder wenigstens dankbar? Zu dem einen ist er so wenig in der Lage wie zu dem andern. Er will es auch nicht. Wie zur Gegenwehr fragt er: »Warum verheimlicht ihr mir ständig was?«

Die Mutter ist seltsam gefasst. Auf nichts scheint sie so gewartet zu haben wie auf diese Frage. »Na gut«, sagt sie, »ich will es dir erzählen. Es hat ja keinen Sinn, dir bestimmte Dinge zu verschweigen. Vielleicht war es ein Fehler in meinem Leben, dass ich zu oft über bestimmte Dinge nicht geredet hab.« Sie besinnt sich auf seine Frage und spricht entschlossen, wie es Matthias von seiner Mutter nicht kennt.

»Dein Großvater«, beginnt sie, um dann doch anders anzufangen: »Also, nach dem Krieg, da waren doch die Russen in Berlin und um Berlin herum, ich meine«, korrigiert sie sich, »die Sowjetarmee.« Sie hält inne. »Weißt du, ich hab das auch erst erfahren, als ich mit deinem Vater verheiratet war. Er hat mir das so erzählt, wie ich es jetzt an dich weitergebe. Es war für mich selbstverständlich, dass ich es nie jemandem sage. Obwohl dein Vater das überhaupt nicht von mir verlangt hat … Er hat erzählt, dass dein Großvater kurz nach dem Krieg von einem Saufkumpan namens Lehmann, Erich Lehmann, verpfiffen wurde. Der hat sich bei der Sowjetarmee gemeldet und denen verraten, dass dein Großvater Nazi war, Parteimitglied, NSDAP. Da haben sie ihn abgeholt und ins KZ gesteckt.« Wieder hält die Mutter inne, dann sagt sie: »Genau das, was du dich jetzt fragst, hab ich mich auch gefragt.«

Er nickt beipflichtend, denn er will, dass sie ohne Umschweife weiterredet. Da sie das nicht tut, stellt er die Frage: Ob er richtig verstanden habe … jedenfalls habe er noch nie davon gehört, dass jemand *nach* dem Krieg ins KZ gesteckt wurde.

»Erzähl das bloß keinem in der Schule oder sonst wo«, sagt die Mutter mit gedämpfter Stimme. »Und auch nicht deinem Vater, niemals.«

Da steht sie nun vor ihm, in einem lindgrünen Kleid;

ein solches Kleid hat sie zuletzt als Mädchen getragen, vielleicht war sie so alt wie er oder noch jünger. Einen Moment lang ist ihm, als wären sie Geschwister und hätten nun ein Geheimnis vor dem gemeinsamen Vater. Ein feierliches Gefühl macht sich in ihm breit, es ähnelt dem Siegesgefühl, das er gegenüber den Grenzsoldaten hatte. »Ja«, sagt die Mutter, »so war es: Die Sowjetarmee hat das KZ Sachsenhausen erobert … ich meine, befreit, und dann haben sie deinen Großvater hineingesteckt, zusammen mit anderen Nazis. Vier Jahre lang. Nur weil dieser Lehmann ihn verpfiffen hat.«

Ja, denkt er, ein staunendes Mädchen ist sie in diesem Kleid und mit ihrem schmalen, blassen Gesicht. »Und die Parteikasse, die er geklaut hat? Was ist mit der?«

Die Mutter zuckt mit den Schultern, fast kokett. »Keine Ahnung. Alles kann ich auch nicht wissen.«

Auch wenn der Vater da ist, trägt sie ihre neuen Kleider. Sie sitzen am Abendbrottisch, manchmal trinkt sie nach einer Tasse Kamillentee ein kleines Glas Wein oder Sekt – höchstens zu Silvester hat er sie mal ein Glas Wein oder Sekt trinken sehen –, während der Vater die Kleider lobt und besonders deren Farben: himmelblau, lindgrün, karminrot, zitronengelb. Jeden Tag trägt die Mutter ein anderes Kleid, jeden Tag macht der Vater ihr Komplimente; auf Matthias wirken sie ungelenk, sonderbar, aber gerade dadurch glaubhaft.

Über die Komplimente hinaus redet der Vater kaum. Selbst wenn die Mutter Dinge sagt, die in den Ohren von Matthias ziemlich seltsam klingen, äußert sich der Vater nicht. Manchmal versucht er ein Lächeln, und wenn es ihm nicht gelingen will, schaut er bedrückt vor sich hin. Einmal meint die Mutter, dass Matthias Freunde einladen und mit nach Hause bringen soll, so viele wie möglich, so oft er mag. Ja, viele Freunde soll er haben. Die ihn ablenken, stark machen, erwachsen werden lassen. Warum, fragt er sich, muss er sich ablenken, um erwachsen zu werden? Er äußert die Frage nicht, weil er nicht einschätzen kann, was zwischen den Eltern vorgeht, und weil er nicht etwas in Gang setzen möchte, das ihm am Ende missfällt oder ihn gar erschreckt.

Als die Mutter vorschlägt und ihn schließlich regelrecht drängt, dass er zu seinem vierzehnten Geburtstag Jungs aus seiner Klasse einladen soll und, wenn er möchte, natürlich auch Mädchen, greift er erneut zu einer Lüge und behauptet, er habe mit seinen Freunden schon vereinbart, gleich nach dem Unterricht in der Schule zu bleiben, um dort ein bisschen zu feiern. Tatsächlich geht er mit Achim Scholz und Gunther Speichereit zur Raucherecke hinterm S-Bahnhof Pankow, wo er von beiden jeweils eine Schachtel Zigaretten geschenkt bekommt. Gunther Speichereit hat außerdem seinen Kassettenrekorder dabei und spielt Matthias als Geburtstagsständchen »Highway to Hell« von AC/DC vor. Deren Sänger sei vor ein paar Wochen erst an einer Alkoholvergiftung gestorben, sodass niemand wisse, wie es mit der Band weitergehe. Natürlich ist die Kassette aus dem Westen; Gunther Speichereit hat sie von einem Onkel bekommen, der so sehr AC/DC-Fan ist, dass er der Band sogar auf ihrer letzten Skandinavien-Tour gefolgt ist. Skandinavien – das klingt in Matthias' Ohren wie eine Provokation. Als wolle ihm jemand sein Terrain streitig machen.

Er lässt sich keine Gefühlsregung anmerken, während Achim Scholz eine Wermutflasche aus seiner Schultasche zieht und ihn als Geburtstagskind den ersten Schluck nehmen lässt.

Abgesehen von einem Schluck Bier hat er noch nie Alkohol getrunken. Es dauert nur Sekunden, bis seine Zunge schwer wird und er einen Hang zum unmotivierten Grinsen registriert. Am liebsten würde er auf die gefühlte Provokation eingehen: Wo in Skandinavien war denn dein Onkel? Wenn er etwas sagte, würde er lallen, und deshalb sagt er nichts. Ebenso unterdrückt er jeden Anflug eines Grinsens und staunt über das Ausmaß seiner Selbstkontrolle, die ihn auch nicht verlässt, als ihm schwindlig wird und er sich setzen muss. Gunther Speichereit und Achim Scholz bestehen darauf, ihn nach Hause zu bringen, wenigstens bis vor die Haustür zu begleiten. Es nutzt nichts, dass er ihnen versichert, noch bis zum Abend in der Raucherecke bleiben zu wollen.

Er wartet im Hausflur, bis sie weg sind und ihn nicht mehr sehen können. Dann geht er wieder los. Er geht nicht ins Skandinavische Viertel, sondern in die entgegengesetzte Richtung, zum Schlosspark und noch weiter zum S-Bahnhof Heinersdorf. Bis zum Abend streift er umher ohne nennenswertes Interesse an dieser Gegend, während er die Lust unterdrückt, ins Skandinavische Viertel zu gehen. Als wäre es eine Geliebte, denkt er, die er nicht wiedersehen dürfe, weil sie aus irgendwelchen Gründen zu gefährlich für ihn sei. Doch da er noch nie eine Geliebte hatte, tut er den Vergleich als unsinnig beiseite und bemerkt dabei – zum ersten Mal in seinem Leben –, dass hinter dieser Vorstellung der Wunsch stecken könnte, sich zu verlieben.

Als er am Abend nach Hause kommt, singen die Eltern »Hoch soll er leben«, umarmen ihn, und die Mutter überreicht ihm ein dickes Buch mit dem Titel »Weltanschauung – Für die Jugend erklärt«. Er bedankt sich höflich und geht unter dem Vorwand, hundemüde zu sein, in sein Zimmer. Die Neugierde ist groß genug, dass er das Buch aufschlägt und zu lesen beginnt. Wie nicht anders zu erwarten, geht es um den Marxismus-Leninismus als höchste Stufe der Philosophie und der Weltanschauung. Im Prinzip kennt er das aus dem Staatsbürgerkunde-Unterricht, sodass die Erläuterungen, denen es an Weitschweifigkeit nicht mangelt, ihn rasch zu langweilen beginnen. In Staatsbürgerkunde hat er eine glatte Eins, und vom Marxismus-Leninismus ist er bisher begeistert gewesen – soll dieses Geschenk dazu dienen, ihm die Begeisterung zu nehmen?

Am Ende des Buches entdeckt er ein schmales Kapitel, in dem es um die spätbürgerlichen Weltanschauungen geht: Subjektivismus, Existenzialismus, Positivismus … Begriffe, von denen er noch nie gehört hat. Er stößt auf Namen wie Albert Camus oder Jean-Paul Sartre. Die Auffassungen Sartres, heißt es, seien geprägt von extremem Subjektivismus und irrationalistischem Individualismus. Über Camus wird das Gleiche behauptet, mit dem Zusatz, dass er eigentlich gar kein Philosoph sei, sondern nur Schriftsteller. Warum werden die beiden überhaupt erwähnt, fragt er sich, wenn man sie nur schlecht machen will? Sie seien weltanschaulich zurückgeblieben, heißt es, und böten deshalb, was das Begreifen der Gesellschaft anbelangt, keinerlei Orientierung. Matthias' Interesse ist jedoch im Nu entfacht, als er liest, was dieser Sartre über Freiheit geschrieben hat und Camus über die grundsätzliche Absurdität des Lebens. Vor allem der Sisyphos-Mythos, über den sich das Für-die-Jugend-erklärt-Buch regelrecht lustig macht – was für ein philosophischer Stümper dieser Camus doch sei –, lässt seinen Puls schneller schlagen: Sisyphos, liest er, wird von den Göttern verurteilt, einen riesigen Stein bergan zu rollen. Immer wenn er den Gipfel fast erreicht hat, rollt der Stein wieder hinunter, und Sisyphos muss aufs Neue beginnen. »Der Kampf gegen Gipfel vermag ein Menschenherz auszufüllen«, wird Camus zitiert. Und: »Wir müssen uns Sisyphos als einen glücklichen Menschen vorstellen.« Matthias begeistert die trotzige Erhabenheit dieser Aussage. Der Kampf gegen das vom Schicksal Verfügte ... Geht von Sartre und Camus womöglich eine Gefahr aus, die man durch Lächerlichmachen kleinkriegen will? Ist der Marxismus-Leninismus, diese beachtliche Waffe im Kampf gegen den Aberglauben, manchen seiner Gegner doch nicht ganz gewachsen?

Am nächsten Abend fragt er die Eltern, warum sie ihm dieses Buch geschenkt haben. »Es war *ihre* Idee«, sagt der Vater. Er sagt auch das wie ein Kompliment, doch eigentlich will er mit der Sache nichts zu tun haben.

»Ich hab mit Herrn Grothe gesprochen«, sagt die Mutter, »er meinte, dass du mittlerweile einer der besten Schüler der Klasse bist und sehr gute Chancen hast, auf die Erweiterte Oberschule zu kommen.«

Herr Grothe ist sein Klassenlehrer, unterrichtet Deutsch und Geschichte. Ein ruhiger, manchmal unnahbar wirkender Mensch, immer sehr sachlich, sehr korrekt. Dass er ein Kandidat für die Erweiterte Oberschule sei, hat Herr Grothe ihm gegenüber noch nicht mal angedeutet. Natürlich hat er sich selbst mit dieser Möglichkeit beschäftigt, ihr jedoch, um nicht enttäuscht zu werden, wenig Chancen eingeräumt. Immerhin mag es von Vorteil sein, dass er Arbeiterkind ist – Arbeiterkinder, heißt es, werden im Arbeiter-und-Bauern-Staat besonders gefördert –, aber auch darauf will er sich nicht verlassen.

Er begreift nun, was hinter dem Geschenk steckt: Er soll ein Fachmann jener Weltanschauung werden, die die unerlässliche Voraussetzung dafür ist, auf die Erweiterte Oberschule zu kommen. Soll er das letzte Kapitel des Buches erwähnen? Den Sisyphos-Mythos? Oder dass Sartre Freiheit als Freiheit der Wahl beschrieb? Die Mutter hat die Wahl getroffen, ihm das Geheimnis des Großvaters anzuvertrauen; so gesehen ist sie frei. Und der Vater? Er erinnert sich seiner Worte: »Und wenn du später studierst, bringt dich dein Beruf vielleicht ins westliche Ausland ... Ich wäre der letzte, der es dir übel nimmt, wenn du einfach dort bleibst ...« Im Westen, da ist die Freiheit – auch so hat es der Vater schon einmal gesagt.

Der Westen, was ist das außer Gerede und Gemunkel, Radio und Fernsehen – Westfernsehen, das die Eltern fast täglich eingeschaltet haben? Ganz konkret sind es bestimmte Gerüche, die über die Grenze in die Korsörer Straße geschwebt kommen oder in die Kopenhagener oder die Bornholmer, sofern er sich diese Gerüche nach Seifenpulver oder irgendwelchen Duftwässern nicht einbildet. Oder es ist das Röhren von Motorrädern, die an der Grenze auf und ab fahren. Der Westen, das sind Betrunkene oder übermütige Jugendliche, die ihre Kofferradios laut aufdrehen und blöde Sprüche rufen wie:

»Kommt doch rüber, ihr Idioten.« Oder: »Hier ist die Party, wo bleibt ihr denn, ihr Feiglinge?«

Als er vor zwei Jahren einmal die Bornholmer in Richtung Grenze ging, hat er diese Sprüche gehört und sofort als Angriff auf sich empfunden. Kommt *ihr* doch rüber, blöde Drecksäcke, hätte er am liebsten zurückgerufen, doch vielleicht wäre das schon eine Grenzverletzung gewesen und bestraft worden. Außerdem – das wurde ihm rasch klar – war gar nicht er gemeint, sondern die Grenzposten, die keine fünfzig Meter von ihm entfernt an der Mauer entlang patrouillierten. Sie taten desinteressiert, doch kaum war der nächste Ruf von Westberliner Gebiet zu hören, »Na los, ihr Kommunistenschweine, na los«, schauten sie ausgerechnet zu Matthias, sodass er, Gelassenheit vortäuschend, eilig von der Bornholmer in die Malmöer Straße einbog.

Seit er vierzehn ist, hat er einen Personalausweis. In diesem Ausweis steht seine Adresse. Wollte er ins Grenzgebiet, müsste er behaupten, er wohne dort und wäre noch nicht vierzehn. Doch schon öfter hat er sich gefragt, was er davon hätte. Was würde die Lüge ihm bringen? Er wäre nur näher dran an der Mauer, die gleichwohl unüberwindbar bliebe. Selbst wenn er es über die Mauer schaffte – hinter ihr wartet ein Minenfeld … Aber wozu eigentlich dieser absurde Gedankengang, da er ja gar nicht in den Westen will?

An einem warmen Frühsommertag packt ihn doch die Neugierde. Er geht die Isländische Straße hinauf, an deren Ende das Grenzgebiet beginnt. Diesmal hat er nicht die mindeste Lust, die Posten in ein Gespräch zu verwickeln, er will nur schnell an ihnen vorbei. Er hat die beiden jungen Männer noch nie gesehen und grüßt wie jemand, der hier täglich langgeht, mit lapidarer Selbstverständlichkeit.

»Wohin?«, fragt der eine. Wieder ein Sachse.

»Nach Hause«, sagt Matthias und spielt den Überraschten, beinahe Empörten.

»Adresse?«, fragt der Sachse.

»Norweger Straße 15.«

Der Sachse nickt. »Ja, die gibt es«, stellt er fest.

Und ob es die gibt, würde Matthias am liebsten entgegnen. Wieso nur traut man ihm zu, so dumm zu sein, eine Adresse zu nennen, die es gar nicht gibt?

»Ausweis, bitte«, sagt der Sachse.

»Hab ich nicht. Bin erst dreizehn.«

Der Sachse schaut ihn skeptisch an. »Werde nächste Woche vierzehn«, fügt Matthias hinzu und tut tief getroffen, weil man ihm nicht glaubt. Der Sachse zeigt mit einer Kopfbewegung an, dass er passieren darf.

Er biegt in die Norweger Straße ein und geht die Mauer entlang. Er könnte sie anfassen; aber das käme ihm vor wie eine Anbiederung und so gesehen eine Erniedrigung angesichts eines Stärkeren, Unüberwindbaren. Er stellt sich vor, Sisyphos hatte einen ähnlichen Stolz, als er seinen Stein bergan rollte.

Um den beiden Grenzposten nicht wieder zu begegnen, müsste er von der Norweger in die Helmut-Just alias Stockholmer einbiegen, doch er will kein Feigling sein und denen ausweichen. Jetzt erst recht nicht.

»Nanu«, sagt der Sachse, »du warst aber nur kurz zu Hause.«

Er überlegt, was er entgegnen könnte. Und ob er, wenn man ihn in die Mangel nehmen will, wieder mit dem Onkel kommen sollte. Während er noch nachdenkt, ist er an den Grenzposten schon vorbei. Er geht die Isländische hinunter und die Czarnikauer, die er in Turkustraße umbenannt hat. Auf einmal ist wieder dieses Siegesgefühl da, ein Anflug davon. Man hat es nicht gewagt, ihn weiter zu fragen oder gar in Bedrängnis zu bringen.

Wie jedes Jahr fährt Matthias mit Beginn der Sommerferien ins Ferienlager, drei Wochen am Straussee in Strausberg; das Lager ist eine Bungalowsiedlung des Ingenieurhochbaus Berlin, des Betriebs, in dem der Vater arbeitet. Wie jedes Jahr gerät er hier in eine Parallelwelt, die aus Tischtennis- und Fußballspielen, Schwimmen und Wanderungen besteht. All das Körperliche lässt den Geist, wie Matthias empfindet, erholsam pausieren. Er fühlt sich weit weg von Schule und Eltern, und dieses Mal will er sich besonders weit weg fühlen, denn mit seinen vierzehn Jahren ist er zum letzten Mal im Ferienlager.

Zum Besonderen dieses letzten Mals gehört eine Art Wettbewerb innerhalb der Gruppe der Ältesten, das Interesse der gleichaltrigen Mädchen auf sich zu ziehen. Zwei sind dabei, die durch ihre Schönheit hervorstechen; alle Jungs sind hinter ihnen her, nur Matthias hält sich zurück, obwohl keine Minute vergeht, in der er sich nicht wünscht, von einem der Mädchen, egal welchem, beachtet zu werden. Er kann es kaum fassen, als seine Schüchternheit belohnt wird und unter den beiden geradezu ein Wettstreit um seine Aufmerksamkeit entsteht. Es erhöht sein Renommee in der Jungengruppe, und das ist ihm momentan noch wichtiger als die schwer einschätzbare

Gunst der Mädchen. Trotzdem hat er das Gefühl, dass es nicht dabei bleiben muss; Neugierde und Beunruhigung mischen sich, wenn er sich mit dieser Ahnung befasst. Es ist, als sei eine Tür aufgestoßen worden, durch die er aber noch nicht hindurchgehen dürfe. Am letzten Abend fasst er sich ein Herz und fragt eines der Mädchen, ob er sie küssen darf. Sie scheint derart überrascht, dass sie mit einem kurzen, heftigen Lachen reagiert. Er bringt kein Wort mehr heraus und wendet sich ab. In der Nacht kann er nicht schlafen.

Am nächsten Morgen ist der Vater da. Als hätte ihn jemand herbestellt, um seine Schmach zu lindern. Oder im Gegenteil, der Peinlichkeit vom Abend die Krone aufzusetzen. Der Vater sagt zu Matthias, dass er ihn abholen kommt; warum er das tut, sagt er nicht. Während alle anderen im Betriebsbus zurück nach Berlin fahren, setzen sie sich in den Trabant und fahren los. Langsam und ruhig fährt der Vater, fünfzig Stundenkilometer, wo achtzig erlaubt sind, und nicht in Richtung Berlin, sondern, wie Matthias an einer Ausschilderung sieht, in die entgegengesetzte Richtung, durch eine verdorrte Heidelandschaft mit grauen Dörfern.

»Was ist los, wo soll es denn hingehen?«, fragt er.

»Ich weiß es nicht«, sagt der Vater. »Es ist auch egal. Ich muss dir was mitteilen.«

Was mitteilen – er kann sich nicht erinnern, dass der Vater dieses bürokratische Wort schon einmal in den Mund genommen hätte.

»Zwei Tage nachdem du im Ferienlager warst«, sagt der Vater, »hat sich deine Mutter ihrer Operation unterzogen. Sie hat lange überlegt, ob sie sich operieren lassen soll. Es gab Für und Wider. Wenn sie sich nicht operieren lässt, haben die Ärzte gesagt, wird sie sterben, mit Operation stehen die Chancen fünfzig zu fünfzig. Deine Mutter hat sich dafür entschieden.«

Matthias starrt geradeaus. Ein Trabant mit einer riesigen Abgaswolke kommt ihnen entgegen. Sie überholen ein Fuhrwerk; das Pferd wiehert. Es sieht aus, als würde es husten. Können Pferde husten? Fast muss er lachen über diese Frage. Fahren sie jetzt zu einem Krankenhaus und besuchen die Mutter? Er weiß, dass sie es nicht tun. »Was für eine Operation?«, fragt er.

»Sie hat gewartet, bis du im Ferienlager bist«, sagt der Vater. »Sie wollte das so.«

Er überlegt, wann er den Vater das letzte Mal dermaßen ruhig erlebt hat. Er kann sich nicht entsinnen.

»*Was* wollte sie so?«, fragt er.

»Sie wollte dich schonen ... Sie hat ja seit Monaten über Schmerzen geklagt ... Nicht drüber geredet.«

Schonen, geht es ihm durch den Kopf, eine Provinz in Schweden, Südküste. »Warum nicht drüber geredet?«, fragt er.

»Ein Wunder, wie gut sie sich beherrschen konnte«, sagt der Vater. »Und dass ... dass sie noch so lange gelebt hat. Bei der Bauchspeicheldrüse, hat der Arzt gesagt, geht es eigentlich ganz schnell.«

Er erinnert sich an die Worte der Mutter nach dem Tod des Onkels: Es ist schrecklich ... Es war auch absehbar. Es frisst sich ins Gesicht – auch das hat die Mutter gesagt und dabei sich selbst gemeint. Was ist »Es«? Nichts Bleibendes, hat sie gesagt. Er spürt die Hand des Vaters auf seiner Schulter, sie lässt ihn nur noch mehr erstarren. Und dann kommt ihm ein Gedanke, den er seltsam findet, irgendwie auch unanständig; ebenso seltsam aber ist es, dass ihn dieser Gedanke beruhigt: Sie hat nicht gelogen, als sie gesagt hat: Nichts Bleibendes. Denn jetzt ist sie tot, und damit ist »Es« auch weg.

Die Wohnung bleibt unverändert. Einzig das Ehebett hat der Vater abgezogen; er schläft auf dem Sofa im Wohnzimmer. Die Hausschuhe der Mutter stehen neben dem Schuhschrank, und das lindgrüne Kleid hängt an der Garderobe im Flur. Eines Vormittags bei über dreißig Grad im Schatten stellt er sich vor, wie die Mutter im Bademantel aus dem Bad kommt, die Hausschuhe anzieht und das Kleid von der Garderobe nimmt. Warum ziehst du nicht mal wieder das himmelblaue an?, fragt er, so leise, dass er es selbst kaum hört. Als käme es darauf an, dass er, falls erforderlich, behaupten könne, überhaupt nichts gesagt zu haben. Die Mutter lächelt, etwas scheu, etwas kokett. – Wenn du es gern möchtest, sagt sie, zieh ich das himmelblaue an. Sie hängt das lindgrüne Kleid wieder an die Garderobe, geht ins Schlafzimmer und kommt im himmelblauen zurück. – Gefällt dir das besser?, fragt sie. – Ja, sagt er, das gefällt mir besser. Es passt zur Farbe deiner Augen. Noch nie hat er sich zur Farbe ihrer Augen geäußert, dieses schöne helle Blau; er stellt sich vor, wie sie wieder lächelt und dabei errötet, wie ein Mädchen. Und mit diesem Lächeln sagt sie: Du kannst ruhig lauter reden, oder belauscht uns dein Vater? – Nein, sagt er, genauso laut wie sie, er ist gar nicht da. Und sie, unverändert lächelnd: Jaja, ich weiß. Nicht mal jetzt ist er krankgeschrieben, dein Vater. Meine Güte, was für ein harter Brocken, was für ein Held … Er bildet sich ein, sie habe das mit einer Spur Sarkasmus gesagt.

Fünf Wochen sind es noch, bis die Sommerferien vorbei sind und das neue Schuljahr beginnt, mit all den Ablenkungen, die es hoffentlich bieten wird. Der Vater kommt abends erst um sieben oder acht nach Hause; von der Arbeit geht er direkt zum Friedhof. Bei der Hitze, sagt er, müsse jeden Tag gegossen werden. Es hört sich an, als wolle er unbedingt dafür sorgen, dass es der Mutter gut geht. Einmal sagt er: »Im Sommer ist es ja üblich, dass die Verstorbenen schnell unter die Erde gebracht werden.« Es klingt wie eine Entschuldigung dafür, dass die Mutter beerdigt wurde, als er noch im Ferienlager war. Warum wurde er nicht abgeholt, um dabei zu sein? Er kann es sich denken, und einmal liefert ihm der Vater die Bestätigung für seine Vermutung: »Sie wollte nicht, dass du … sie wollte, dass du unbeschwerte Ferien hast. Es hätte so oder so nichts geändert.«

Er hat sich nie mehr der Qual einer Beerdigung aussetzen wollen. Möglicherweise hat sie das gespürt und wollte ihn deshalb schonen.

Er stellt sich vor, wie er sie fragt, nicht direkt, sondern halbwegs unverfänglich: War es derselbe Redner wie bei Onkel Winfried und Opa Paul? Hatte er wieder frisch geföhntes Haar? – Jaja, das hatte er. Und was er über mich erzählt hat, meine Güte … Als wäre ich eine Heilige … Die das Leiden mit bewundernswerter Beherrschung ertrug. Die dir, mein lieber Sohn, bis zuletzt eine gute Mutter war. – Bis zuletzt?, entgegnet er. Du meinst, bis ich ins Ferienlager fuhr. Die Feststellung erzielt ihre Wirkung. Ach, mein Junge, nimm mir das bitte nicht krumm. Ich weiß doch, dass dir Beerdigungen zusetzen. Oder nicht? – Ja, sagt er, das tun sie. Trotzdem ... ich meine, als Mutter ... einfach so ... und weg bist du ... Nun kommen ihm doch die Tränen, und er könnte nicht sagen, ob Wut und Enttäuschung überwiegen oder die Trauer. Er fühlt sich sehr allein und will nie mehr mit ihr reden.

Wenn der Vater abends nach Hause kommt, hört er ihn von seinem Zimmer aus. Er fragt sich, ob der Vater zu den Hausschuhen der Mutter schaut, während er an ihnen vorbeigeht, oder zu ihrem lindgrünen Kleid. Oder es sogar berührt. Nein, das tut er nicht, ganz bestimmt nicht. Der Vater – daran zweifelt er nicht – hält seine Seele verschlossen.

Manchmal kommt er zu Matthias ins Zimmer. Er lehnt sich an die Wand und sagt Sätze wie: »Es wird sich schon wieder einpendeln.« Oder: »Es ist ja nicht zu ändern.« Matthias antwortet nichts darauf, und dem Blick des Vaters weicht er aus. Ohnehin kann er nicht deuten, was sich hinter den ausdruckslosen Augen des Vaters abspielt. Nur eines fällt ihm auf: Sein Walrossbart scheint immer größer zu werden oder das Gesicht immer kleiner. Wenn der Bart größer ist als das Gesicht, wird er in sein Zimmer kommen, sich an die Wand lehnen und gar nichts mehr sagen. Vielleicht wird er auch zusammenbrechen und einfach tot sein. Der Gedanke jagt ihm keinen Schrecken ein. Er weiß nicht, ob er sich dafür schämen soll, und entscheidet sich, so etwas wie Scham nicht zuzulassen.

Er hat nur Angst, dass sich die Seele seines Vaters immer mehr verhärtet und diese Verhärtung auf ihn übergreift. Eines Abends zum Ende der Ferien geht er ins Wohnzimmer, wo der Vater vorm Fernseher sitzend schläft. Er rüttelt ihn wach, und bevor der Vater reagieren kann, sagt er: »Ich will dir mal etwas mitteilen.«

Ohne Absicht liegt eine Drohung in den Worten. »Nanu«, sagt der Vater, »bist du eine Behörde, dass du mir was mitteilst?«

Er könnte dem Vater unter die Nase reiben, dass er genau diese Formulierung gebraucht hat, um ihm vom Tod der Mutter zu berichten. Aber was sollte es für einen Sinn haben, auf Worten herumzureiten? Es ist wie die Eröffnung eines Spiels – *seines* Spiels –, als er sagt: »Was meinst du, ob dieser Lehmann, Erich Lehmann noch lebt?«

Der Vater ist hellwach. Seine Stimme aber ist ruhig, klingt fast erleichtert: »Hat dir jemand was erzählt? Deine Mutter?«

Damit hat er Matthias den Wind aus den Segeln genommen. Er könnte natürlich auf der Beantwortung seiner Frage bestehen, doch die Gegenfrage ist einfach stärker. Die Mutter hat ihn gebeten, dem Vater nichts zu sagen. Ist es Verrat, wenn er es dennoch tut? Sie lebt nicht mehr; ist es also überhaupt noch möglich, sie zu verraten?

»Du musst mir nicht antworten«, sagt der Vater. »Wenn du nicht möchtest, lass es. Außerdem ist es schon spät. Du solltest schlafen gehen.«

Dieser lehrerhafte Ton, ungewohnt betulich und fernab von jeglichem Groll, überrascht ihn; zugleich macht er ihn wütend. »Nein«, entgegnet Matthias, »ich will nur wissen, ob dieser Erich Lehmann noch lebt.«

»Keine Ahnung«, sagt der Vater und schaltet den Fernseher aus. »Ich weiß es wirklich nicht«, beteuert er. Und dann, mit abrupter Entschlossenheit: »Also gut, wenn dir deine Mutter die ganze Sache erzählt hat, war es sicher richtig so. Ich meine, vermutlich bist du inzwischen groß genug, dass du das verkraftest, und vor allem: dass du es auch für dich behalten kannst.«

»Das bin ich«, erwidert er.

»Hat sie dir erzählt«, fährt der Vater fort, »dass dein Großvater in der Nazipartei war? '33 ist er eingetreten, der Feigling, kurz nachdem die Nazis an die Macht gekommen waren. Und dann hat er die Kasse der Ortsgruppe geklaut, weil er Geld zum Saufen brauchte. Bevor das Geld versoffen war, wurde er erwischt, und natürlich wäre er aus der Partei rausgeschmissen worden oder Schlimmeres, wenn er nicht um Vergebung gebettelt hätte. Kann sein, dass er auch 'n paar Kommunisten verpfiffen hat, um die Sache wiedergutzumachen, ihm ist alles zuzutrauen. Jedenfalls, nach 'm Krieg hat ihn einer bei den Russen angeschwärzt, genau so 'n Suffkopp wie er, der hieß Lehmann, Erich Lehmann. Nehme an, der hat ihn nicht nur als Nazi denunziert – das waren ja viele –, sondern auch als Denunzianten. Darauf ist er ins KZ Sachsenhausen gesteckt worden. Das haben die Russen nach dem Krieg übernommen. Die waren ja die Sieger und konnten die Lager auch gut gebrauchen. Als sie ihn abholten, war ich zehn; als er wiederkam, war ich vierzehn, so alt wie du.«

Dieses »So alt wie du« lässt sich als Einladung verstehen, über die Gefühle zu reden, mit denen der Vater damals zu kämpfen hatte. Matthias wagt einen Schritt in diese Richtung. »Wie ging es dir damals?«, fragt er.

»Ich hab mir nichts mehr von ihm sagen lassen«, antwortet der Vater. »Und als ich neunzehn war, bin ich ausgezogen. Nichts wie weg. So war das.«

Die Tür, die der Vater kurz geöffnet hat, ist schon wieder zu. Matthias will nicht, dass das Gespräch beendet ist. Außerdem will er die Gelegenheit nutzen, um das andere Geheimnis zu erfahren. »Mutter«, behauptet er, »hat mir noch was erzählt. Ein anderes Geheimnis …«

Wieder der unbeabsichtigte Unterton einer Drohung. Diesmal reagiert der Vater defensiv, sichtbar angespannt. Trotzdem sagt er: »Setz dich doch, bitte« und deutet auf die Couch, und als Matthias sich gesetzt hat, dreht er sich mit dem Sessel zu ihm, sodass sie sich direkt gegenübersitzen, nur eine Armlänge voneinander entfernt. »Ja, das hat sie«, sagt Matthias, halb aus Verlegenheit, halb aus Lust, wie jemand aufzutreten, der ein Verhör beginnt.

»Welches Geheimnis meinst du?«, fragt der Vater. Stellt er sich naiv, oder weiß er es wirklich nicht?

»Ich hab sie gefragt«, sagt Matthias und nutzt die Informationen von Opa Paul, um seine Finte weiter gedeihen zu lassen: »Wann es denn drauf angekommen wäre, hab ich sie gefragt … also mit Onkel Winfried … dass man sich mal auf ihn hätte verlassen können müssen. Und sie hat gesagt: Jaja, da gab es mal was …« Er nimmt all seinen Mut zusammen, doch dem Blick des Vaters weicht er aus. »Da hast du dich blöd angestellt, hat sie erzählt, und hinterher Winfried die Schuld in die Schuhe geschoben.«

»Hat sie ›blöd‹ gesagt … und ›Schuld in die Schuhe geschoben‹?«

»Ja, das hat sie gesagt.«

Der Vater schüttelt ungläubig den Kopf, dann schaut er Matthias direkt an. »Wenn das so sein sollte«, sagt er, »muss sie sich *ziemlich* verändert haben in letzter Zeit.

Früher hätte sie über mich ganz bestimmt nicht so gesprochen.« Der Vater dreht seinen Sessel zurück und schaltet den Fernseher wieder ein. »Jedenfalls«, sagt er, ebenso lapidar wie abweisend, »wenn sie's dir erzählt hat, dann weißt du ja Bescheid.«

Matthias geht aus dem Zimmer, und ihm ist klar, dass er sein Spiel verloren hat, bevor es richtig losgegangen ist.

Jeden Morgen um sechs hört er den Wecker schrillen. Er hört, wie der Vater in der Wohnung umhergeht, sich in der Küche Kaffee kocht und zur Arbeit geht. Jedes Mal zieht er sich die Bettdecke über den Kopf, um das nicht hören zu müssen. Unter der Bettdecke ist er wie in einer Höhle. Vielleicht ist die Höhle der Tod, und er ist in ihm drin, während er noch lebt. Zum Glück ist das nur so ein Gedanke, der kein Gefühl erzeugt. Überhaupt schätzt er jeden noch so seltsamen Gedanken, der ihn davon abhält, in Gefühlslöcher zu stürzen. Wie er es bei seinem Vater vermutet, so ist es bei ihm selbst: Er beachtet die Hausschuhe, das lindgrüne Kleid an der Garderobe, die Teekanne in der Küche, all die Dinge der Mutter, mit keinem Blick.

Er streift durch Pankow, über die Grabbeallee zur Dietzgenstraße und noch weiter. Das Skandinavische Viertel meidet er. Es ist der Ort seiner Erfindungen, aber auch seiner Erinnerungen und quälenden Fragen. Sie kreisen um Onkel Winfried und Opa Paul, die zum Viertel gehören wie das Kummer-Eck oder die Weiber-Bar und deren Tod auf sein Konto geht. Doch hat er den Tod der Mutter nicht auch verschuldet? Hätte er eine Ahnung haben müssen und nicht ins Ferienlager fahren dürfen? Sicherlich hätte sie sich dann nicht operieren lassen und würde vielleicht noch leben. Er muss – so seine logische Folgerung – sich wieder mehr dem Onkel und dem Großvater widmen, um sich von der Mutter abzulenken. Mit diesem Gedanken wagt er sich von der Mühlenstraße endlich wieder Richtung Süden in die Bornholmer und von der Bornholmer in die Seelower Straße, die er in Göteborger umbenannt hat.

Durch die gardinenlosen Fenster schaut er ins »Seelower Eck« alias Gute-Laune-Destille. Er würde sich nicht wundern, wenn seine Fantasie ihn beschenken und er den Onkel sehen würde, den gleichwarmen Zauberer, der mit fünf Strickjacken übereinander am Tresen steht, Fassbrause trinkt und den Beobachter am Fenster entdeckt, obwohl er in eine andere Richtung blickt. Keine zwei Meter vom Onkel entfernt könnte Opa Paul sitzen, an einem Gläschen Koks nippen und eine Kreatur aus Stanniolpapier basteln.

Plötzlich steht Oma Lisbeth hinter ihm und fragt, ob er jemanden suche. Sie trägt zwei volle Einkaufstaschen, die sie Matthias reicht. »Hier, nimm. Und komm mit.«

Auf dem Weg zur Wohnung reden sie kein Wort miteinander. Erst in der Küche, als er die beiden Taschen abstellt, sagt die Großmutter, ohne den Gedanken irgendwie einzuleiten: »Eigentlich wäre ich an der Reihe gewesen. Stattdessen … Das Schicksal spielt verrückt, anders kann man das nicht ausdrücken.« Kaum hat sie den Satz beendet, korrigiert sie sich: »Wahrscheinlich ist es ganz einfach: Was an der Reihe ist, muss gehen. Das ist die Bestimmung. Daran glaube ich. Das hab ich mir von den Nazis nicht verbieten lassen und von den Kommunisten auch nicht.«

Es klingt, als hätte sie die Idee von der Bestimmung öffentlich vor sich hergetragen und würde das heute noch tun und dabei viel riskieren. Vor allem ist er schockiert von ihrem: Was an der Reihe ist, muss gehen. Das ist nicht nur weitaus schlimmer als der blödsinnige Aberglaube vom Nachholen, es würdigt die Mutter herab und löst bei ihm das erste Mal in seinem Leben Hass auf die Großmutter aus. Das Gefühl macht ihn hilflos. Er startet eine Art Überrumpelungsaktion: »Ich weiß, dass Vater sich blöd angestellt hat und Winfried die Schuld in die Schuhe schieben wollte. Das hätte ich nie gedacht. Was meinst du dazu?«

»Hat dir Horst davon erzählt? Oder etwa Winfried?« Es steckt mehr Neugierde als Furcht hinter den Worten der Großmutter.

»Winfried«, lügt er, denn Winfried kann nicht mehr befragt werden. »An deinem Geburtstag. Als ich in der Küche bei ihm war. Er war total offen und ehrlich. Aber wie war das deiner Meinung nach?«

Nach ihrer Meinung gefragt zu werden, verfängt bei ihr nicht. Im Gegenteil: Sie scheint zu durchschauen, dass er nur vorgaukelt, etwas zu wissen. »Mein lieber Scholli«, ruft sie aus, »nicht dass du bluffst, wie der Winfried manchmal geblufft hat. Du kommst vielleicht mehr nach ihm als nach deinem Vater«, setzt sie nachdenklich hinzu. »Sei bloß froh, dass du nicht so schlimm schielen musst.«

»Wieso froh?«, sagt er, fixiert seine Nasenspitze und beginnt zu schielen. Am liebsten würde er die Pupillen vollständig verschwinden lassen, doch das gelingt ihm nicht. Auf einmal beginnt Oma Lisbeth zu weinen. »Mein Gott, musst du so furchtbar gemein sein? Du bist ja noch gemeiner als dein Vater.«

»Ich bin nur deshalb so gemein, weil du mir nichts erzählst. Überhaupt gar nichts!«

Die Dramatik in seiner Stimme verfehlt ihre Wirkung nicht: Ihm kommen die Tränen, während Oma Lisbeth mit dem Heulen aufhört. »Hätte dein Vater nicht abhauen wollen«, sagt sie trotzig, »wäre alles gut geblieben.«

»Wäre es überhaupt nicht«, entgegnet er, obwohl er nicht im Mindesten begreift, was ihre Andeutung meint. Aber sein Bluff hat Erfolg: »Vielleicht hast du recht«, sagt sie, um sich gleich darauf wieder zu korrigieren: »Nein, hast du nicht. Mit seinem idiotischen Fluchtversuch fing das ganze Elend an.«

Fluchtversuch! Eine miese kleine Finte hat genügt, um die Information zu bekommen, die ihm sein Leben lang vorenthalten wurde. Was für ein Spiel! Ein Gefühl von Macht und Genugtuung stellt sich in ihm ein. Wie sehr er das braucht! Doch bloß nicht zu früh freuen. Das Gefühl zurückschrauben, ruhig bleiben, aufpassen! Zum Glück beginnt Oma Lisbeth bereits zu reden, während sie die Einkaufstaschen auspackt: »Der Winfried« – kein Wunder, findet Matthias, dass sie wieder mit ihm anfängt –, »der hat's immer hingenommen, wenn Paul, der alte Miesepeter, in der Ecke saß und gesoffen hat. Aber dein Vater hat das nicht ausgehalten. Mit neunzehn ist er ausgezogen, das war 1955.«

Matthias staunt, und nicht zum ersten Mal, wie gut sie Alters- und Jahreszahlen im Kopf hat. Wahrscheinlich braucht sie die Zahlen, um sich an ihnen festzuhalten in diesem unberechenbaren Leben. »1961 ist dann die Mauer gebaut worden, 1962 hat er deine Mutter kennengelernt. Sie sind gleich zusammengezogen, also sie einfach mit in seine kleine Wohnung. Und dann, im Frühling '63, überredet er den Winfried, mit ihm über die Grenze zu flüchten, hier gleich um die Ecke. Aber der Winfried wollte dann doch nicht. Hat sich's anders überlegt gehabt. Wollte hierbleiben, bei mir. Da ist dein Vater allein los. Wurde erwischt und ab in 'n Knast. '66 hat er dann deine Mutter geheiratet, kurz darauf bist du auf die Welt gekommen, aber das weißt du ja. Seitdem hat er kein gutes Haar mehr am Winfried gelassen. Ach, der arme Winfried ... Der war 1966 in Finnland, Helsinki, im Februar, mit seinem Zirkus ... Nicht mal das hat ihm dein Vater gegönnt.«

Bei all der Befriedigung und dem Drang, mehr über den Fluchtversuch zu erfahren, ist es eine Frage, die Matthias vor allen anderen beschäftigt: »Warum«, fragt er, »ist er mit meiner Mutter zusammengezogen und hat danach versucht zu flüchten?«

»Wenn ich dir das erklären könnte«, erwidert die Großmutter. Vermutlich denkt sie wieder ans unergründliche Schicksal, als sie hinzufügt: »So ist das eben.«

Er ist enttäuscht von der Großmutter, die sich vielleicht noch nie mit dieser Frage beschäftigt hat. Na gut, dann eben ein anderes Thema: »Opa Paul und Erich Lehmann«, fragt er, »was war mit den beiden?«

Oma Lisbeth ist irritiert. Oder tut sie nur so? »Das ist was ganz anderes«, sagt sie.

»Nein«, erwidert er, »das ist auch ein Geheimnis.«

»Ja, aber ein ganz anderes. Und jetzt muss ich mich hinlegen.« Ohne sich zu verabschieden, geht sie in das Zimmer, in dem Winfried gewohnt hat.

SEIT JAHREN denkt er immer wieder darüber nach, Winfrieds Zimmer auszuräumen und endlich renovieren zu lassen. Er könnte es als Arbeitszimmer neu einrichten, aber er braucht kein separates Arbeitszimmer. Und ein Gästezimmer? Kinder, die es nutzen könnten, hat er keine, Freundschaften haben nicht überdauert. Nicht dass es Zerwürfnisse gegeben hätte, nein, er hat es einfach nicht vermocht, sie am Leben zu erhalten. Sicher war das Interesse daran nicht groß genug, seines nicht und das der zeitweiligen Freunde auch nicht.

Seitdem er mit fünfunddreißig nach Berlin zurückgekommen ist, hat er keine Freundschaften mehr angefangen. Er hat mal gehört, dass es ab einem bestimmten Alter ohnehin schwierig sei, neue Freunde zu finden. Und sonst? Zu den Nachkommen seiner Tanten hat er keinen Kontakt; er kann sich kaum mehr an ihre Namen erinnern. Der Vater wird in wenigen Wochen achtzig und verlässt nur noch selten seine Wohnung in der Mühlenstraße. Bleiben noch die Frauen, von denen er Besuch erhält, Internetbekanntschaften oder Kundinnen; manche bleiben über Nacht. Einige, die öfter kommen, fragen nach dem Raum, der immer abgeschlossen ist; seine Standardantwort lautet: »Das ist Blaubarts Zimmer.« Kaum die Hälfte der Frauen weiß, wer Blaubart ist; die eine oder andere will von ihm wissen, ob er mit dieser Gestalt kokettiert, oder ob es sich um die Selbstoffenbarung eines bindungsunfähigen Mannes handelt. »Keine Ahnung«, antwortet er darauf; er könnte auch sagen: Finde es heraus, gib dir Mühe.

Winfrieds Kemenate: Drei mal zweieinhalb Meter groß, voller Metallkisten und Pappkartons, in denen alles lagert, was er aus dem Leben von Oma Lisbeth, Opa Paul und Onkel Winfried aufgehoben hat. Vor dem Tod des Onkels hatte er allenfalls mal einen Blick in das Zimmer geworfen, wenn die Tür geöffnet oder geschlossen wurde. Er erinnert sich an den Geruch, der aus dem Zimmer kam: eine Mischung aus Schweiß und kaltem Zigarettenrauch, aus Bier und Schnaps, und ein Restgeruch hängt heute, nach fast vierzig Jahren, immer noch zwischen den Wänden. Auch nach dem Tod des Onkels war dieser Ort für ihn tabu gewesen. Selbst noch, als er vor fünfzehn Jahren aus Los Angeles nach Berlin kam, zunächst nur für eine Woche und auf Bitte des Vaters, der sich wünschte, dass er die Wohnung kauft.

Vom Flughafen Tegel fuhr er mit einem Taxi direkt in die Malmöer Straße. In der Wohnung warteten sie auf ihn: der Vater, Oma Lisbeth und die Maklerin. Was für ein Kontrast, war sein erster Gedanke: Vater und Oma mit ihren knolligen Nasen und hochgezogenen Schultern, in seltsamer körperlicher Defensive; dagegen die Maklerin, großgewachsen, mit kerzengeradem Oberkörper und einer Ungeduld im Gesicht, die sie nur schwer zu zügeln vermochte. Ihr Mund schien immerfort zum Reden bereit. Der Mund des Vaters war kleiner geworden über die Jahre – vielleicht weil er immer weniger redete – und mit ihm der Walrossbart, der mittlerweile eher eine Ansammlung von Fusseln war. Den Mund der Großmutter kannte er nicht anders als klein, auch ihre Zähne waren klein, Mäusezähne, wie geschaffen für diesen Mund. Mit dem Reden hatte sie sich nur selten zurückgehalten, nun aber schien sie keinen Wert mehr darauf zu legen; bereits bei der Begrüßung hatte sie einen scheuen, fast abweisenden Eindruck gemacht. Ihre Augen jedoch sandten ein wohlgesonnenes, wenngleich irgendwie abwesendes Lächeln aus, nicht für den Vater, schon gar nicht für die Maklerin, sondern nur für Matthias.

»Mein Name ist Marina Schwerdtner«, stellte sich die Maklerin ihm vor, als sie zu viert am Wohnzimmertisch saßen. »Ich bin hier im Auftrag des Bauherrn, der Berliner Nordost AG. Ich freue mich, dass es zu diesem Treffen gekommen ist, das heißt, dass Sie extra von so weit her angereist sind.« Er hatte den Eindruck, dass sie ihn ansah wie eine Lehrerin, die ihren Schüler für eine sehr gute Leistung lobt. Die Handlungsoptionen, fuhr sie betont sachlich fort, seien nun folgende: »Erstens, Ihre Großmutter bleibt in der Wohnung, lässt die Sanierung über sich ergehen und muss danach eine höhere Miete zahlen, da der Vermieter die Kosten auf die Miete umlegen darf. Zweitens, Ihre Großmutter lässt sich eine Abfindung geben und zieht aus. Drittens, Ihre Großmutter macht als Mieterin von ihrem Vorkaufsrecht Gebrauch und kauft die Wohnung.«

Matthias wusste, dass es noch eine vierte Möglichkeit gab, die nämlich hatte ihm der Vater am Telefon erläutert. Ihretwegen hatte er kurzerhand einen Flug nach Berlin gebucht, obwohl er nur darüber nachdachte, wie er diese Option wegargumentieren konnte. Sie lautete:

Er selbst kauft die Wohnung. »Das kriegen wir hin, wenn Ihr Sohn will« – so hatte der Vater am Telefon die Maklerin zitiert. Wie aus Sorge, die Maklerin hätte die vierte Option inzwischen vergessen und er wäre umsonst in das ihm verhasste Skandinavische Viertel gekommen, fragte der Vater: »So weit, so gut, aber weshalb treffen wir uns hier?«

»Wir treffen uns hier«, antwortete die Maklerin verständnisvoll, ja nachsichtig, »um für Ihre Familie die beste Lösung zu besprechen.« Ihre Familie – diese Worte aus dem Mund einer Fremden wirkten auf Matthias wie eine Anmaßung. Fehlte nur noch, sie würde, an ihn gewandt, präzisieren: Seien Sie unbesorgt, wir finden eine Lösung, ganz im Sinne Ihres Großvaters, Ihres Onkels und vor allem Ihrer lieben Mutter.

»Ich bin zwar zu Besuch hier«, sagte er, »aber ich lebe in Los Angeles.« Ich führe mein eigenes Leben, wollte er damit zum Ausdruck bringen, und bin kein Gefangener meiner Familie.

»Das ist doch wunderbar«, erwiderte sie, es klang beinahe belustigt. »Sie melden sich als Untermieter Ihrer Großmutter an, und ich veranlasse, dass Sie darauf das Vorkaufsrecht wahrnehmen können. Das heißt, Sie kaufen die Wohnung zu einem mehr als günstigen Preis, und ich vermiete sie umgehend für Sie, während Sie schon wieder in L.A. sind.« Warum sagte sie L.A., lässig hingesprochen? Wollte sie Weltläufigkeit zum Ausdruck bringen und dadurch Vertrauen schaffen?

»Und wo soll meine Großmutter hin, wenn die Wohnung anderweitig vermietet ist?«

»Wir haben für Oma einen Platz im Heim«, sagte der Vater. »Sie schafft es nicht mehr allein. Sie ist zu alt, es ist alles zu viel für sie. Allein das Saubermachen. Sie hat da jemand, aber die Frau ist auch schon über siebzig. Und das kostet ja auch.« Es war zweifelsohne die eingeübte Reaktion auf eine Frage, mit der der Vater gerechnet hatte. »Sie ist sechsundneunzig«, fügte er hinzu. »Ein Wunder, dass sie überhaupt so alt wurde.«

Oma Lisbeth nickte mechanisch, und ihr Nur-für-Matthias-Lächeln nahm einen leicht debilen Ausdruck an. Er wollte den Vater fragen, warum er von der Großmutter schon in der Vergangenheitsform rede. Außerdem: Die Wohnung sei doch trotz allem sehr sauber. Und wenn das Putzen ein Problem sei, warum helfe er, der Vater, dann nicht seiner eigenen Mutter, rüstig genug sei er doch wohl mit seinen fünfundsechzig Jahren, oder?

Bevor er diese Tirade loslassen konnte, wartete die Maklerin mit einem weiteren Vorschlag auf: »Es ist natürlich auch möglich, dass Sie die Wohnung kaufen, und Ihre Großmutter *bleibt* als Mieterin.«

Darin steckte für ihn nichts anderes als die Aufforderung, *er* habe für Oma Lisbeth zu sorgen. »Wie soll das denn gehen?«, warf der Vater ein. Möglicherweise hatte die Maklerin damit gegen eine Absprache verstoßen. »Los Angeles, Berlin, wie soll das ...«

»Ich meine ja nur«, unterbrach ihn die Maklerin, »wir sollten über alle Optionen offen reden.«

Etwas regte sich im Gesicht des Vaters, ein Ausdruck von Misstrauen und Abneigung gegenüber dieser Frau, die offenkundig eine Rolle einzunehmen begann, der er nicht gewachsen war. So intensiv Matthias überlegte, was er sagen konnte, um einen Schulterschluss mit dem Vater zu signalisieren – ihm fiel nichts ein. Stattdessen meldete sich Oma Lisbeth zu Wort. Wie eine Schülerin hob sie ihre rechte Hand und streckte den Zeigefinger in die Höhe. »Ich hab auch eine Idee. Wir machen eine Wohnungsbesichtigung. Wir fangen mit Winfrieds Zimmer an.«

Matthias hätte nicht sagen können, wer von ihnen – der Vater, die Maklerin, er selbst – am meisten verblüfft war. Der Vater reagierte als erster: »Ich kenne die Wohnung«, entgegnete er, und sein Kopf versank vor kaum noch zu unterdrückender Wut fast zwischen den immer höher gezogenen Schultern. Die Maklerin hingegen meinte: »Ich finde, das ist eine gute Idee.«

Matthias verspürte den Impuls, seine Familie zu schützen vor dieser Fremden, die sich anmaßte, über ihn zu verfügen. Er sagte, er wolle gehen, alles überschlafen und – an die Maklerin gewandt – sich bei ihr melden. Mit dieser Bemerkung stand er auf und ging.

Da es ein Affront gegen den Vater gewesen wäre, ein Hotelzimmer zu nehmen, quartierte er sich in seinem ehemaligen Kinderzimmer ein. Es kam ihm wie ein Museum vor: Unterm Fenster die Schlafcouch, die er zum sechzehnten Geburtstag vom Vater und von Oma Lisbeth geschenkt bekommen hatte; gegenüber vom Fenster die Kommode, in der er kurz vor Beginn seines Journalistik-Studiums auf Nimmerwiedersehen – so sein Wunsch und Plan – Stadtpläne und Atlanten und auch das Finnland-Buch verstaut hatte; neben der Kommode der Schreibtisch und das Bücherregal, in dem zwei Drittel der Bücher seiner Kindheit und Jugend nicht mehr standen, weil er die meisten verkauft und einige, zum Beispiel »Weltanschauung – Für die Jugend erklärt«, mitgenommen hatte.

Eine Viertelstunde nach ihm traf der Vater ein, kam ins Zimmer, setzte sich neben ihn auf die Couch. Die angespannten Wangenmuskeln verrieten seine innere Unruhe. »Die sind auf einmal alle da, Alteigentümer, Erben, was weiß ich ... plötzlich ist das ihr Besitz ... Sanierung, verkaufen ... Dann reden die von *Optionen* ... Wobei man gnädigerweise mitmachen darf ... Und dann sitzt du so einer ...« Er stockte, ihm schien kein Wort für die Maklerin einzufallen, das auch nur annähernd seinem Gemütszustand entsprochen hätte.

»Spielerin«, ergänzte Matthias, »dann sitzt du so einer Spielerin gegenüber.«

Dem Vater war der Begriff viel zu milde. »Spielerin, das hört sich ja richtig niedlich an.«

»Ist es aber nicht«, entgegnete Matthias und wunderte sich über seinen lehrerhaften Ton. »Ist vielmehr der Inbegriff des modernen Kapitalismus.«

Der Vater sah ihn an, als breite sich in Windeseile eine Erkenntnis in ihm aus, die viele Jahre lang bereits Ahnung gewesen war, sich aber nie Bahn gebrochen hatte: Waren die schönen Seiten des Kapitalismus nur dazu da, um über seine Ungerechtigkeit, ja abgrundtiefe Bösartigkeit hinwegzutäuschen? Wenn ihm damals die Flucht in den Kapitalismus gelungen wäre, mochte sich der Vater weiter fragen, wäre er dann auch ein Spieler geworden? »Das ist widerlich«, rief er aus. »Anstatt zu arbeiten, spekulieren diese Drecksäcke mit Geld, mit Wohnungen, mit allem, was sie in die Finger bekommen.«

»Am Telefon«, erwiderte Matthias, »hast du die Maklerin nicht als Drecksack oder Spekulantin bezeichnet, sondern als freundlich und nett.«

»Wärst du nach Berlin gekommen«, entgegnete der

Vater und wirkte fast amüsiert, »wenn ich anders über sie geredet hätte?«

Als der Vater ihn anrief, hatte er zunächst gedacht, die Großmutter sei gestorben. »Matthias? Hast du ein bisschen Zeit? Ich muss dir was mitteilen …« Bei Matthias war es kurz vor fünfzehn Uhr, beim Vater kurz vor Mitternacht. »Oma Lisbeth«, fuhr der Vater fort, »ihre Wohnung soll verkauft werden, alle Wohnungen im Haus …« Er verspürte keine Erleichterung, eher Verwunderung darüber, dass sie *nicht* gestorben war. So alt wie sie ist, hatte er gerade in letzter Zeit gedacht, ist es doch eigentlich eine Unverschämtheit gegenüber all denen, die in weitaus jüngeren Jahren gestorben sind. »Es gibt ein Vorkaufsrecht. Für uns, also auch für dich … Du bist noch jung, du bist der einzige, der einen Kredit kriegen würde. Der Kauf soll sehr günstig sein. Niedriger Preis. Wertsteigerung.« Damit war die Katze aus dem Sack, und zu seinem Erstaunen war das Gefühl von Abwehr nicht so groß, wie er vermutet hätte.

»Ich bin freischaffender Journalist«, wandte er ein, »ich bekomme keinen Kredit.«

»Und wenn doch?«, entgegnete der Vater.

Am nächsten Tag rief er den Vater zurück. Er könne ja mal kommen, warum auch nicht? Allein wegen Oma Lisbeth. Wer weiß, wie lange sie noch lebt.

Kein Wort über sein Leben in Los Angeles, das nicht mehr dem entsprach, was er sich vorgestellt hatte: Seine Reportagen und Interviews wurde er bei deutschen Zeitschriften und Zeitungen kaum mehr los, seit sich herumgesprochen hatte, er nehme es mit der Wahrheit nicht so genau. Deshalb wohl bekam er seit etwa einem halben Jahr keine Aufträge mehr; bei Nachfragen erläuterte man ihm, die finanzielle Lage lasse immer weniger freie Aufträge zu. »Mach was anderes«, hatte ihn Karolin aufgefordert. »Schreib ein Drehbuch, das machen doch fast alle hier, oder schreib überhaupt irgendwas für den amerikanischen Markt.«

Karolin lebte wie er seit knapp drei Jahren in der Stadt der Hoffnungen und Illusionen. Sie war als Schauspielerin in Deutschland wenig beschäftigt gewesen, und ihre Selbstherausforderung – so nannte sie es – im Mekka der Filmindustrie bestand darin, dass sie Schauspielkurse besuchte und alle zwei, drei Wochen an einem Casting teilnahm, was ihr, selten genug, eine kleine Rolle einbrachte. »Man muss das sportlich nehmen«, sagte sie und wertete jede Casting-Teilnahme schon als Erfolg, während er von Agenten, Regisseuren oder Schauspielern immer wieder hörte, dass, wer bis dreißig keinen Durchbruch geschafft habe, es niemals mehr schaffe. Karolin war zweiunddreißig. Vielleicht, dachte Matthias manchmal frei nach Camus, war es die Absurdität ihrer Selbstherausforderung, in die er sich verliebt hatte. Wenn sie sich stritten, was immer häufiger vorkam, sagte er gelegentlich zu ihr: »Du heißt nicht Karolin und auch nicht, wie du dich hier nennen lässt: Caroline; nein, du heißt: Die Hoffnung stirbt zuletzt.« Um nicht finanziell von ihr abhängig zu sein, arbeitete er seit ein paar Wochen als Einlasser in einem Stripteaselokal in East Hollywood. Nachdem ihn in diesem Lokal, nur zwei Nächte vor dem Anruf des Vaters, ein schweißtriefender Armeeveteran mit einem Messer bedroht und ihm in einer Mischung aus Hass und Anlehnungsbedürfnis zugeflüstert hatte, für Los Angeles gebe es nur einen einzigen zutreffenden Ausspruch, und der laute: Viel Sonne, wenig Licht –, nach diesem Erlebnis sagte er sich, es sei Zeit, wieder einmal woanders hinzugehen. Natürlich nicht nach Berlin, nicht in die Falle der Vergangenheit. Nur für einen Besuch, nicht länger als eine Woche, die Großmutter sehen, das letzte Mal, und den Vater in dieser seltsamen Aufwallung von Euphorie erleben: Du bist der einzige, der einen Kredit kriegen würde … Niedriger Preis. Wertsteigerung …

Drei Tage nach der ersten Begegnung rief er die Maklerin an und traf sich mit ihr bereits zwei Stunden später an der Schönhauser Ecke Bornholmer.

»Makler haben immer Zeit, das gehört dazu, auch wenn man viel zu tun hat«, sagte sie, ohne dass er irgendetwas in der Richtung gefragt oder gesagt hätte. Sie gingen die Bornholmer hinunter, bogen aber vor der Malmöer in die Schönfließer ein, um dann über die Schivelbeiner, ehemals Willi-Bredel, in die Malmöer zu gelangen. Als wäre sie hier regelrecht zu Hause, gab sie den Weg vor, während sie betonte und kurz darauf wiederholte, dass sie sich ihm gegenüber wie eine Okkupantin vorkäme. Allerdings lege sie Wert darauf, den Einheimischen zu helfen, in ihren Wohnungen zu bleiben oder sie sogar zu kaufen.

»Ich bin kein Einheimischer mehr«, sagte Matthias und fragte sich, ob er das so behaupten konnte oder für immer ein Einheimischer bliebe.

»Und ich?«, erwiderte sie, als würde sie sich tatsächlich selber fragen. »Bin in Charlottenburg geboren und aufgewachsen. Mit achtzehn ins Ausland, für ein Jahr, USA. Kam zurück, studierte Betriebswirtschaft. Gute

Grundlage für alles Mögliche. Einstieg in die Wohnungswirtschaft. Nach ein paar Jahren dann Maklerin. Kommuniziere gern, liebe es, in Berlin unterwegs zu sein. Wohne immer noch in Charlottenburg, mittlerweile Savignyplatz, alles sehr gediegen, bürgerlich.« Biografie schien für sie eine Pflichtsache zu sein, die zu erledigen ist, abzuhandeln in Stichpunkten. Kein Wunder, dass sie gleich wieder auf ihr Lieblingsfeld sprang: Wenn die Einheimischen in den Ostvierteln sich nach dem Einbruch des Kapitalismus doch bloß zusammengetan und die Häuser, in denen sie zur Miete wohnten, gekauft hätten. Nicht selten war das nämlich möglich, man hätte nur GbRs, Gesellschaften bürgerlichen Rechts, gründen müssen; Kredite für solche Vorhaben waren äußerst günstig, sind es immer noch. Aber es herrschte Angst, Misstrauen, Bequemlichkeit … und sie herrsche nach wie vor … Er hatte den Eindruck, dass sie ihm genau das unterstellen würde, sofern er sich nicht damit anfreunde, die Wohnung seiner Großmutter zu kaufen. »Ich habe einfach wahnsinnig viel um die Ohren«, behauptete er, um nicht ängstlich, misstrauisch oder bequem zu erscheinen.

»Das haben wir alle«, entgegnete sie. »Deshalb gibt's ja Fachleute, die die Arbeit im Einzelnen übernehmen. Makler, Notare …«

»Das klingt ja wie im Märchen«, unterbrach er sie leicht spöttisch. Und sie, ohne eine Spur von Ironie: »So ist es auch. Wie im Märchen. Die Frage ist nur, wie lange noch. Greifen Sie zu, solange die Gesetze Ihnen entgegenkommen.«

Sollte er ihr erklären, welch große Last die Wohnung für ihn wäre? Oder, das fragte er sich nunmehr, könnte der Kauf womöglich eine Befreiung von dieser Last bedeuten? Oder – und das schien ihm auf einmal am plausibelsten – projizierte er viel zu viel in diese Wohnung hinein, und sie wäre weder Last noch Befreiung, sondern schlicht und einfach eine gute Kapitalanlage? Wie aber sollte er bei seinen so unsicheren wie bescheidenen Einkünften den Kredit abbezahlen, und sei er noch so günstig? Indem er sich das fragte, spürte er, dass die Frage eigentlich nur dazu da war, den verbliebenen Rest von Abwehr aufrechtzuerhalten.

»Stellen Sie sich vor«, fuhr sie fort, »Sie kaufen die Wohnung, vermietet, unsaniert. Das heißt, der Bauträger saniert das Haus, aber Ihre Wohnung bleibt frei davon. Kann man machen, kriegen wir hin … Darauf geht Ihre Oma ins Altersheim, Sie vermieten neu und fürs Dreifache. Später lassen Sie die Wohnung ein wenig aufhübschen und verkaufen sie in ein paar Jahren für den doppelten Preis. Mindestens.«

Obwohl er fand, dass sie mit dem doppelten Preis sicher übertrieb, waren ihre Argumente nicht ohne Wirkung: Er begann sich vorzustellen, wie er Kaufinteressenten durch die Zimmer führen und Angebote entgegennehmen würde, die weit über dem Betrag lagen, den er selbst bezahlt hatte. Eine durchaus befriedigende Vorstellung, wie er feststellte. Nur Winfrieds Zimmer fand keinen Platz darin. Wie auch, wenn er abgesehen vom Geruch nichts mit dem Zimmer verband? Das kriegen wir hin, hatte sie gesagt. Salopper und zugleich professioneller konnte wohl kaum etwas klingen. Vielleicht war es sogar das Zuversichtlichste, das er seit langem gehört hatte. Warum sollte er sich nicht einfach in die Obhut dieser Zuversichtlichkeit begeben? Er müsste nur auf der Hut sein, falls sich das alles als Chimäre entpuppte. »Ich mache mich gerade mit dem Gedanken vertraut«, sagte er, »dass ich vermutlich blöd wäre, wenn ich wegen bestimmter Gefühle etwas *nicht* täte.«

Sie schaute ihn an, begann zu lächeln und sagte zu seiner Überraschung kein Wort. Sie waren am Haus angelangt, in dem Oma Lisbeth wohnte, und er sagte, dass es in der Wohnung ein Zimmer gebe, das er überhaupt nicht kenne.

»Dann sollten Sie sich das mal ansehen«, entgegnete sie. »Ich kann einen Termin mit der Mieterin vereinbaren.«

»Das ist eine gute Idee«, sagte er. »Aber bitte bedenken Sie, dass ich in drei Tagen bereits zurück nach Los Angeles fliege.«

»Das tue ich«, sagte sie, und ihr Lächeln wurde in seiner vertrauenerweckenden Art noch schöner. Eigentlich merkwürdig, dachte er später oftmals, dass ich mich trotz dieses Lächelns nicht in sie verliebte.

Sie gingen von der Malmöer in die Bornholmer, passierten den ehemaligen Grenzübergang, hinter dem die Bornholmer zur Osloer wird – eine der großen Straßen im Westberliner Wedding –, und sie sprach von Ostberlins rosiger Immobiliensituation. Warum, meinte sie schließlich, müssen erst all die Erben und Gutverdiener kommen und alles wegkaufen? Sie habe beste Verbindungen zu Banken, ihr Ex-Mann zum Beispiel sei bei der Hypovereinsbank im Kreditgeschäft tätig. »Ich bin ein personifiziertes Netzwerk«, sagte sie mit einer gewissen Selbstbelustigung. Dennoch war sich Matthias sicher, dass sie es ernst meinte, und sollte er die Wohnung kaufen, dachte er, ist es bestimmt von einigem Nutzen, die Unterstützung eines personifizierten Netzwerks zu haben.

Sie bogen in die Drontheimer Straße ein; dort hatte sie mit einem Kunden eine Wohnungsbesichtigung. Sie stellte Matthias als ihren Kollegen vor und gestaltete die Besichtigung wie ein Seminar. Das Wesentliche, was man als Makler wissen musste, erfuhr er tatsächlich in dieser knappen Stunde, während der Kunde zunehmend gelangweilt war, da ihn die versiffte Hinterhofwohnung, wie Matthias zu beobachten glaubte, schon nach den ersten Sekunden nicht mehr interessierte.

Am nächsten Vormittag trafen sie sich vor dem Haus in der Malmöer; als Oma Lisbeth ihnen die Tür öffnete, schien sie die beiden für ein frischgebackenes Paar zu halten. Wie sonst sollte ihr seltsam bescheidwissender, hintersinniger Blick zu deuten sein. Sie zwitscherte: »Na, ihr beiden Hübschen, wollt ihr ein schönes Stück Kuchen und eine Tasse Kaffee?« Marina lehnte mit Hinweis auf ihren engen Terminplan ab, und indem er eifrig beipflichtete, schlüpfte Matthias in die Rolle ihres Assistenten, die ihm in ihrer spielerisch-unverbindlichen Art Freude bereitete. Natürlich überdeckte er damit die Nervosität vor dem Betreten des Onkel-Zimmers. Er folgte Oma Lisbeth und Marina vom Flur in die Küche, von der Küche ins Wohnzimmer, vom Wohnzimmer ins Schlafzimmer, wo es noch mehr als sonst nach Pulmotin roch, die Lieblingssalbe der Großmutter. Vor dem Zimmer des Onkels blieb sie stehen und drückte die Türklinke langsam herunter, um die Tür dann schwungvoll zu öffnen: Dicke dunkelblaue Fenstervorhänge, nur einen Spalt geöffnet, und dunkelbrauner Linoleumfußboden, dessen Bohnerwachsgeruch alle anderen Gerüche überstrahlte.

Oma Lisbeth erklärte, dass sie in aller Frühe extra noch habe saubermachen lassen, damit Winfrieds Zimmer auch ja einen anständigen Eindruck mache. Ebenfalls dunkelbraun: das Bettgestell, der Schreibtisch und drei alte Holzstühle. Wozu, fragte er sich, hat der Onkel drei Stühle gebraucht, wo er doch ausschließlich allein in dem Zimmer war? Auf dem einen lagen, ordentlich übereinandergestapelt, sieben verschiedenfarbige Strickjacken, auf dem mittleren eine Postkarte aus Finnland und auf dem dritten die Mon-Chéri-Schachtel von Opa Paul. Die Postkarte zeigte zwei Elche vor einem großen See und der untergehenden Sonne. Oma Lisbeth hätte nur mit Brille lesen können, was auf der Rückseite geschrieben stand, doch sie kannte den Text auswendig und sagte ihn wie ein Gedicht auf: »*Liebe Mutter, mit Dir hier, das wäre schön. Dein Winfried.* – Mein Gott«, seufzte sie, »konnte der Junge gut schreiben.«

Sie legte die Postkarte zurück und öffnete andächtig die Mon-Chéri-Schachtel. Da waren sie wieder, die Stanniolbildchen von Opa Paul: Das hellblaue Meer mit weißen Eisbergen; ein rotes Haus mit silbernem Schornstein, aus dem schwarzer Rauch zu einem blauen Mond hinaufkringelt; eine tiefgrüne Wiese, auf der drei gelbe Schäfchen grasen … Wieder ein Seufzen, es klang in Matthias' Ohren wie ein posthumes Kompliment für den verkannten Künstler. Das Zimmer erschien ihm wie ein Mausoleum mit diversen Reliquien, und er hätte nicht sagen können, ob er genau deshalb keinerlei Trauer oder Beklommenheit spürte. Marina schwieg und wirkte nicht weniger andächtig als die Großmutter; eine perfekte Maskerade, dachte er mit einer gewissen Bewunderung.

Als sie gingen, hatte er sich entschlossen, die Wohnung zu kaufen. Weil er Marina noch etwas zappeln lassen wollte, gab er sich grüblerisch; sie aber hatte am Vorabend bereits mit ihrem Ex-Mann von der Hypovereinsbank gesprochen und erläuterte ihm ein Kreditangebot, das kaum jemand so schnell bekommen würde. Was steckt dahinter, wo ist der Haken?, fragte er sich. Vor allem empfand er Unmut, ihr dankbar sein zu müssen. Umso mehr irritierte ihn, dass sie ihn dankbar anschaute. Was war los, was war ihr Motiv? Er wollte nicht für möglich halten, dass sie verliebt in ihn war oder zumindest auf dem Weg dorthin, was auch immer Verliebtsein für sie bedeuten mochte. Er brauchte Klarheit, jetzt, sofort und hier; sie bogen gerade in die Behmstraße, ehemals Helmut-Just ein, er zog sie zu sich heran und küsste sie. Ihm schien, sie hätte genau das erwartet, wobei sie sich Mühe gab, ihm vorzuspielen, dass sie überrascht sei. Da ihr das nicht so recht gelang, unterbrach sie den Kuss, um selbst die Initiative zu übernehmen und zu einem neuen Kuss anzusetzen.

Er hatte den Eindruck, dass diese Aktion gewissermaßen die Besiegelung seiner Kaufabsicht war. Er ließ von ihr ab, sagte: »Ich mach es«, und sie erwiderte, dass sie für den morgigen Tag vorsorglich einen Notartermin vereinbart habe.

Nachdem der Kaufvertrag und zwei Stunden später die Kreditvereinbarung unterschrieben waren, lud er sie am Savignyplatz zum Essen ein. Um nicht weiter über das Ausmaß seiner Entscheidung nachzudenken, gab er sich einer Aufwallung von Übermut hin und spielte den Liebhaber, der darunter litt, dass ihm ausgerechnet der Ex-Mann seiner Geliebten eine entscheidende Hilfe gewährt hatte. Sie ließ erkennen, dass sie seine Attitüde durchschaute, legte ihre Hand an sein Gesicht und fragte wie eine neugierige Forscherin, warum er weder seinem Vater noch seiner Großmutter ähnlich sehe.

Matthias errötete. Er hatte das schmale, blasse Gesicht der Mutter geerbt, doch darüber wollte er nicht reden. Auch später erzählte er nur wenig über die Mutter. Und zu seiner Beruhigung fragte sie nie weiter nach.

Er rechnete damit, dass sie ihn nach dem Essen und einer Flasche Rotwein zu sich nach Hause mitnehmen würde, und so kam es auch: Als sie das Restaurant verließen, ergriff sie seine Hand, und sie gingen keine fünfzig Meter die Grolmanstraße hinunter und zwei Etagen zu ihrer Luxuswohnung hinauf. Während sie weiter von Immobilien erzählte, begann er im Geiste mit seiner Mutter zu reden. So ist das heute, sagte er zur Mutter, man kauft Wohnungen, und wenn man will, verkauft man sie wieder. Man zahlt keine Miete und darf obendrein mit Wertsteigerung rechnen. Er stellte sich vor, wie die Mutter ihre Stirn befühlt, wie um zu prüfen, ob sie Fieber hat, und dann die Hand ans Herz legt und in einer Mischung aus Sorge und Stolz zu ihrem Sohn schaut.

Als er in Marinas Wohnung war und sie sich gegenseitig auszogen, steigerte er sich rasch und vehement in seine sexuelle Lust hinein. Anders wäre es ihm nicht gelungen, die zuschauende Mutter loszuwerden.

NACH DEM TOD der Mutter hält das neue Schuljahr für Matthias eine Menge neuen Unterrichtsstoff bereit, von dem er sich fordern lässt wie nie zuvor. Mit dem Halbjahreszeugnis wird er sich für die Erweiterte Oberschule bewerben; die Zensuren sollen die besten sein, die er jemals hatte. Jedenfalls soll niemand sagen können, er käme nur auf die EOS, weil er Arbeiterkind ist.

Dass seine Mutter in den Sommerferien gestorben ist, ist in der Klasse bekannt, doch niemand spricht ihn darauf an. Von allen Seiten erlebt er eine Behutsamkeit, die ihm zunächst unbehaglich ist. Dann aber beginnt er sie zu schätzen; mit Behutsamkeit geht es ihm allemal besser, als wenn er Fragen zu seiner Mutter und seinen Gefühlen beantworten müsste.

Gelegentlich geht er ins Skandinavische Viertel. Wenn er in Blickweite zur Grenze ist, überlegt er, wo *hier gleich um die Ecke* der Fluchtversuch des Vaters gewesen sein könnte. Helmut-Just alias Stockholmer? Ueckermünder alias Aarhuser? Oder in der Isländischen? Vielleicht auch in der Korsörer, wo er die Grenzposten in Verlegenheit gebracht hat. Einmal hört er in der Korsörer einen Grenzhund bellen und erinnert sich an den Ausruf des Vaters: »Scheiß Köter.« Jetzt kann er sich einen Reim darauf machen; vermutlich ist der Vater von einem der Grenzhunde gefasst worden.

Wäre der Fluchtversuch gelungen, wäre er nicht auf

der Welt. Der Gedanke hat etwas Beruhigendes. Wie relativ doch alles ist! Und wie absurd: Die eigene Existenz ein läppischer Zufall, dank eines aufmerksamen Grenzpostens oder gut abgerichteter Schäferhunde. Mit diesem Wissen, sagt er sich, lässt es sich ertragen, den Sisyphos-Stein bergan zu rollen.

Eines Nachmittags, nach der letzten Stunde, bittet ihn Herr Grothe, im Klassenraum zu bleiben. »Keine Angst«, sagt er, während er noch die Tafel abwischt und die anderen Schüler schon fort sind, »es geht nur ein bisschen um Strategie und Taktik. Frei nach Lenin, aber keine Bange: nur frei.« Der Lehrer lächelt, wie er ihn noch nie hat lächeln sehen: leicht schelmisch, fast übermütig. Er setzt sich neben Matthias in die Schulbank und sagt: »Ich wollt' mit dir darüber reden, wen wir auf die EOS schicken.«

Der vertrauliche Ton verunsichert ihn. Was soll er darauf erwidern, ohne etwas Falsches zu sagen? Zum Glück kommt Herr Grothe gleich zur Sache: »Es gibt eine Schülerin in der Klasse, an der führt kein Weg vorbei: Susanne Läufer. Sie hat außer in Sport nur Einsen und ist außerdem als FDJ-Sekretärin aktiv. Klarer Fall also. Dann gibt es noch Hannes Teichert. Er wird schätzungsweise auf einen Schnitt von 1,5 kommen; das ist nicht überragend. Aber er ist nicht nur wie du Arbeiterkind, er hat sich – und jetzt kommt seine Trumpfkarte – bereit erklärt, fünfundzwanzig Jahre zur Armee zu gehen, Berufsoffizier. Da wir angehalten sind, Bewerber besonders zu fördern, die Offiziere werden wollen, ist er damit die Nummer zwei. Da wir ebenfalls angehalten sind, pro Klasse nicht mehr als zwei Schüler zur EOS zu delegieren, haben wir ein Problem.«

Hannes Teichert, würde er am liebsten ausrufen, der spinnt doch! Manches Mal hat er ihn auf dem Schulhof oder im Raucherversteck über die Politik der DDR-Führung lästern hören; dass ausgerechnet der fünfundzwanzig Jahre zur Armee geht, kann er sich nicht vorstellen. Das ist dreist gelogen; doch wie soll man ihm das beweisen?

»Ich sehe dir an, was du denkst«, sagt Herr Grothe. »Es ist genau das, was ich auch denke.«

Ist das womöglich eine Falle? Aber wozu sollte ihm der Lehrer eine Falle stellen? Wieder sagt Matthias nichts, um nichts Falsches zu sagen.

»Einen guten Schachzug«, fährt Herr Grothe fort, »muss man mit einem noch besseren kontern. Das heißt, wie gelingt es mir, bei der Lehrerkonferenz einen dritten Bewerber durchzukriegen?«

Eine verwegene Antwort – Mit einer Lüge, die noch dreister ist! – liegt Matthias auf den Lippen, doch die behält er sicherheitshalber für sich.

»Es muss ja nicht gleich die Offizierslaufbahn sein«, sagt Herr Grothe und lächelt wie jemand, der langsam aber sicher mit einem Plan herausrückt. »Es gibt da noch einen anderen Beruf. Einen Beruf, der übrigens aller Ehren wert ist. Sonst würde ich ihn ja nicht ausüben. Oder?«

»Ja«, sagt Matthias, »das ist er.« Er merkt, worauf sein Lehrer hinauswill, denn dass der Berufswunsch Lehrer die Chancen erhöht, auf die EOS zu kommen, ist ihm bekannt. Vor allem aber fragt er sich, ob die Ausstrahlung von Herrn Grothe – diese Mischung aus Korrektheit und Unnahbarkeit – jahrelang nur Maskerade gewesen ist. Will er ihn zu einer Lüge animieren, oder soll er tatsächlich Lehrer werden? Er findet den Lehrerberuf fast so schrecklich wie die Offizierslaufbahn.

»Du fragst dich bestimmt«, sagt Herr Grothe, »warum ich mit dir dieses Gespräch hier führe.«

»Ja«, antwortet Matthias, um etwas zu antworten. Obwohl von Gespräch nicht die Rede sein kann. Eher von einem Monolog, den der Lehrer auch gleich fortsetzt: »Es ist ganz einfach. Deine Mutter kam vor den Ferien zu mir und fragte mich, wie deine Chancen stehen, auf die EOS zu kommen. Ich sagte ihr, die Chancen stehen ziemlich gut, und wenn du noch etwas zulegst mit deinen Leistungen, stehen sie hervorragend. Das hab ich ihr gesagt. Sie ist mir daraufhin fast um den Hals gefallen, jedenfalls hab ich lange keine Frau gesehen, die sich so freuen konnte. Diese Freude war richtig ansteckend. Ich hoffte, sie würde mal wiederkommen … um sich nach dir zu erkundigen. Ich hatte schon geplant, ihr eine Einladung zu einem nächsten Gespräch über dich zu schicken. Leider kam es dazu nicht mehr …«

Plötzlich sitzt neben ihm nicht mehr der Lehrer, sondern ein Mann, dem die Freude genommen wurde. Er ist mit Ende dreißig ein paar Jahre jünger als die Mutter geworden ist, bald wird er älter sein als sie, irgendwann viel älter, wenn er nicht vorher stirbt. Und dann wird er vielleicht immer noch an sie denken. Er streicht sich mit der flachen Hand über sein Bürstenhaar; diese Geste, die Matthias nicht von ihm kennt, hat etwas Eitles, aber auch Jungenhaftes. Er stellt sich vor, dass der Lehrer die Geste zum ersten Mal in seinem Leben im Gespräch mit der Mutter gemacht und die Mutter darauf ihr Mädchenlächeln gezeigt hat.

»Du wirst einen Zensurenschnitt von 1,3 oder 1,4 bekommen«, sagt Herr Grothe, und Matthias fällt auf einmal auf, dass das Gesicht des Lehrers ähnlich schmal und blass wie das der Mutter ist. »Dieser Durchschnitt würde *vielleicht* ausreichen. Wenn du aber Lehrer werden willst, dann sind wir auf der sicheren Seite. Verstehst du? Und wenn du erst mal auf der EOS bist, kannst du natürlich wieder Abstand nehmen von diesem Berufswunsch. Du bist ja noch minderjährig – nichts ist also verbindlich. Aber wenn du wirklich Lehrer werden wolltest, würde es mich freuen. Der Beruf ist gar nicht so schlecht. Also?«

Das ist sie, die Freiheit der Wahl, denkt er. Und er hat die Wahl bereits getroffen: Er wählt, wieder einmal, die Lüge. Natürlich sagt er das nicht so. Er sagt: »Gut, ich werde Lehrer.«

Drei Monate später, zu Beginn der ersten Deutschstunde nach den Winterferien, verkündet Herr Grothe vor der Klasse, dass Susanne Läufer, Hannes Teichert und Matthias Weber ab dem nächsten Schuljahr die Erweiterte Oberschule »Carl von Ossietzky« besuchen werden. Während der Lehrer dieser Information noch das Eigenlob hinzufügt, dass es ihm also gelungen sei, ausnahmsweise drei Schüler zu delegieren, sieht Matthias die Mutter neben ihm stehen. Sie trägt ihr lindgrünes Kleid und legt ihre Hand ans Herz, damit die Freude sie nicht überwältigt. Ihm steigen Tränen in die Augen. Dabei – das sagt er sich mit aller Vehemenz – ist diese Vorstellung von der Mutter im lindgrünen Kleid genauso lächerlich wie Aberglauben oder der Glaube an Gott oder den Marxismus oder an sonst was. Er vermag die Tränen nur zu unterbinden, indem er sich einem Gefühl der Überlegenheit hingibt, zu dem es einfach nicht passt, Tränen zu vergießen.

Dieses Gefühl erwächst aus der Kraft der Lüge; auch das sagt er sich. Was allerdings wäre, wenn alle möglichen Jungs aus der Klasse behauptet hätten, sie wollten Offizier oder Lehrer werden? Nach dem Unterricht stellt er Herrn Grothe diese Frage.

»Das ist reine Theorie«, antwortet der Lehrer, dem die Frage unverkennbar Vergnügen bereitet. »Das ist so sehr Theorie, dass ich mich mit solch einer Möglichkeit noch nie auseinandergesetzt habe. Ist so ähnlich wie: Stellt euch vor, es wäre Krieg, und keiner ginge hin. Zu schön, um wahr zu sein. Aber gut, theoretisch gesagt: Wenn es so wäre, würde das ganze System einfach mal seine Absurdität offenbaren und, naja, wer weiß … auseinanderknallen.«

Er glaubt nicht recht gehört zu haben, spürt, wie er rote Flecken im Gesicht bekommt. »Na ja, ich meine«, relativiert Herr Grothe, »das mit dem Auseinanderknallen ist natürlich übertrieben. Nicht dass du denkst …«

»Aber nicht das mit der Absurdität«, unterbricht ihn Matthias. Jetzt ist er es, der mit der Mutter kommt; um eine Brücke zu bauen, über die vielleicht auch Herr Grothe gehen kann: »Meine Mutter hat mir ein Buch geschenkt, ›Weltanschauung – Für die Jugend erklärt‹. Da gibt's ein Kapitel, das letzte: Spätbürgerliche Weltanschauungen, also Subjektivismus, Existenzialismus,

Positivismus oder wie das heißt. Die grundsätzliche Absurdität des Lebens, Sisyphos-Mythos, Camus …«

Er hat den Namen so ausgesprochen, dass er sich auf Nuss reimen könnte: Ka-Muss. »Ca-Müü heißt der«, verbessert ihn Herr Grothe. »Aber pass auf«, fügt er so eindringlich hinzu, wie Matthias ihn noch nicht erlebt hat. »Wenn du dich unbedingt damit beschäftigen musst, dann erwähne es niemandem gegenüber. Halte dich zurück.«

Natürlich hätte er große Lust, gegenüber Gunther Speichereit und Achim Scholz in der Raucherecke hinterm S-Bahnhof Pankow mit Camus und der Absurdität für Neugierde zu sorgen, aber er kann sich beherrschen. Einmal fragt ihn Achim Scholz, ob er denn wirklich, wie sich herumgesprochen habe, Lehrer werden wolle. »Ja, klar«, antwortet er und kann es sich nicht verkneifen, eine Bemerkung hinzuzufügen: »Genauso wie Hannes Teichert Offizier werden möchte.«

AUF DEM RÜCKFLUG von Berlin nach Los Angeles wurde ihm mehr und mehr klar, dass er möglichst bald wieder nach Berlin musste. Obwohl er alle anstehenden Kosten – Notar, Maklerprovision, Grundsteuer – von L.A. aus begleichen konnte und Marina sich zur Erledigung weiterer Aufgaben – Entrümpelung, Renovierung, Mietersuche – bereit erklärt hatte. Er glaubte, ihren Wunsch herausgehört zu haben, dass er bald zurückkommen möge, und sei es nur für kurze Zeit.

Vom Flughafen fuhr er im Taxi nach Culver City, wo Karolin ein Apartment bewohnte, in das er sich fünf Monate zuvor, nachdem seine Einnahmen erheblich gesunken waren, einquartiert hatte. Natürlich hatte er abgewartet, dass sie es von sich aus anbot; darauf konnte er sich ein paar Tage später beziehen: »Ich hab's mir überlegt und mich entschlossen, dein Angebot anzunehmen. Ich danke dir tausendmal.« Mit zwei vollen Koffern war er bei ihr eingezogen, und da sie wenig Platz für ihn hatte, packte er die Koffer nicht aus – was sie erst verunsicherte, dann aggressiv stimmte: »Was ist los mit dir? Bist du auf Durchreise?« – »Lass es mich so machen«, entgegnete er, »wie es sich für mich am besten anfühlt.« Das Ungefähre dieser Antwort steigerte ihre Verärgerung, doch erst Wochen später, als sie sich über irgendeine Kleinigkeit stritten, sagte sie: »Weißt du eigentlich, was sich für *mich* am besten anfühlen würde? Wenn du endlich was machst, womit sich Geld verdienen ließe.«

Mit dem Wohnungskauf hatte er sich nun in den kapitalistischen Zusammenhang von Investition und Gewinneinnahmen begeben, der dem Zweck des Geldverdienens folgte. So akademisch sagte er es zu Karolin, als sie kurz nach seiner Ankunft von ihrem abendlichen Yoga-Kurs nach Hause kam. »Du hast also …«, sie schien regelrecht erschüttert, »… du hast die Wohnung gekauft.«

»Ja«, erwiderte er, wie jemand, der darunter leidet, es dem anderen niemals recht machen zu können.

»Du hast gesagt, du *willst* die Wohnung nicht kaufen.«

»Ja«, erwiderte er abermals. Und dann erläuterte er ihr, dass er alle Faktoren wohlweislich gegeneinander abgewogen habe, vor allem die persönlichen gegen die merkantilen, die Vergangenheit gegen die Gegenwart, auch so könne man es nämlich betrachten, und den Ausschlag für seine Entscheidung habe die Tatsache gegeben, dass er nie etwas geerbt habe und auch nie erben werde. Deshalb könne er sich eine jahrelange Selbstherausforderung wie sie, Karolin, einfach nicht leisten. Sie sah ihn an, unsentimental wie noch nie. »Du hast recht«, sagte sie, »die Hoffnung stirbt zuletzt. Im Übrigen«, fügte sie traurig hinzu, »auch was uns betrifft.«

Er dachte daran, wie er mit Marina nach ihrer gemeinsamen Nacht am Frühstückstisch gesessen und sie ihn gefragt hatte, ob er mit jemandem zusammen sei. »Nein«, hatte er geantwortet, und ihm war sofort klar gewesen, dass er mit diesem einen Wort Karolin verraten hatte. Nun war ihm diese Last genommen worden; zumindest redete er sich das ein.

Am nächsten Tag schrieb er ihr, während sie bei einem

Schauspielcoaching war, einen Abschiedsbrief. Es sei das Beste für sie beide, wenn sie sich trennten; er werde immer mit Sympathie und Wärme an sie denken. Er nahm seine Koffer, buchte einen Flug nach Berlin und zog für seine letzten fünf Los-Angeles-Tage in ein Motel. Mit seinem alten Pontiac fuhr er noch ein paarmal den Sunset Boulevard hoch und runter und den Pacific Coast Highway am Malibu Beach entlang, ehe er ihn für tausend Dollar verkaufte, genau die Summe, die er vor drei Jahren für ihn bezahlt hatte.

Er freute sich darauf, die Wohnung in der Malmöer selbst zu entrümpeln und zu renovieren. Für diese Zeit zog Oma Lisbeth zum Vater in die Mühlenstraße und zwei Wochen später, wie geplant, ins Altersheim. Er kaufte IKEA-Möbel fürs Wohnzimmer, fürs Schlafzimmer, für die Küche. Einzig Winfrieds Zimmer tastete er nicht an. Er beschloss, es als Abstellraum zu nutzen, denn außer eigenen Kleidungsstücken, ein paar von Winfrieds Strickjacken und seiner Finnland-Postkarte hatte Oma Lisbeth nichts mitgenommen. Was er nicht wegwarf, verstaute er in Metallkisten und Pappkartons, die er nebeneinanderstellte und aufeinanderstapelte. Der Bohnerwachsgeruch wich wieder jener Mischung aus Schweiß und kaltem Zigarettenrauch, Bier und Schnaps, die, unglaublich nach all den Jahren, doch unverkennbar, dem Onkel zuzurechnen war. Aber auch die säuerliche Muffigkeit des Großvaters, die das Kölnischwasser hatte überdecken sollen, glaubte er in der ganzen Wohnung zu riechen. Er nahm sich vor, zwei oder drei Monate hier zu bleiben, ehe er sie möbliert oder unmöbliert vermieten würde.

Nach drei Wochen ging er die Großmutter zum ersten Mal besuchen. Sie hatte einen Demenzschub erlitten, wie ihm eine Pflegerin erklärte; umso mehr bemühte sie sich vorzutäuschen, dass sie alles verstand. Sie saßen sich in ihrem Zimmer gegenüber – ihre Mitbewohnerin war bei der täglichen Gymnastikstunde –, Matthias erzählte von der Renovierung, von der Auswahl und vom Zusammenbasteln der neuen Möbel, und Oma Lisbeth nickte beflissen, ohne dass er den Eindruck hatte, sie könne die Informationen einordnen. »Wie kommt es eigentlich«, fragte er dann, »dass in Winfrieds Zimmer immer noch sein Geruch von damals ist?«

»Jaja«, erwiderte sie prompt, »so ist das … das hat er so gewollt … Wenn ich mal tot bin, hat er gesagt, soll mein Geruch immer in dem Zimmer bleiben … Konnt' ja keiner ahnen, dass er so früh sterben musste … Aber der Geruch, der lebt …«

Sie seufzte. »Und Opa Paul?«, sagte er rasch. »Ich glaube, auch sein Geruch ist in dem Zimmer …«

Dieser Einwurf löste Missmut bei ihr aus. »Ich hab ihm doch Winfrieds Zimmer verboten … Muss er heimlich reingegangen sein. Anders kann ich mir das nicht erklären … Dass er dann auch gestorben ist, war die gerechte Strafe …« Mit dieser Bemerkung wechselte ihr Gesichtsausdruck ins Schadenfrohe. »Und ich?«, rief sie aus und strahlte auf einmal wie eine junge Frau in Erwartung des schönsten Kompliments der Welt. »Wie rieche ich?«

»Nach Pulmotin«, antwortete Matthias, doch dass er diesen penetranten Geruch nur mit Mühe ertrug, sagte er nicht. Voller Genuss atmete sie drei Mal kurz hintereinander durch die Nase ein, dann meinte sie: »Deshalb bin ich auch nie erkältet … Im Gegensatz zum Erich.

Mein Gott, war der empfindlich. Mal hatte er Schnupfen, mal Bauchweh, mal Rückenschmerzen … Eine richtige Mimose. Aber half ja nichts, verliebt war ich trotzdem in den. Wenn mir das bloß mal einer erklären könnte …«

Erich! Der Name rief augenblicklich Erinnerungen wach. Matthias war sich sicher, dass sie niemand anderen als Erich Lehmann meinte. »Aber vor allem war er fünf Jahre jünger als ich. Das ging doch nicht. Ich konnt' ja niemanden nehmen, der fünf Jahre jünger war als ich. Verstehst du das?«

Er nickte verständnisinnig, worauf ihr Blick skeptisch wurde. »Ich weiß, dass das heute anders ist, das musst du mir nicht erklären. Aber damals warst du nicht normal, wenn du als Frau einen genommen hast, der fünf Jahre jünger war. Das hat übrigens auch die Gerlinde gesagt, die blöde Kuh. Die wollt' ja, dass ich den Paul nehme, die alte Kuppelschlampe. Selbst hat sie keinen abgekriegt. Sowas von böse war die, das hässliche Mistvieh.« Sie hatte sich in Rage geredet, musste aber rasch wieder an ihre Liebe denken. »Ach, der Erich … Als ich dann mit dem Paul zusammen war, 1935 haben wir geheiratet, da war ich für den Erich gestorben. Er wohnte nur drei Häuser weiter in der Malmöer, aber guckte mich nicht mehr an. Und den Paul sowieso nicht. Der Paul war ja in der Nazipartei, und der Erich war mehr so … sozialdemokratisch. Gingen natürlich auch in verschiedene Kneipen. Der Paul ins Seelower Eck, der Erich in die Bierstube. Paul, der Gauner … hat der doch mein Haushaltsgeld versoffen und dann die Parteikasse geklaut … Wär' fast rausgeschmissen worden aus der Partei … Wie gern hätt' ich da den Erich gehabt. Aber der hatte schon die andere, Luise hieß die, war so alt wie er … Dann sind die beiden in ’n Krieg. Kurz nach ’m Krieg sahen sie sich wieder, in der Malmöer. Und da ist der Erich zu den Russen, und denen hat er gesagt: Der Paul war in der NSDAP, ’n ganz Scharfer war der. Jedenfalls haben die Russen den Paul abgeholt und steckten ihn ins KZ. Und der Erich guckte mich immer noch nicht an. Und nach vier Jahren kam der Paul wieder raus. Sagte dann kaum noch was und was Politisches schon gar nicht ... Dabei war der überhaupt kein Scharfer, der Paul, der war ’n Mitläufer, ’ne versoffene Lusche war der ... Ach, der Erich. Eigentlich war der ja auch nur ’n Suffkopp. Aber er hat mich nie mehr angeguckt, geschweige denn ’n Wort zu mir gesagt. Meine Güte, so eine Mimose ...«

Mit dem letzten Satz kam die Mitbewohnerin ins Zimmer, sie schwitzte und schnaufte und schwärmte von ihrer Gymnastikstunde. »Aber am schlimmsten war die Gerlinde, die Kupplerin und Nazitante«, flüsterte Oma Lisbeth und fügte laut und wütend hinzu: »Die hässliche Schlampe, das asoziale Mistvieh.« Sie erntete einen Giftblick von der Mitbewohnerin, nahm Matthias bei der Hand, zog ihn aus dem Zimmer und hinaus in den Park. »Die ist auch schon über neunzig«, schimpfte sie, »will aber über hundert werden mit ihrer beschissenen Gymnastikstunde. Außerdem meckert sie ständig über meinen Pulmotinduft. Dabei ist sie es, die stinkt. Nach Pisse stinkt die.«

So ordinär hatte er seine Großmutter noch nicht erlebt. Er war froh, dass sie nichts einzuwenden hatte, als er sich mit gespielter Eile verabschiedete.

Keine Stunde später war er in der Malmöer Straße, und tatsächlich stand am Klingelbrett des Eckhauses zur Isländischen der Name Lehmann. Bei all der Verrücktheit dieser Erich-Lehmann-Geschichte hätte er gewettet, der Mann, mittlerweile einundneunzig, würde noch leben. Doch als eine Frau von Anfang fünfzig die Wohnungstür öffnete, erschien ihm das plötzlich sehr unwahrscheinlich. Trotzdem fragte er, ob hier ein Herr Lehmann, Erich Lehmann, wohne.

»Hat er Spielschulden bei Ihnen?«, fragte die Frau zurück, und Matthias hielt es wieder für gut möglich, dass der Mann noch lebte. »Nein«, sagte er, und die Frau erwiderte: »War auch nur 'n Scherz. Obwohl«, fügte sie hinzu, »keiner, der zum Lachen ist.« Sein Leben lang habe ihr Vater sein Geld beim Glücksspiel gelassen. Vor fünf Jahren sei er gestorben, nachdem er lange bettlägerig gewesen und von ihr gepflegt worden war. »Und? Was wollen Sie von ihm?«

»Meine Großmutter hat mir von ihm erzählt. Lisbeth Weber. Sie lebt seit kurzem im Altersheim. Sie ist fünf Jahre älter als Ihr Vater.«

Die Frau konnte mit dem Namen nichts anfangen, und sie schien auch nicht interessiert, daran etwas zu ändern. »Gott, werden die Menschen alt heute«, sagte sie nur und schüttelte den Kopf wie über eine kuriose Abnormität.

Er konnte sich nicht erinnern, die Frau je zuvor gesehen zu haben; sicherlich war sie bereits ausgezogen, als er fast täglich im Viertel unterwegs gewesen war, und erst nach dem Tod ihres Vaters zurückgekehrt. So könnte es gewesen sein. Und Erich Lehmann? Hatte der vielleicht sogar mit Onkel Winfried im Schluckspecht oder in der Weiber-Bar gesessen? Und wie hatte sich Opa Paul verhalten? Hatte er Erich Lehmann ignoriert oder insgeheim versucht, sich an ihm zu rächen? Matthias nahm sich vor, die demenzbedingte Gesprächigkeit der Großmutter auszunutzen und sie gelegentlich weiter auszufragen.

Zwei Wochen nach seinem Besuch bei ihr erhielt er einen Anruf vom Vater. »Deine Oma ist tot. Heute früh. Das war ihre Erlösung.«

Matthias kam es so vor, dass sie das Erich-Lehmann-Geheimnis verraten musste, um endlich sterben zu können. Er verstieg sich zu dem Gedanken, dass sie noch leben würde, wenn er sie nicht im Altersheim besucht hätte. Ein kindischer Gedanke. Trotzdem traf ihn dieser Tod weniger als alle anderen Tode in der Familie; sie war eben schon sehr alt. Er überlegte, Marina zu fragen, ob sie ihn zur Beisetzung begleite. Er hatte nicht die geringste Lust, mit dem Vater als Überbleibsel der Familie allein zu sein. Noch mehr aber hatte er Angst vor dem Grab der Mutter. Er hatte es nie besucht, und der Vater hatte ihn nie gefragt, ob er es sehen möchte. Überhaupt war er seit dreiundzwanzig Jahren, seit der Beerdigung von Opa Paul, nicht mehr auf diesem Friedhof gewesen. Er bat Marina nicht um Begleitung. Er wollte sie nicht dabei haben, wenn er während der Beisetzung plötzlich doch losheulen musste.

Vom Friedhofseingang aus sah er den Vater vor der Kapelle stehen. Er beobachtete ihn, seine verkrampfte Körperhaltung – hochgezogene Schultern, auf den Bauch gepresste Fäuste –, bis er sich dafür zu schämen begann; als nutze er die Hilflosigkeit des Vaters irgendwie aus. Er ging den Hauptweg entlang, ohne nach links oder rechts zu schauen; er hatte Angst davor, ausgerechnet jetzt auf das Grab der Mutter zu treffen. Wie ein Geschäftsmann kam er sich vor, der seine Anspannung hinter einer Fassade höflicher Sachlichkeit verbarg; Erledigung einer Beisetzung, dachte er, so heißt das Geschäft.

Der Vater hatte sich zu ihm umgedreht, ging ein paar Schritte auf ihn zu und reichte ihm die Hand, mit müder Selbstverständlichkeit und einem kurzen Blick, der auf Matthias vertrauensvoll und unterwürfig zugleich wirkte. Bis er zehn oder elf war, war er vom Vater umarmt und auf die Wange oder die Stirn geküsst worden; er konnte sich nicht erinnern, wann der Vater die Begrüßung per Handschlag eingeführt und ob es dafür einen besonderen Anlass gegeben hatte.

»Ich dachte schon«, sagte der Vater, »du bringst die Maklerin mit.«

»Wieso?«

»Weil du mit ihr zusammen bist.«

Er fühlte sich ertappt, obwohl er doch seine neue Liaison, oder was immer es werden mochte, nicht verheimlichen musste. »Bin ich das?«

»Sagte mir Oma Lisbeth. Wenn es für dich gut ist, ist es gut.« Das hörte sich fast salomonisch an. Matthias erwiderte nichts, staunte nur, wie rasch der Vater diesen Anflug von Unterwürfigkeit weggeredet hatte.

Erst jetzt fiel ihm auf, dass wie an dem Tag, als Opa Paul unter die Erde gebracht wurde, die Kastanienbäume blühten und die Vögel zwitscherten, als gelte es, den Weltuntergang zu verscheuchen oder zumindest die Stimmung des Vaters aufzuhellen. Vielleicht, dachte er, war der Vater auf eine untergründige Art sogar froh, dass er mit Marina zusammen war; so hatte sein Groll einen festen Haltepunkt. Jedenfalls schien sie für den Vater unveränderbar eine Vertreterin des spielerischen und in diesem Sinne bösartigen Kapitalismus zu sein, eine Frau mit Zockermentalität. Fand sich ein anderer, ein aus ihrer Sicht Besserer, Interessanterer, würde sie ihn fallen lassen wie eine heiße Kartoffel. So, dachte Matthias, denkt der Vater. Aber auch, wie ihm klar wurde, er selbst. Da er jedoch nicht in sie verliebt war, machte es ihm nichts aus.

»Wenn sie mitgekommen wäre, wären wir wenigstens zu dritt«, sagte der Vater. Es hörte sich an, als sei die Beisetzung eine Kinovorführung, bei der es einer Mindestbesucherzahl bedurfte, damit der Film gespielt wurde. Dass weitere Trauergäste kämen, war, wie der Vater meinte, so gut wie ausgeschlossen: Die Kinder von Lisbeths verstorbenen Schwestern hätten seit Jahren nichts mehr von sich hören lassen. »Die hätten aber sowieso nur gestört«, resümierte er griesgrämig.

Endlich öffnete der Redner die Tür zur Kapelle und winkte die beiden Trauergäste herein. Matthias wunderte sich, dass er sich gar nicht so sehr wunderte: Es war der Mann, der schon vor über zwanzig Jahren hier seine Reden gehalten hatte. Nur hatte er keine geföhnten Haare mehr, sondern nur noch ein paar Fusseln auf dem Kopf. Mit gebeugtem Rücken und zittrigen Beinen ging er ans Pult, wartete, bis Matthias und der Vater sich gesetzt hatten, dann holte er tief Luft und sprach: »Sehr verehrte Trauernde, ich glaube sagen zu dürfen, dass es gut ist, ja sehr gut sogar, eine Erlösung, wie der geschätzte Sohn unserer teuren Verstorbenen es mir gegenüber ausdrückte, wenn ein Mensch stirbt, bevor er nicht mal mehr weiß, wer er ist. Es gibt nämlich, verehrte Trauernde, nichts Schrecklicheres als dies …«

Allem Anschein nach sprach der Redner aus eigener Beobachtung; vielleicht, dachte Matthias, leidet er sogar selbst unter beginnender Demenz. Möglicherweise war seine Rede deshalb so kurz; keine sechs Minuten dauerte sie und hatte dabei noch einige Pausen, die länger waren als die Zäsuren, die man in einer Rede gemeinhin setzt. Der Name Winfried fiel nur ein einziges Mal, »unter großen Entbehrungen zog sie ihre Söhne Horst und Winfried groß«, von Horst hingegen war noch drei weitere Mal die Rede, »ihr Sohn Horst ertrug die DDR nicht mehr und versuchte, in den Westen zu gelangen«, »ihr Sohn Horst gründete eine glückliche Familie«, »sie war stolz auf ihren Sohn Horst, der Verlogenheit und Ungerechtigkeit hasste und unverändert hasst«.

Wie alt mochte der Redner jetzt eigentlich sein? Siebzig, fünfundsiebzig? Warum war er nicht pensioniert? Oder war er nur noch einmal reaktiviert worden für eine Beisetzung aus dem Kreis der Familie Weber? War er gewissermaßen zuständig für die Webers und durfte, Demenz hin oder her, erst sterben, wenn auch der Letzte gestorben war? Der Letzte … der wäre aller Voraussicht nach Matthias. Oder würde er irgendwann Kinder haben? Bislang hatte er noch nie den Wunsch nach Kindern bei sich beobachtet; mit der richtigen Frau, dachte er manchmal, würde der sich schon einstellen. Vielleicht müsste der Redner anlässlich seiner Beisetzung sagen: Er hatte die richtige Frau nie kennengelernt und deshalb keine Kinder. Zum ersten Mal ließ Matthias die Frage zu, was der Redner seinerzeit zum Tod der Mutter gesagt haben mochte. Hatte er den Vater zitiert, »sie wollte ihren

Sohn schonen«, oder unflätigerweise Oma Lisbeth, »was an der Reihe ist, muss gehen, das ist die Bestimmung«? Nein, ganz sicher nicht, dachte er, doch die Erinnerung an diese Formulierung hatte ihn gepackt, und er spürte wieder den Hass auf die Großmutter, der damals in ihm hochgekommen war. Er wünschte sich fort, nicht nur fort von diesem Friedhof, sondern grundsätzlich weit weg: nicht mehr nach Los Angeles oder Buenos Aires, Kapstadt oder Johannesburg, eher nach Osteuropa, wo er noch nie gewesen war, oder endlich doch einmal nach Skandinavien: Stockholm, Kopenhagen oder, ja, natürlich, Helsinki … Aber wie sollte er dort leben können? Als Journalist war er im Prinzip gescheitert, und von einer Frau wollte er sich nie mehr durchfüttern lassen. Wenn die Mutter noch leben würde, wäre es mit Karolin nicht so weit gekommen – der Gedanke löste Scham in ihm aus, aber auch genau jenes Selbstmitleid, das ihn offenkundig zum Schmarotzer werden ließ. Er registrierte, wie er mit der Hand über seinen Arm strich; oft hatte er an diese Geste der Mutter gedacht, sie jedoch nie mehr nachgeahmt. Er begann zu weinen und verspürte eine gewisse Freude an der Täuschung: Sollte der Vater denken, er heule über den Tod der Großmutter.

Das Gesicht des Vaters zeigte so wenig Regung wie das des Redners, der die Urne, an seine Brust gepresst, zur Grabstätte trug, wo die von Oma Lisbeth einst diskutierte Frage, wer wo reinkommt, beantwortet wurde: Sie kam zu ihren Schwestern Agathe, Mimmi und Grete. Die Namen der vier Schwestern standen auf dem Grabstein, das Todesjahr von Oma Lisbeth würde, wie der Redner sagte, in den nächsten Tagen eingraviert werden. Matthias konnte sich wieder erinnern, wo die Urnenstelle von Winfried und Opa Paul war: auf der anderen Seite der Kapelle, mindestens hundertfünfzig Meter von Oma Lisbeth entfernt. Das kam ihm weit vor, absichtsvoll weit. Er fragte den Vater, warum sie nicht naheliegenderweise zu Onkel Winfried reinkomme.

»Weil's die Grabstelle nicht mehr gibt. Ich hab sie nach zwanzig Jahren nicht verlängern lassen.«

»Aber war das nicht ihr Wunsch gewesen?«

»Sie war so alt, dass sie gar nicht mehr wusste, was ihr Wunsch ist.«

Das bezweifelte Matthias, aber er bezweifelte auch, dass der Vater selbst an diese Behauptung glaubte.

»Und Mutter? Hast du ihr Grab auch nicht verlängern lassen?«

»Wenn du dich jemals für das Grab deiner Mutter interessiert hättest«, entgegnete der Vater, »würdest du nicht solche Fragen stellen.«

»Ich habe mich für das Grab meiner Mutter interessiert. Du hast es bloß nicht bemerkt.« Angesichts dieser Lüge konnte er nun nicht mehr fragen, wo es sich denn befand, wenn es überhaupt noch existierte. Da der Vater nichts mehr sagte, hatte Matthias den Eindruck, endlich gehen zu können. So ließ er die beiden Männer alleine an der Urnenstelle zurück.

Am nächsten Vormittag kehrte er auf den Friedhof zurück und suchte das Grab der Mutter. Er hatte Angst, sich die Mutter nicht mehr vorstellen zu können, sobald er ihren in Stein gemeißelten Namen sähe: allein ihre Auftritte in den Kleidern, am schönsten das in der Farbe ihrer Augen, himmelblau. Aber er konnte doch nicht hierhergekommen sein, um wieder zu gehen, ohne das Grab der Mutter gesehen zu haben. Er dachte an Karolins Konfrontationstherapie, ohne die sie an keinem Casting teilnehmen konnte. Wenn sie sich vor ein paar Leuten präsentieren musste, hatte sie immer wieder Panikattacken bekommen, bis ein Psychotherapeut mit Namen Dr. Eagle sie einem Trainingsprogramm unterzog, das sie befähigte, sich in den Griff zu bekommen, wie sie es nannte. Matthias hatte sich gefragt, wie sie bei einem Casting gut und überzeugend sein konnte, wenn sie als jemand auftrat, der sich in den Griff bekommen hatte. Sich im Griff zu befinden, bedeutete für ihn, kontrolliert zu sein und deshalb letztlich auch verkrampft. Das hatte er ihr nicht gesagt; hätte er sie geliebt, dachte er, hätte er ganz bestimmt mit ihr darüber gesprochen.

Er ging die Friedhofswege kreuz und quer, und obwohl ihm bald schien, jeden Weg abgegangen zu sein, hatte er das Grab der Mutter noch nicht entdeckt. War tatsächlich auch *ihre* Urnenstelle nicht mehr verlängert worden? Als er zum vierten Mal einen schmalen Weg im hintersten Bereich des Friedhofs entlangging, sah er den kleinen grauen Naturstein, sah, genauer gesagt, zunächst den Namen des Vaters in schwarzglänzender Schrift, Horst Weber, 1936, danach in gleicher Schrift den Namen der Mutter, Annelie Weber, 1938–1980. Obwohl sie von den beiden die bereits Verstorbene war, stand der Name der Mutter unter dem des Vaters. Matthias empfand Groll auf den Vater: Er hatte sein Leben über das der Mutter gestülpt; es kam ihm zunächst abwegig vor, als er dachte: Annelie Weber, diese schöne Frau, hätte vielleicht einmal einen Geliebten haben sollen. Eine Liebesbeziehung, die sie aus ihrer Zaghaftigkeit, aus dem Kokon, in dem sie lebte, herausgeholt hätte. Erst jetzt fiel ihm auf, dass das Quadrat der Urnenstelle, das nicht mehr Platz hatte als für zwei Urnen, sorgfältig mit Tulpen, Hyazinthen und Primeln bepflanzt und die Erde geharkt worden war. Ein Örtchen der Idylle. Eine Idylle, die ihn ausschloss. Die alles ausschließen wollte, was jenseits dieses kleinen Vierecks war.

Er ging den schmalen Weg zurück, an der Kapelle vorbei zum Ausgang; mit der Straßenbahn fuhr er in die Schönhauser und lief über die Bornholmer und Malmöer bis in die Wohnung, die er gekauft hatte. Wo sollte er hin, fragte er sich, wenn er die Wohnung vermietet haben würde? Und was sprach dagegen, selbst in der Wohnung zu bleiben?

Am nächsten Tag begleitete er Marina erneut zu einem Kundentermin in den Wedding. Von der Osloer gingen sie diesmal in die Stockholmer Straße, und diese zwei Namen boten ihm Anlass, von seinem Skandinavischen Viertel zu erzählen. »Als ich zwölf war«, begann er, »habe ich allen Straßen um die Malmöer herum die Namen von Ländern, Städten, Seen oder Flüssen in Skandinavien gegeben. Das hat das Leben interessanter gemacht und mir ein heimliches Machtgefühl gegeben.«

Sie schien dem keine größere Bedeutung beizumessen, jedenfalls ging sie nicht darauf ein, außer dass sie nickte, gespielt anerkennend. Dann redete sie über den Kunden, den sie gleich treffen würden und der ausgerechnet nach Wedding ziehen wolle, ein dreißigjähriger IT-Spezialist mit Wahnsinnseinkommen, »du glaubst es nicht«, fügte sie, diesmal tatsächlich anerkennend, hinzu.

Eine Stunde später, nach Besichtigung und Kaufzusage, als sie von der Stockholmer in die Osloer zurückgingen, sagte sie, und für Matthias klang es, als wolle sie so den Verkaufserfolg feiern: »Du kannst ... also wenn du deine Wohnung vermietet hast, kannst du ... wenn du magst ... zu mir ziehen.« Wie um bloß keine Antwort zu bekommen, die ablehnend sein konnte, redete sie unverzüglich weiter: Ein Zimmer sei ohnehin frei in ihrer Wohnung, ein sehr schönes, Südseite mit Blick auf den Savignyplatz, einer der schönsten Plätze von Berlin, wenn nicht *der* schönste. Sie wolle auch kein Geld haben, sie freue sich, wenn er sie ab und zu mal zum Essen einlade, in der Bleibtreustraße gäb's den besten Italiener der Welt, nur so zum Beispiel, von den Restaurants in der Grolmanstraße ganz zu schweigen ...

Um sie nicht vor den Kopf zu stoßen, log er: »Mir ist klar geworden, dass ich erst mal selber in der Wohnung meiner Großmutter bleiben sollte ... muss. Es wäre wie eine Flucht, wenn ich's nicht täte. Es ist doch ein Großteil meiner Vergangenheit, meine ganze Kindheit ... in dieser Wohnung ...« Sie verstand das, jedenfalls sagte sie es. Aber, fügte sie hinzu, wenn er sich genug mit seiner Vergangenheit auseinandergesetzt habe ... ihr Angebot würde dann immer noch gelten.

Zwei Wochen später besuchten sie seinen Vater. Sie hatte es sich gewünscht, und er hatte ihr diesen Wunsch nicht auch noch abschlagen mögen.

Wieder war es Marina, die das Wort ergriff, während sie am Wohnzimmertisch saßen und Kuchen aßen, den sie gekauft hatte. Über ihre Eltern redete sie, die Gewerkschafter waren, ein bisschen altmodisch, aber liebenswert und gerechtigkeitsliebend und deshalb mit der Wiedervereinigung, so kapitalismushörig wie sie verlaufen sei, ganz und gar nicht einverstanden. Und ihr selbst ginge es ja ebenso: Warum hat man alles, was im Osten war, schlecht gemacht und als verlogen hingestellt? Warum sind die alten DDR-Betriebe in die Pleite gedrängt worden, warum mussten Mieter aus ihren Wohnungen raus? Aber gut, sie wolle gar nicht ihre eigene Meinung hier rausposaunen oder nur über sich reden ... Matthias schwante nichts Gutes. Sie fragte den Vater, wie sich denn seine Haltung durch die Wiedervereinigung geändert habe.

Die Frage hätte nicht höflicher formuliert sein können, doch der Vater, der ihr misstrauisch zugehört hatte, lehnte sich nur abwehrend zurück und schnaufte verächtlich. Dem Schnaufen folgte angestrengtes Atmen. »Wie läuft's bei dir, ich meine, beruflich?«, fragte er endlich und schaute in einer Art, die Marina ausschloss, zu seinem Sohn, der überrascht war und sich ertappt fühlte, obwohl der Vater von der Sackgasse seiner journalistischen Arbeit nichts wissen konnte.

»Es geht so«, erwiderte Matthias und mied ebenfalls Marinas Blick, »aber es bahnen sich neue Projekte an.« Die Antwort, die ungefährer kaum hätte sein können, war ihm peinlich, und das Schweigen, das nun herrschte, schien unüberbrückbar. Er spürte Wut in sich aufkommen: Warum saß er hier, warum tat er sich das an? »Ich habe auch eine Frage«, sagte er, an den Vater gewandt. »Kurz bevor Oma Lisbeth starb, erzählte sie mir, dass sie als junge Frau in diesen Erich Lehmann verliebt gewesen war, ihn aber nicht heiratete, weil er fünf Jahre jünger war. Erich Lehmann, der nur drei Häuser weiter wohnte. Vor fünf Jahren erst ist er gestorben. Kanntest du ihn?«

»Ja«, antwortete der Vater, »den kannte ich. War aber kein Thema.« Das klang, als sei er für den Vater noch immer kein Thema und würde auch nie eines sein.

»Warum kein Thema? Weil Erich Lehmann Opa Paul ins KZ gebracht hat? Den Teil der Geschichte hattest du mir wenigstens erzählt, den mit Oma Lisbeth nicht. Warum?«

Der Vater nickte nur vor sich hin, als hätte er mit genau dieser Frage gerechnet.

»Wäre besser gewesen, ich hätte dir überhaupt nichts erzählt. Und denkst du etwa, heute kannst du über alles reden? Oder, selbst wenn … wenn du über mehr reden kannst als zu alten Zeiten, offener, wie immer so gesagt wird – meinst du, das bewirkt irgendwas? Die Leute reden sich ihren Müll von der Seele, gibt ja Hunderte Fernsehkanäle, Tausende Zeitungen, aber es ändert sich nichts. Manche werden immer reicher, die meisten immer ärmer … Und wenn du über alles reden kannst, *alles*, dann bewirkt das auch nichts … Umso schlimmer: Viele Leute denken, das ist gut, das ist Demokratie, aber es ist alles nur Täuschung …« Der Vater hatte sich in einen Monolog hineingeredet; eine Endlosschleife, es schien mehr aus ihm heraus zu sprechen, als dass er selber sprach. Matthias hörte sich sagen, dass sie gehen müssten, sie hätten noch einen anderen Termin.

»Er redet zwar«, sagte Marina, als sie die Mühlenstraße hinuntergingen, »aber er lebt nicht mehr. Meine Güte.« Sie schien entsetzt und zugleich amüsiert, und Matthias verspürte auf einmal den Impuls, den Vater zu verteidigen. Vielleicht, dachte er, ist es ein Ausdruck von etwas ganz Ursprünglichem, geradezu Naturgegebenem, dass man den Menschen, der der Vater ist, doch irgendwie verteidigen muss. Außerdem wunderte er sich, dass sie nicht nach der Geschichte mit dem KZ fragte. Er bereute es, diese Sache angesprochen und den Vater damit bloßgestellt zu haben. »Und die Wohnung«, fuhr sie fort, »ich weiß nicht, die sieht aus … wie ein Museum.«

Drei Jahre später bezeichnete sie auch seine Wohnung als Museum und warf ihm vor, nicht wirklich zu leben. Daraufhin dauerte es noch ein halbes Jahr, bis ihre Beziehung unwiderruflich zu Ende war. Zwei Wochen danach ging er den Vater besuchen.

»Wie laufen die Geschäfte?«, fragte der Vater.

»Wir haben uns getrennt«, antwortete er.

Der Vater freute sich nicht. Oder er ließ nicht erkennen, dass er sich freute. Er begann zu reden. Die Endlosschleife, dachte Matthias. Und staunte umso mehr, worüber der Vater sprach. »Sie hat dir etwas bedeutet, aber ihr habt euch nicht geliebt. Vielleicht gibt es nur eine Liebe im Leben. Eine einzige. Das könnte auch mit Oma Lisbeth so gewesen sein … und diesem Erich Lehmann. Weil du mal gefragt hast … Obwohl der auch nur ein Säufer war, dieser Erich Lehmann. Aber vielleicht war da mehr … Eine Liebe im Leben … Denk ich mir so. Und nun geh mal, geh mal.« Der Vater brach ab, mit Tränen in den Augen. Stand vom Wohnzimmertisch auf, ging in sein Schlafzimmer und schloss die Tür hinter sich.

MIT DEM BEGINN des neuen Frühjahrs erwacht der Vater aus seiner Erstarrung. Er sitzt nicht mehr stundenlang vorm Fernseher, sondern putzt das Bad, die Küche, das Wohnzimmer. Fast jeden Abend verlässt er die Wohnung, um erst gegen Mitternacht wieder zurück zu sein. Im Bad hängt ein Geruch, der Matthias an das Kölnischwasser des Großvaters erinnert.

Eines Sonntagmorgens wartet der Vater am Küchentisch auf ihn. »Wie geht's dir?« Die Art, wie er fragt, erinnert Matthias an das »Ich muss dir was mitteilen«, das den Bericht zum Tod der Mutter einleitete.

»Wie immer«, antwortet er lapidar und bleibt in der Tür stehen.

»Es hat sich eine Veränderung ergeben«, sagt der Vater, und ohne eine Pause aufkommen zu lassen, fügt er hinzu: »Ich bin wieder mit einer Frau zusammen.«

»Das überrascht mich nicht«, sagt Matthias. Seine Stimme, findet er, hört sich an wie die eines Roboters.

»Immerhin ist deine Mutter fast ein Jahr lang tot«, sagt der Vater.

»Was soll das heißen?«, fragt Matthias. Und da der Vater nicht antwortet, legt er eine andere Frage nach: »Zieht sie hier ein oder lässt sie sich noch Zeit?«

»Nein«, sagt der Vater. »Sie zieht hier nicht ein.«

Matthias staunt selbst, wie offensiv er ist. »Kommt sie öfters zu Besuch?«

»Ja, das wird sie wohl.«

»Räumst du dann die Sachen von Mutter weg? Oder lässt du sie stehen?«

»Die räume ich weg. Warum fragst du so?«

»Weil ich eben so frage. Räumst du auch die Teekanne weg?«

»Nein, nur die Kleider, die Hausschuhe …«

»Warum die Teekanne nicht?«

Der Vater steht vom Küchentisch auf, geht zum Fenster, schaut hinaus.

»Warum die nicht?«, hakt Matthias nach.

»Ganz einfach«, sagt der Vater. »Weil ich die Teekanne auch benutzt habe.«

Am nächsten Sonntagmorgen sieht er den Vater mit der Frau am Küchentisch sitzen. Die Frau trägt einen schwarzen Lederrock und eine weiße Bluse und hat überhaupt keine Ähnlichkeit mit der Mutter: Sie ist groß und kräftig, hat ein rundes Gesicht und dunkle Schweinsäuglein. Sie sprechen leise, als würden sie Heimlichkeiten austauschen. Doch kaum hat die Frau Matthias gesehen, stößt sie den Vater an. »Guten Morgen«, sagt der Vater. »Du kannst dich zu uns setzen, wenn du möchtest.«

Matthias schaut zur Flurgarderobe und zur Wohnungstür: Die Hausschuhe und das lindgrüne Kleid der Mutter sind nicht da. Er geht ins Bad, bleibt dort. Nach einer Weile klopft es an die Tür. »Alles in Ordnung mit dir?«, fragt der Vater.

Er weiß, dass der Vater nicht fragen würde, wenn die Frau nicht da wäre. Er könnte irgendetwas antworten und dann wieder in sein Zimmer verschwinden. Aber er fände es feige, sich auf diese Weise zu entziehen. Er sagt nichts, wartet noch drei Minuten, geht dann in die Küche und setzt sich zu den beiden an den Tisch.

Die Frau sagt, dass sie sehr gespannt gewesen sei, ihn kennenzulernen, sie habe ja schon viel über ihn gehört. Ein Lächeln in Richtung des Vaters, der unsicher zurücklächelt. Aber sie wolle jetzt nicht viel erzählen, sagt die Frau und schlägt vor, dass er einfach mit ihnen frühstückt.

Da er weder Ablehnung noch Zustimmung zu erkennen gibt, redet sie weiter: Für sie als Lehrerin sei der Sonntag der einzige freie Tag in der Woche. Ein Tag nur zum Genießen, ganz und gar, Entspannung pur. Er fragt sich, wie der Vater eine Lehrerin kennengelernt hat. »Was unterrichten Sie denn?«, fragt er, um nicht mehr stumm dazusitzen.

»Biologie und Deutsch«, antwortet die Frau. »Das waren schon als Schülerin meine Lieblingsfächer. Und natürlich liebe ich es zu unterrichten. Was gibt es Schöneres als das.«

Er könnte nicht sagen, ob diese Begeisterung echt ist oder nur dazu dienen soll, ihn zu beeindrucken. Oder den Vater. Er kann nicht erkennen, ob der Vater in irgendeiner Weise beeindruckt ist. »Gottseidank«, fährt die Frau fort, »sind Biologie und Deutsch keine politischen Fächer. Ich meine, Staatsbürgerkunde oder Geschichte, das wäre nichts für mich.«

Offenbar hat sie darüber schon mit dem Vater gesprochen; jedenfalls nickt der auf eingeweihte Art zustimmend. Matthias hingegen kann und will ihr das nicht glauben. »Warum«, fragt er, »ist Deutsch nicht politisch? Wenn wir Anna Seghers behandeln oder Willi Bredel, dann sagt der Lehrer, dass deren Romane Ausdruck der marxistisch-leninistischen Weltanschauung sind. Und darüber reden wir dann. Ist das nicht politisch?«

»Ich rede nicht darüber«, sagt die Frau trotzig und zugleich schwärmerisch. »Ich rede über die Schönheit der Literatur und der deutschen Sprache. Anna Seghers und Willi Bredel haben doch nicht geschrieben, um politische Botschaften in die Welt zu senden.«

Warum auch immer die beiden geschrieben haben, er geht davon aus, dass die marxistisch-leninistische Deutung der Romane vom Lehrplan gefordert wird, und er kann sich nicht vorstellen, dass die Frau einfach gegen solch eine Forderung verstößt. Vielleicht sollte er sie fragen, ob sie eigentlich Widerstandskämpferin sei, aber dieser Spott wäre ziemlich unangebracht. Überhaupt käme es ihm lächerlich vor, nur mit Schlafanzug bekleidet eine völlig fremde Frau zu provozieren, die die neue Frau des Vaters ist. Allenfalls könnte er ihr sagen, dass er schon die wenigen Seiten Bredel, die er überhaupt gelesen hat, langweilig fand und die Willi-Bredel-Straße in den Zungenbrecher Haldenvassdraget umbenannt hat. Er stellt sich vor, wie er mit der Frau durchs Skandinavische Viertel geht und ihr von seinen Umbenennungen erzählt. Er ist der Lehrer, die Frau die Schülerin, die aus dem Staunen gar nicht mehr herauskommt. Damit nicht genug: Er stellt sich vor, wie Herr Grothe und die Mutter um die Ecke kommen, Arm in Arm. Die Mutter strahlt vor Glück, Herr Grothe vor Stolz, sich mit dieser schönen Frau präsentieren zu dürfen. Er stellt sich den Vater vor, wie er zu Hause sitzt, hier am Küchentisch, vor sich wie eine uneinnehmbare Burg ein Stapel Romane: Bredel, Seghers, Ludwig Renn, Arnold Zweig, Bruno Apitz … allesamt Vertreter des proletarischen

Realismus, die Pflichtlektüre in der Schule sind. Er muss lachen.

Der Vater fragt: »Was ist? Warum lachst du?«

»Ich stell mir vor, wie du einen Roman lesen willst.«

»Warum sollte ich das nicht tun?«

»Weil du noch nie einen gelesen hast.«

»Woher weißt du das?«

Matthias hält es für wahrscheinlich, mehr aber auch nicht. Auf einmal kommt er sich altklug vor; zumal er ja selbst zwar den ein oder anderen Roman angefangen, doch nie einen zu Ende gelesen hat.

»Was nicht ist, kann ja noch werden«, sagt der Vater. Er lächelt die Frau an, die ihm liebevoll über den Kopf streicht.

Die Frau ist an den Wochenenden da und manchmal auch abends in der Woche. Matthias geht ihr aus dem Weg, doch manchmal beobachtet er sie und den Vater durch den Türspalt seines Zimmers. Sie cremt seine rissigen Hände ein, zupft zärtlich oder übermütig an seinem Walrossbart, küsst ihn auf die Stirn, auf die Wangen, auf den Mund. Er kann nicht einschätzen, ob der Vater das genießt. Er sieht es ihm nicht an; vielleicht verliert er langsam aber sicher die Fähigkeit, ihm überhaupt etwas anzusehen.

Der Vater hat noch nie viel geredet, umso mehr redet die Frau. Möglicherweise kommt sie in der Schule zu wenig zu Wort, wenn sie sich über die Schönheit von Sprache und Literatur auslassen möchte. Doch nicht darüber spricht sie, sondern über Pläne. Sie liebt es, wie sie sagt,

Pläne zu schmieden. Und jetzt habe sie glücklicherweise jemanden, mit dem sie das tun könne. Zum Beispiel Reisepläne: Skifahren im Erzgebirge, Wandern im Harz oder Baden in der Ostsee. Er weiß, dass der Vater weder Skifahren kann noch gerne wandert. Zum Wandern äußert er sich nicht. Er sagt nur, dass er leider nicht Skifahren könne, und die Frau entgegnet, dass sie ihm das beibringe, da freue sie sich schon drauf. »Hm«, sagt der Vater mit bemühtem Optimismus, »man kann's ja mal probieren.«

Einmal, als die Frau nicht da ist, fragt er den Vater, wie sie sich kennengelernt haben. Beim Tanzen, sagt der Vater. An einem Freitagabend, ganz in der Nähe in der Esplanade. Das erste Mal, dass er weg war, seit vielen Jahren. »Mutter war ja am liebsten zu Hause …« Er unterbricht sich, stellt fast übergangslos fest, dass er gar nicht wusste, ob er das noch kann: tanzen. Aber das sei wie Fahrradfahren, so ganz verlernt man's nie. Gabriele – das erste Mal nennt er ihren Namen – habe ihn immer wieder angeschaut, und da habe er Mut gefasst und sie aufgefordert. Als sie ihm später am Abend erzählte, dass sie Lehrerin sei, dachte er, das würde bestimmt nicht passen: er Maurer, sie Lehrerin. Sie allerdings, als hätte sie seinen Gedanken erraten, sagte mit großer Freude, das sei eine sehr gute Kombination, sie liebe zupackende Männer. Während der Vater redet, denkt Matthias daran, wie der Vater die Mutter kennengelernt hat. Sicherlich dürfte es mehr Mut kosten, eine Frau vor betrunkenen Bauarbeitern zu beschützen als sie zum Tanzen aufzufordern, doch vielleicht ist das beim Vater genau umgekehrt. Er überlegt, ob er Herrn Grothe ins Feld führt, der sich gewünscht hat, die Mutter öfter zu sehen. Was wäre, wenn er behaupten würde, Herr Grothe habe die Mutter immer wieder getroffen? Er hat Lust, dieses Spiel zu spielen, doch seine Befürchtung, dass der Vater den Lehrer zur Rede stellt, ist stärker.

An seinem fünfzehnten Geburtstag kommt er nach Schule und Raucherecke erst am Abend nach Hause. »Na endlich«, ruft der Vater mit angestrengtem Frohsinn, kaum hat Matthias die Wohnung betreten. Er ist nicht allein, Oma Lisbeth sitzt mit ihm am Wohnzimmertisch; außerdem die Frau namens Gabriele und ein Mädchen, das sie gleich vorstellt: »Meine Tochter Nicole. Ihr sollt euch ja auch endlich mal kennenlernen.«

»Das reicht«, sagt die Tochter, die, wie Matthias schätzt, siebzehn oder achtzehn ist und, zumindest was den Umgang mit ihrer Mutter angeht, streiterprobt zu sein scheint.

Die Frau und die Tochter trinken Wein, der Vater trinkt Bier, Oma Lisbeth Eierlikör. »Das ist immer noch mein erster«, beteuert sie. Ihre aufgekratzte Art unterstreicht nur, wie angespannt die Stimmung ist, und erinnert ihn an die Rolle der komischen Alten in bestimmten Fernsehfilmen. »Nimm doch Platz«, sagt der Vater. »Wir haben ein Geschenk für dich.«

Er setzt sich auf den freien Stuhl zwischen der Frau und ihrer Tochter, während der Vater die mit Streichhölzern gebastelte Miniaturausgabe eines Hauses aus dem Schrank holt und auf den Tisch stellt. Das Haus besteht aus drei Stockwerken, mit Fenstern, Türen, einem Schrägdach, Schornstein, alles aus zusammengeklebten

Streichhölzern, deren Kuppen vorher abgeknipst worden sind. Er kennt diese Häuser. Als er acht, neun Jahre alt war, hat der Vater einige gebastelt. »Schau dir an, was dein Vater für geschickte Hände hat«, sagte die Mutter einmal. Ein paar Jahre später hat der Vater mit der Bastelei aufgehört. Vielleicht waren seine Hände durch die schwere Arbeit auf dem Bau nicht mehr geschickt genug.

»Wir haben das gemeinsam gebastelt«, sagt der Vater und deutet auf Gabriele. Dieses »Gemeinsam« erfüllt die Frau offenkundig mit Stolz.

»Das ist schön, das wünsch ich mir auch zum Geburtstag«, ruft Oma Lisbeth aus, während die Tochter die Augen verdreht. Es ist wie ein Zeichen für Matthias, und er verdreht ebenfalls die Augen.

»Freust du dich nicht?«, fragt ihn Oma Lisbeth.

»Es kommt mir albern vor«, sagt er.

»Mir auch«, sagt Nicole.

Vor allem kommt es ihm geschmacklos vor, denn immerhin sind die Streichholzhäuser eine Gemeinsamkeit mit der Mutter, oder ist das übertrieben? Er lässt das Geschenk auf dem Tisch stehen und geht in sein Zimmer. Nach einer Weile klopft es an der Tür; Nicole kommt herein, nimmt sich einen Stuhl, setzt sich zu ihm an den Schreibtisch. Was will sie?

»Haben sie dich geschickt?«, fragt er, um die Initiative zu übernehmen.

»Denkst du, ich lass mich schicken?«, erwidert sie.

Er schaut sie von der Seite an. Sie hat keine Ähnlichkeit mit ihrer Mutter. Zwar ist sie großgewachsen, aber schmal, fast dünn. Sie hat ein ovales Gesicht und große Augen. »Du siehst deiner Mutter überhaupt nicht ähnlich«, sagt er, um in der Offensive zu bleiben.

»Gottseidank«, entgegnet sie. »Ich komme nach meinem Vater. Er ist leider abgehauen. Vor sechs Jahren ist er von einer Dienstreise in den Westen nicht zurückgekommen. Heute lebt er mit neuer Frau und kleinem Kind auf der andern Seite der Mauer.«

Sie redet derart kühl und sachlich, wie er es vermutlich auch tun würde, wenn seine Mutter Thema wäre. Er möchte sie am liebsten fragen, wie sie klargekommen ist, nachdem ihr Vater abgehauen war. Er überlegt, wie er eine Frage in diese Richtung formulieren könnte. Auf einmal grinst sie ihn an. »Du wirst es mir übel nehmen, aber sie haben mich natürlich doch geschickt. Na ja, nennen wir es mal so: Sie haben mich gebeten, dich ins Wohnzimmer zurückzuholen. Deine Oma will nämlich nach Hause und wünscht sich nichts sehnlicher, als dass du ihr Auf Wiedersehen sagst.«

Ihm gefällt das leicht Sarkastische an ihrer Art zu reden. Er hätte selbst gern mehr oder überhaupt etwas davon. Es klopft an der Tür; Oma Lisbeth kommt herein. »Darf ich dir wenigstens noch Auf Wiedersehen sagen?«

Dieser beleidigte Ton macht ihn wütend. »Kann ich dir nicht verbieten«, sagt er. Sofort erntet er einen anerkennenden Blick von Nicole, und der irritiert-böse Blick der Großmutter trifft nicht ihn, sondern sie. Von der komischen Alten ist nichts mehr übrig, als sie wortlos die Tür hinter sich schließt.

»Siehst du«, sagt Nicole, »ich hab doch gesagt, dass sie sich nichts sehnlicher wünscht.«

Er hat das Gefühl, in der kurzen Zeit eine Art Bündnis mit ihr eingegangen zu sein. Natürlich kann er sich auch täuschen; Grund genug, vorsichtig zu sein. Aber kein

Grund, ihr Angebot abzulehnen, sich auch mal ohne das Liebespaar zu treffen. Liebespaar – wie sie das Wort ausspricht: spöttisch, hintersinnig.

Das erste Mal treffen sie sich auf dem Alexanderplatz, an der Weltzeituhr. Die Uhr zeigt an, wie spät es in Buenos Aires ist, in Tokio oder Nairobi, in insgesamt hundertachtundvierzig Städten. Er denkt an die Worte des Vaters zu den Büchern, in denen von Städten und Ländern die Rede ist, in die man nicht reisen darf. Wäre es nicht konsequent, fragt er sich, wenn der Staat die Weltzeituhr abbauen würde oder besser noch: überhaupt nicht erst gebaut hätte? Ohne den Vater dabei zu erwähnen, stellt er Nicole die Frage mit den Büchern und der Uhr.

»Soll ich dir mal was verraten?«, antwortet sie. »Das ist mir mittlerweile völlig egal.«

Es klingt, als hätte sich Nicole jahrelang mit dieser Frage befasst, um schließlich zu diesem Resultat zu kommen. Sie erklärt ihm, dass sie nach ihrer Lehre und dem darauffolgenden Studium sowieso einen Ausreiseantrag stellen wird. Er weiß, dass sie Technische Zeichnerin lernt, Berufsausbildung mit Abitur; nächstes Jahr, mit achtzehn, wird sie fertig sein und ein Bauingenieurs-Studium beginnen. »Ein Staat, der seine Leute einsperrt«, sagt sie, »muss sich nicht wundern, wenn die Leute eine gute Ausbildung mitnehmen und dann das Weite suchen.«

Er ist fasziniert von der nüchternen Klarheit, die aus ihren Worten spricht, und dem poetischen Anstrich der Wendung »das Weite suchen«. Es klingt viel attraktiver als abhauen, wie die meisten sagen. Das Weite suchen – das klingt nach Wagnis, nach Größe.

Sie gehen über den Alexanderplatz in Richtung Rosa-Luxemburg-Straße, Senefelderplatz. Es ist warm und sonnig, und Matthias genießt es, so dicht neben ihr herzugehen, dass ihr hellblaues Sommerkleid bei fast jedem Windstoß seine Hose berührt. Da sie schlank und großgewachsen ist und obendrein kerzengerade geht – was er ausgesprochen schön findet, da sie ein kleines Hohlkreuz hat, das ihren runden Po betont –, ist er froh, noch ein Stückchen größer zu sein als sie. Vor einem Jahr, als die Mutter noch lebte, war er einen Kopf kleiner und wäre wie der jüngere Bruder neben ihr hergedackelt.

»Kannst du dir eigentlich meine Mutter und deinen Vater zusammen im Bett vorstellen?«, fragt sie.

Er geht davon aus, dass sie das Bett meint, in dem der Vater und die Mutter schliefen. Die Mutter, als sie krank war und immer schwächer wurde. »Nein«, sagt er. »Will ich auch nicht.«

»Sehr gut«, sagt sie und lässt aus der Zustimmung gleich die nächste Frage folgen: »Haben sich deine Eltern eigentlich geliebt?«

Wenn er nichts von dem Fluchtversuch des Vaters wüsste, würde er ganz bestimmt mit Ja antworten. So aber fragt er sich, ob man denn zu fliehen versucht, wenn man die Frau liebt, die man dabei zurücklässt. Sollte er ihr davon erzählen? Sie kennen sich ja kaum. Obwohl sie einander – da ist er sich sicher – schon viel vertrauter sind, als er es jemals einem Mädchen gegenüber war. Genauer gesagt: Sie ist die erste, mit der er überhaupt irgendwie vertraut ist.

Möglicherweise sieht sie, wie schwer es ihm fällt, eine Antwort zu geben; jedenfalls fährt sie fort mit ihren Gedanken und Betrachtungen, die seinen Horizont übersteigen, ihn aber umso mehr interessieren. Ihre Mutter, meint sie, habe ihren Vater auf keinen Fall geliebt. Und deshalb habe sie, kaum dass der Vater weg war, sich schon einen Neuen zu angeln versucht. »Bloß nicht mal alleine bleiben und mit sich klarkommen oder sowas in der Art. Und das als Lehrerin.« Immer wieder habe sie Männer kennengelernt, aber die waren jedes Mal schnell wieder weg. »War nichts Gescheites dabei, könnte man denken. Doch die Wahrheit ist: Meine Mutter ist nicht zu ertragen.« Sie wolle den anderen immer beherrschen. »Na ja, mit deinem Vater scheint sie ja ihr Glück gefunden zu haben …«

So wie Nicole das sagt, kann Matthias nicht davon ausgehen, dass sie es auch so meint. Oder ist sein Vater jemand, der sich beherrschen lässt? Die Frage dringt in ihn ein wie ein Stachel. Außerdem kommt es ihm vor, als wolle Nicole dieses Glück, wenn es denn eines ist, zerstören. Vielleicht braucht sie ihn dafür als Verbündeten. Der Gedanke löst in ihm eine Welle der Angst, zugleich aber auch der Vorfreude aus. Die Angst wird kleiner, als er sich sagt, dass sie ja die Anführerin sei und er ihr nur zu folgen brauche. Das jedoch wirft neue unangenehme Fragen auf: Lässt er sich von ihr beherrschen? Hat er gar eine Sehnsucht danach? Und warum stellt er sich auf einmal vor, wie er allein in seinem Bett liegt, diesen Spaziergang mit Nicole erinnert und dabei masturbiert? Er spürt, wie sein Gesicht errötet, womöglich sein ganzer Körper. Er muss sich ablenken. Er fragt sie, ob sie das Skandinavische Viertel kennt.

»Nein. Was soll das sein?«

»Es ist nicht weit von hier. Ich kann's dir zeigen.«

»Du musst nicht gleich dein ganzes Pulver verschießen«, sagt sie und lacht.

Er weiß nicht, ob sie es so gemeint hat, aber für ihn ist es eine schlüpfrige Anspielung, und deshalb errötet er nun erst recht. Sie sieht es nicht, oder sie tut so, als sähe sie es nicht. Sie lächelt ihn an und sagt nichts mehr. Dann gehen sie zum U-Bahnhof Senefelderplatz, und Nicole fährt zurück nach Lichtenberg, wo sie, wie sie sagt, leider immer noch mit ihrer Mutter zusammenwohnt.

In der Nacht erinnert er alle möglichen Momente ihres Spaziergangs. Als er an das Erröten denkt, überfällt es ihn aufs Neue, durchzieht ihn vom Kopf bis zu den Füßen. Du musst nicht gleich dein ganzes Pulver verschießen … Das erste Mal, dass er sich, wie es in der Raucherecke heißt, einen runtergeholt hat, war im Ferienlager. In der Nacht, nachdem er das Mädchen küssen wollte und mit einem kurzen, heftigen Lachen abgewiesen worden war. Es war – gleichermaßen mit Lust und aus Trotz, im Dunkel einer stinkenden Klokabine – sein erster Samenerguss. Die Mutter war zu diesem Zeitpunkt bereits tot. Und auch schon beerdigt worden. Gibt es da, so dubios die Frage auch klingen mag, einen Zusammenhang? Er stellt sich vor, wie Nicole im lindgrünen Kleid der Mutter ins Zimmer kommt und sich zu ihm ins Bett legt. Er will nicht masturbieren, doch der Trieb ist so stark, dass er es tut.

Eine knappe Woche später trifft er Nicole vor seiner

Haustür. Sie hat auf ihn gewartet und streicht ihr hellgelbes Kleid glatt, als wäre es ihr wichtig, wie ein braves Mädchen auszusehen. »Meine Mutter und dein Vater sind oben«, sagt sie, was so viel heißt wie, dass sie nicht in die Wohnung gehen möchte. »Du wolltest mir doch dieses Viertel zeigen.«

Er staunt, was für einen gehörigen Unterschied es für ihn darstellt, ob *er* den Vorschlag macht, ins Skandinavische Viertel zu gehen, oder sie. Als wäre das Viertel so etwas wie sein Eigentum, und sie brächte mit ihrem Vorschlag zum Ausdruck, es in ihren Besitz nehmen zu wollen. Natürlich ist das Unsinn. Und sowieso kann er jetzt nicht Nein sagen. Außerdem: Was Schöneres könnte er sich doch gar nicht wünschen. »Darf ich deine Schultasche tragen?«, fragt sie. Ein sonderbares Anliegen. Er ist so überrascht, dass er ihr die Tasche gibt.

Sie gehen die Mühlenstraße hinunter in die Schönhauser Allee und von dort rechts ab in die Bornholmer. Diesmal stellt sie ihm keine Frage, keine einzige, sodass er, um kein längeres Schweigen aufkommen zu lassen, ihr Fragen stellt. Ob sie noch manchmal an ihren Vater denke. »Ja, klar. Zum Beispiel jetzt, da du mich fragst.« Ob sie noch irgendwie im Kontakt mit ihrem Vater sei. »Nein. Obwohl er gerne würde. Davon geh ich mal aus. Jedenfalls hat er mir Briefe geschrieben, im ersten Jahr nach seiner Flucht. Aber die hab ich nicht beantwortet. Und daraufhin hat er nicht mehr geschrieben.«

»Warum hast du nicht geantwortet?«

»Warum? Wer seine Tochter verlässt, ist ein Verräter, und wer will schon was mit Verrätern zu tun haben?«

Wer will schon was mit Verrätern zu tun haben – ist das nur eine Floskel, um die nächste Frage herauszufordern, oder eine Gegenfrage, die ihn treffen soll? Hat sein Vater dieser Frau namens Gabriele erzählt, dass er den Onkel verraten hat, und die Frau hat es ihrer Tochter weitererzählt? Nein, Unsinn. Sie würde sich bestimmt nicht mit ihm abgeben, wenn es so wäre.

»Und wenn dich dein Vater besuchen käme?«, fragt er.

»Und wenn ich deine Schultasche auf den Fahrdamm werfen würde, damit ein Auto drüberfährt?«

Matthias kann mit dem Vergleich nichts anfangen und überlegt, wie sich das sagen ließe, ohne dass sie den Eindruck haben könnte, er wolle sie beleidigen oder – schlimmer noch – er sei jemand, der rein gar nichts kapiert. Bestimmt ahnt sie sein Dilemma, denn sie geht nun doch auf seine Frage ein: »Wenn er käme, würde ich ihn fragen, was er will. Vielleicht würde er seinen Verrat wiedergutmachen wollen.«

»Wie sollte er das tun?«, fragt Matthias. Und Nicole mit prompter Entgegnung: »Was meinst *du*?«

Sie biegen in die Schönfließer alias Odenser ein, und dass sie das »Du« so betont, verunsichert ihn aufs Neue. Weiß sie doch etwas? Sollte er sie danach fragen? »Er sollte sich entschuldigen«, sagt er kurzentschlossen und denkt an den Onkel, bei dem er sich nicht entschuldigen kann, nie mehr. »Ich bin oft mit meinem Onkel hier gewesen«, beginnt er und versucht an Nicoles Reaktion zu erkennen, ob sie etwas weiß. Das scheint nicht der Fall zu sein. Onkel Winfried, erzählt er, sei der Liebling von Oma Lisbeth gewesen, sehr zum Leidwesen seines Vaters, ein Clown und Zauberer, na ja, eigentlich ein Manegeumbauhilfsarbeiter und Suffkopp, der sich wünschte, Clown und Zauberer zu sein. Der sich fest vorgenommen hatte, es zu werden. Der auch das Zeug dazu hatte, keine Frage. Der extra deshalb mit dem Saufen aufgehört hat. Bis er verraten wurde …

Jetzt, da er es ausgesprochen hat, hält er inne. Er will nicht erzählen, was auf der Geburtstagsfeier von Oma Lisbeth geschah, doch die Spannung, die er geschaffen hat, provoziert natürlich eine Frage, der er nicht ausweichen kann: »Wie meinst du das? Wer hat was verraten?«

»Ich.«

»Wie, du? Muss man dir immer jedes Wort aus der Nase ziehen?«

Wem soll er es erzählen, wenn nicht ihr? Da er damit angefangen hat, wird sie sowieso nicht mehr lockerlassen. Und sich etwas ausdenken, um sie anzulügen – das will er nicht. Er erzählt, wie er dem Onkel das Stück Aal brachte. Dem Onkel, der mit baumelnden Beinen auf dem Küchentisch saß, drei Strickjacken übereinander, und Gläser polierte. Der mit seinem Geburtstagsgeschenk prahlte: Nie wieder trinken. Aber eine Schnapsflasche versteckt hatte, die er nur ihm zeigte. Dann betrat der Vater die Küche. Und mit dem Vater die Versuchung zum Verrat. Nicole kann oder will sich nichts selber zusammenreimen; sie lässt sich den Vorgang haarklein erläutern, und als Matthias schließlich die tragische Folge erwähnt, ruft sie entsetzt aus, dass das ja nicht nur Verrat sei, sondern regelrecht Denunziation.

Sie haben die Willi-Bredel alias Haldenvassdraget überquert, biegen in die Dänenstraße ein, und Matthias wagt es nicht, nach links oder rechts zu schauen. Bloß nicht jemanden sehen, der ihre Worte gehört haben könnte. »Aber«, fügt sie lächelnd hinzu, »was ist eigentlich so schlimm daran? Nichts ist schlimm daran. Die

Erwachsenen sind selbst verantwortlich für das, was sie tun. Oder findest du es toll, dich schuldig zu fühlen oder irgendwas in der Art? Bist du sogar heimlich stolz darauf? Solltest du nicht sein. Bist nämlich nicht schuld.«

Das ist ein Gedanke, der ihm zunächst abwegig erscheint, doch vielleicht, sagt er sich, muss er ihn nur zulassen, um zu erkennen, dass er etwas Wahres enthält. Zumal – das könnte ja sein, wenngleich es durchaus beunruhigend wäre – Nicole ihn genauer sieht als er sich selbst. Um nicht in die Malmöer einzubiegen und dort möglicherweise von Oma Lisbeth gesehen zu werden, schwenkt er rechts in die Driesener. Welchen Namen hat er der Driesener gegeben? Er weiß es nicht mehr. Gleich kommt es ihm abnorm vor, dass er gerade jetzt, da er eigentlich nichts lieber tun würde, als Nicole in die Arme zu nehmen und zu küssen, daran denkt, dass er einen Straßennamen vergessen hat. Als hätte er nun auch noch seinem Skandinavischen Viertel ein Unrecht getan.

»Du solltest dich einfach mal frei fühlen«, fährt Nicole fort. »Nimm dir ein Beispiel an mir. Ich hätte verzweifeln können mit diesen Eltern, die blöderweise meine sind. Hab ich aber nicht zugelassen.«

Sie stellt die Schultasche ab und hebt die Arme, wie nach einem Sieg, den sie ausgiebig zu feiern gedenkt. Er sieht ihre verschwitzten Achselhaare. Zu gern würde er mit seinen Fingerspitzen diese Haare berühren. Er spürt eine aufkommende Erektion und hebt ebenfalls die Arme. Ein unverfängliches Nachahmen, das gegebenenfalls auch als liebevolle Parodie angesehen werden kann. Dann jedoch lässt er wie aus Versehen seine Hände ihre Hände berühren. Sie lächelt ihn an, greift seine Hände, knetet sie wie um zu prüfen, ob sie auch wirklich aus Fleisch und Knochen sind, schaut ihm direkt in die Augen. »Ich hab aber einen Freund«, sagt sie.

Matthias ist sich nicht sicher, aber in seinen Ohren klingt dieser Satz, als hätte sie gesagt: Na los, küss mich. Abgesehen davon dass er noch nie eine Aufforderung zum Küssen bekommen hat, mit einer solchen hätte er nie und nimmer gerechnet. Oder bildet er sich das nur ein, weil er noch kein Mädchen geküsst hat und es sich so sehr wünscht? Ihm wird schwindlig. Genauso wie ihm schwindlig wurde, als er dem Vater gegenüber den Onkel preisgab. Er muss daran denken, wie er sich an den Vater anlehnte und der ihn fest umfasste. Er kann sich doch nicht an Nicole anlehnen, oder ist er nur zu feige dazu?

Nicole lässt seine Hände los, fasst ihn an den Schultern, zieht ihn zu sich heran. »Okay, vergessen wir es«, sagt sie. Es hört sich für ihn an, als hätte sie gesagt: Na los, nun mach schon.

Jetzt kann er nicht mehr anders, als ihrer Aufforderung zu folgen. Er nimmt die Arme herunter, schließt die Augen und küsst sie. Er wagt nicht, die Lippen zu öffnen; erst als sie ihre Lippen öffnet, tut er es auch. Ihre Zungen berühren sich, schüchtern, tastend. Er versucht, nicht auf die Zeit zu achten, die vergeht, aber das will ihm nicht gelingen. In seinem Hinterkopf ist ein Sekundenzähler: einundzwanzig, zweiundzwanzig … Sollte er seine Zunge nicht endlich zurückziehen, oder wird Nicole auf irgendeine Art das Signal geben, den Kuss zu beenden? Indem er darüber nachdenkt und nichts tut, überlässt er ihr die Entscheidung. Bei Sekunde siebenunddreißig löst sie den Kuss. »Haben wir gut gemacht, oder?«, sagt sie, als hätten sie beide zusammen eine knifflige Aufgabe gelöst.

Sie nimmt seine Schultasche auf, reicht sie ihm, sagt in einem leicht anzüglichen Ton, dass sie jetzt nicht mehr seine Trägerin sei, und geht die Driesener weiter Richtung Bornholmer. Während er neben ihr hergeht, ihr Lächeln immer wieder lächelnd beantwortet und verstohlene Blicke auf die Schweißflecken an ihrem hellgelben Kleid wirft, bleibt seine Erektion. Erst mit der Angst, sie könne für immer bleiben wie eine chronische Krankheit, lässt sie nach. Da sind sie schon in der Bornholmer, auf dem Weg zum S-Bahnhof Schönhauser Allee, von wo Nicole wieder zurück nach Lichtenberg fährt, und Matthias ist auch wieder eingefallen, dass die Driesener Straße bei ihm Tromsöer heißt.

Jeden Donnerstag treffen sie sich am späten Nachmittag und gehen durch das Skandinavische Viertel. Sie gehen, lächeln sich immer wieder an und reden nicht. So haben sie es vereinbart. Genauer gesagt: Es war Nicoles Vorschlag, und Matthias hat zugestimmt. Nur an den Kneipen bleiben sie stehen, schauen durch die Fenster und wundern sich ein ums andere Mal, dass im Kummer-Eck gelacht und in der Gute-Laune-Destille häufig Trübsal geblasen wird. Was wiederum nicht heißt, dass im Schluckspecht nur noch Kaffee oder Brause getrunken wird. Die traurigste Veränderung gibt es in der Weiber-Bar: Hinterm Tresen steht nur noch eine Frau mit kurzem Rock, die andere ist gestorben. Am Regal mit den Schnapsflaschen hängt ein Foto mit Trauerflor.

Am liebsten ist er mit Nicole auf der Fußgängerbrücke zwischen Kopenhagener und Dänenstraße; die S-Bahnen fahren unter der Brücke in Richtung Osten, und die, die nach Westen fahren, biegen kurz vor der Grenze Richtung Norden ab. Man kann über die Grenze schauen; Wedding heißt der Bezirk auf der anderen Seite. Der Vater war oft dort vor dem Mauerbau. Es kostet Matthias große Überwindung, doch irgendwie muss er sie auf ihren Freund ansprechen.

»Dein Freund«, fragt er schließlich, »will der auch in den Westen?«

»Ja«, antwortet Nicole. »Aber ich weiß natürlich nicht, ob wir da noch zusammen sind.«

Ist das ein Zeichen an ihn, dass sie beide bald oder rechtzeitig zusammen sein könnten? Bevor sie einen Ausreiseantrag stellt? Und er? Würde er, sobald er volljährig wäre, es ihr nachtun und ebenfalls einen Antrag stellen? Warum eigentlich nicht? Dort und drüben – er denkt wieder an die Worte des Vaters, die so klangen, als würden sie sich auf den Weg machen wollen, eine Zauberformel zu werden: Ich wäre der letzte, der es dir übel nimmt, wenn du einfach dort bleibst. Und jetzt? Hat er überhaupt noch eine Familie? Wäre, wenn er mit ihr zusammenkäme, nicht Nicole seine Familie?

»Wahrscheinlich«, vertieft Nicole ihre Vermutung, »bin ich da mit ihm nicht mehr zusammen. Wer weiß, was bis dahin noch alles passiert.«

Wieder könnte er meinen, es wäre auf ihn gemünzt. Soll er sie in die Arme nehmen und erneut küssen? Er tut es nicht. Er hofft, dass sie die Initiative übernimmt, doch das geschieht nicht. Er lächelt sie an, worauf sie ihn an die Verabredung erinnert, dass sie ja, besonders wenn sie sich anlächeln, nicht miteinander sprechen wollen. Eine Viertelstunde noch gehen sie, ohne zu reden, durch das Viertel.

Am Donnerstag darauf redet Nicole mit Begeisterung vom Grenzgebiet. Sie habe gehört, dass nicht nur außerordentlich zuverlässige Staatsbürger dort angesiedelt wurden, sondern auch Kriminelle, weil die im Grenzgebiet keinen unangemeldeten Besuch empfangen dürfen und überhaupt bestens unter Kontrolle sind. »Ist das nicht absurd?«, ruft sie aus.

Er weiß nicht, ob das stimmt, aber er freut sich, dass sie sich für diesen Teil seines Viertels interessiert. Am liebsten würde er sagen, dass das ganze Leben eigentlich absurd sei, was die marxistisch-leninistische Weltanschauung natürlich nicht wahrhaben wolle. Doch das würde übertrieben, ja prahlerisch wirken, und deshalb antwortet er nur im Ton ihrer Begeisterung: »Ja, das ist absurd, absolut.«

Sie gehen die Helmut-Just alias Stockholmer hinunter und grüßen die Grenzposten, die Matthias noch nie gesehen hat. Mit freundlichem Übermut grüßen sie und gehen, bevor sie eventuell noch zur Rede gestellt werden, zurück Richtung Willi-Bredel. An der Ecke zur Malmöer fragt Nicole, warum denn ausgerechnet *diese* Straße von ihnen immer gemieden wird. »Ich weiß es«, sagt sie sogleich, und es klingt wie die Antwort auf eine Rätselfrage: »Weil deine Großmutter hier wohnt.«

Sie biegt in die Malmöer, er folgt ihr. Vor dem Haus, in dem Oma Lisbeth wohnt, bleibt sie stehen, fasst ihn an den Händen und zieht ihn in den Hausflur. Sie umarmt und küsst ihn, und die Lust, die sich bei Matthias einstellt, ist stärker als die Angst, von der Großmutter entdeckt zu werden. Mit dieser Lust wagt er, was er sich zuvor nur beim Masturbieren vorgestellt hat: Seine Hände gleiten unter Nicoles dunkelgrünes Kleid, streicheln sich langsam von ihrem Bauch zu den Brüsten hoch. Eine Erektion bekommt er jedoch erst, als Nicole ihm zuflüstert, dass sie ihn liebt und immer bei ihm sein will. Sie öffnet seinen Hosenschlitz, greift mit beiden Händen seinen Schwanz und massiert ihn. Damit sein Sperma nicht auf ihr Kleid spritzt, dreht er sich ein wenig zur Seite. Keinen Ton gibt er von sich und schafft es sogar, den Schrei zu unterdrücken, der unvermeidlich mit dem Orgasmus kommt.

Das Sperma hat Nicole mit ihren Händen abgefangen. Sie wischt die Hände an der Wand ab und dann mit einem Taschentuch; es sieht routiniert aus, obwohl er sich nicht vorstellen kann und noch weniger will, dass sie das schon öfter getan hat.

In den kommenden Tagen und Nächten kreisen Matthias' Gedanken um die Frage, ob es denn so kommen *musste* oder warum sonst das Haus, in dem die Großmutter wohnt und das er am liebsten nie mehr betreten hätte, von einem Ort des Todes zu einem Ort der Leidenschaft geworden ist. *Tod, Leidenschaft: dialektische Absurdität*, schreibt er auf die Rückseite seines Staatsbürgerkundehefters. Es ist wie ein Affront gegen alles, was er in diesem Unterricht gelernt hat.

Am darauffolgenden Donnerstag erfährt er vom Vater, dass Nicole krank sei. Kreislaufprobleme, Herzrasen, wie er von Gabriele wisse. »Sie lässt dir ausrichten«, sagt der

Vater, »dass in ein paar Tagen alles wieder gut sei und du sie nicht besuchen kommen sollst.«

Für Matthias steht fest, dass sie genau so verliebt ist wie er. Nachts ist er stundenlang wach, träumt davon, mit ihr zusammen im Bett zu liegen. Wenn er morgens aufsteht, ist ihm schwindlig, seine Hände zittern. Doch ihm gelingt es, dass der Vater nichts davon bemerkt.

Beim nächsten Donnerstagstreffen sagt Nicole zur Begrüßung, dass sie schwere Tage hinter sich habe, aber jetzt wieder gesund sei. Sie gibt ihm einen flüchtigen Kuss auf die Wange, und schon nach zwanzig Metern Bornholmer Straße beginnt sie herumzudrucksen: Sie habe sich geirrt ... von einer seltsamen Stimmung treiben lassen ... das habe sie krank gemacht ... sie kann doch nicht einfach ihren Freund betrügen ... sie habe ihm mal geschworen, treu zu sein ... Und jetzt fühle sie sich wie die letzte Schlampe ...

»Wie heißt er denn?«, fragt Matthias, dem für andere Fragen die Worte fehlen, aber sie antwortet nicht. Als würde er mit Kenntnis des Namens sofort losziehen, den Freund ausfindig machen und zum Duell fordern.

»Es war so eine komische Nähe«, sagt sie, »weil wir doch Stiefgeschwister sind. Davon hab ich mich verführen lassen. Das ist aber nicht gut, das ist abnorm.«

Er ist nicht mehr in der Lage, etwas zu sagen. Sie bleibt stehen. Mit Tränen in den Augen fragt sie ihn, warum er denn nicht antworte.

»Du hast mir keine Frage gestellt«, sagt er.

Sie geht weiter. »Was soll ich dich fragen, wenn du mir sowieso nichts antwortest.«

Auf einmal spürt er Wut auf sie. Er mustert sie von der Seite, ihr durchgeschwitztes weißes Kleid, und als sie fragt, warum er sie so anstarre, sagt er: »Du siehst ekelhaft aus in diesem Kleid, so ekelhaft, wie du in allen Kleidern aussiehst …«

»Hör auf«, schreit sie ihn an. »Verschwinde.«

»Hör du auf«, entgegnet er. »Am besten für immer.«

»Ja«, sagt sie und rennt über den Fahrdamm in die Nordkapstraße. Und er spürt wieder diese Erstarrung, die ihn besser schützt als alles andere.

Nach diesem Ende fällt ihm auf, wie sehr er sich von Nicole hat in Anspruch nehmen lassen und wie wenig ihn die letzten Tage in seiner Klasse berührten. Selbst Herrn Grothes feierliches »Toitoitoi für den Schulwechsel, für dein ganzes Leben …«, mit dem er ihn in die Ferien entließ, ging wie eine Phrase an ihm vorbei. Im Nachhinein hört es sich für Matthias an, als hätte der Lehrer gesagt: Sei bloß vorsichtig, heute, morgen, immer …

Zwei Wochen ist es her, dass er Nicole zum letzten Mal gesehen hat, als ihn der Vater ins Wohnzimmer bittet. »Das da«, sagt er und deutet auf das Streichholzhaus, das seit Matthias' Geburtstag in der Schrankwand steht, »wirf es weg.«

»Warum?«, fragt er, und der Vater sagt: »Weil ich ein Trottel bin.« Als wäre das nicht genug, fügt er hinzu: »Und ein Feigling, der sich bis gestern nicht getraut hat, mit ihr Schluss zu machen. Obwohl ich es nicht mehr ausgehalten habe: Ihre Pläne, ihre Bevormundung, ihr ständiges Gerede von der gemeinsamen Zukunft. Während der ganzen Zeit …« – der Vater stockt, will von der Couch aufstehen, tut es nicht – »… ist mir mehr und mehr klar geworden, dass ich deine Mutter immer noch liebe.«

Diese Worte hätte er dem Vater nicht zugetraut, sie verwirren ihn regelrecht.

»Du hast sie geliebt?«

»Ja, natürlich«, entgegnet der Vater, »was denkst du denn?«

Jetzt gibt es kein Zurück mehr. Endlich. »Du hast versucht zu flüchten und hast sie nicht mitgenommen.«

»Danach hab ich begonnen, sie zu lieben. Das ist mir bewusst geworden … So richtig erst in den letzten Wochen.«

Unfassbar, wie schnell und klar der Vater geantwortet hat. Dennoch oder gerade deshalb weiß er nicht, ob er ihm glauben soll. Vielleicht handelt es sich nur um die Einbildung von Liebe, eine Einbildung, die aus der Trauer entstanden ist, falls der Vater überhaupt imstande ist zu trauern. Und ich selbst?, fragt er sich. Was verstehe ich schon von Liebe? Das, was mit Nicole war, kann ja wohl nicht unter diesem Begriff zusammengefasst werden.

»Woher weißt du eigentlich davon?«, fragt der Vater.

»Wovon?«

»Von meiner Flucht.«

Warum nennt er es Flucht und nicht Fluchtversuch? Er denkt daran, wie er die Worte von Opa Paul als Bemerkung der Mutter ausgegeben hat: Du hast dich blöd angestellt, und da hast du Winfried die Schuld in die Schuhe geschoben … Er will die Mutter für keine Lüge mehr benutzen. Er setzt sich dem Vater gegenüber auf einen Stuhl, beugt sich ein Stück zu ihm vor. »Von Opa Paul weiß ich es. Den hab ich mal auf der Straße getroffen. Er kam aus einer seiner Kneipen, war betrunken und wollte mir unbedingt ein Geheimnis anvertrauen.«

»Der Feigling hat dir davon erzählt? Gerade der wollte doch immer, dass niemand was davon erfährt. Kommt man bloß ins Gerede, hat er gesagt. Kriegt man bloß Ärger.«

»Er wollte es eben loswerden. Es hat ihn belastet.«

»Es hat ihn belastet?« Der Vater scheint sich nicht entscheiden zu können, ob er loslachen oder über eine Seite des Großvaters nachdenken soll, die ihm Zeit seines Lebens verborgen geblieben ist.

»Und Winfried«, behauptet Matthias weiter, »der hat es mir auch erzählt. Am Geburtstag von Oma Lisbeth. In der Küche …«

»*Was* hat er erzählt?«

Matthias verspürt Freude am Entsetzen des Vaters. »Na, wie es so war. Aus seiner Sicht.«

»Aus seiner Sicht«, wiederholt der Vater, als wäre es in höchstem Maße verwunderlich, dass Winfried eine eigene Sicht hatte. »Hat er dir wenigstens erzählt, dass er gekniffen hat, weil er Muffensausen bekam?«

Er erinnert sich an die Worte Oma Lisbeths, die er nun Winfried in den Mund legen kann. »Er hat mir nur erzählt, dass er plötzlich doch nicht mehr weg wollte. Wegen seiner Mutter, also Oma Lisbeth.«

»So ein Lügner.« Die Wut des Vaters wirkt hilflos. Vielleicht weil er den Toten nicht mehr zur Rede stellen kann. »Und das alles, um bloß nicht seinen feigen Verrat zuzugeben.«

Verrat! Das Wort klingt nach, lässt Matthias erröten. Ein Gedanke nimmt ihn in Beschlag: Was wäre, wenn er, Matthias, mit seinem Verrat Winfrieds Verrat an seinem

Bruder gerächt hätte? Wäre er damit befreit von seiner Last oder Schuld?

Er muss den Vater nicht mehr bitten oder auffordern, der Vater erzählt: Wie Winfried, der Taugenichts, der den Eltern auf der Tasche lag, nach dem Mauerbau ständig vom Westen redete. Dort wäre alles besser, dort gäb's Geld, Frauen, Reisen in ferne Länder. Na gut, dachte der Vater, Winfried mag sein wie er will, eine Flucht zu zweit ist besser als allein. Sie begannen zu planen – »so verbunden hatten wir uns noch nie gefühlt« –, Frühjahr '63, kein Wort zu niemand, nur beider Geheimnis. Am letzten Abend im »Seelower Eck«, nur zwei Bier jeder, Verabredung: vier Uhr früh, Dänen-, Ecke Malmöer. Der Vater ist pünktlich da, von Winfried keine Spur. Zwanzig nach klingelt er an seiner Wohnungstür. Nicht Winfried öffnet, sondern Oma Lisbeth. Wo Winfried sei. Na, wo soll er schon sein, im Bett. Der Vater geht in des Bruders Zimmer: Niemand da. Oma Lisbeth: Warum ist denn Winfried nicht da? Er geht ins Schlafzimmer: Opa Paul schnarcht, von Winfried nichts zu sehen. Lisbeth verlangt vom Vater, dass er sagt, was los sei. Er kann natürlich nicht verraten, was die beiden geplant haben. Er verspricht, Winfried zu finden, so rasch wie möglich. Er zieht durch die Straßen, muss sich vor einem Polizeiauto verbergen, um sich nicht verdächtig zu machen zu dieser unbelebten Nachtzeit. Na gut, wenn man ihn im Stich lässt, dann macht er's eben allein. Oder ist Winfried schon ab in den Westen ohne ihn? Nein, eher wohl, dass er's mit der Angst zu tun bekommen hat. Der Vater steht an der Grenze zwischen Helmut-Just und Kopenhagener, wo hinter Büschen und Bäumen die S-Bahngleise sind. Hier hat man, wenn nicht alles täuscht, Chancen rüberzukommen, sofern die Grenzpatrouille ein Stück entfernt ist und nicht den nötigen Überblick hat. Das haben sie so ausgekundschaftet, und jetzt, soweit das zu sehen ist, sind die Bedingungen bestens. Der Vater kriecht unter Stacheldrahtzaun hindurch, robbt über den Mauerstreifen, doch bevor er an der Mauer ist, die er überklettern muss, geht von links und rechts Hundegebell los; kurz darauf findet sich der Vater in grellem Scheinwerferlicht wieder. Ein Kommando ertönt: Er solle sich auf den Bauch legen, die Arme weit von sich strecken und sich nicht bewegen. »Das war's dann«, sagt der Vater. Und er habe noch Glück gehabt, wie ihm bei der Gerichtsverhandlung mitgeteilt wurde: Ein anderer Grenzposten hätte gleich geschossen. – Ein Jahr Knast, ein weiteres Jahr auf Bewährung. Weil das Arbeitskollektiv positiv für ihn ausgesagt hat. Auf einen guten Maurer habe man schon damals nur ungern verzichten wollen. – »Und Winfried?« Der Vater stellt sich selbst die Frage. »Kein Wort der Entschuldigung oder der Erklärung. Nichts. Bis zuletzt nicht.«

»Und Oma Lisbeth? Hat sie was gewusst damals? Hat sie Winfried vielleicht sogar versteckt?«

»Nein, das hat sie nicht. Aber sie hat ihm geglaubt. Er hat sich betrunken vor lauter Angst, ist erst am Vormittag nach Hause gekommen und hat ihr versichert, dass er aus Liebe zu ihr und nur deshalb seinen Plan aufgegeben habe, abzuhauen …«

»Wie meinst du das … Liebe?«, fragt Matthias.

»Er hatte Angst«, entgegnet der Vater. »Wollte im Westen nicht unter die Räder kommen. Mit Liebe hatte das nichts zu tun.«

»Ich meine … Liebe zu deiner Frau.« Er hätte auch sagen können: zu meiner Mutter. Aber mit dieser Formulierung wäre ihm die Frage zu nahe gegangen.

»Wir haben uns Briefe geschrieben, als ich im Knast war. Sie hat auf mich gewartet. Als ich rauskam, habe ich sie geliebt. Wir haben dann gleich geheiratet und dich bekommen.«

Es kommt ihm fremd vor, unverständlich. Aber das sagt er nicht. Er nimmt das Streichholzhaus aus der Schrankwand, geht in die Küche, wirft es in den Mülleimer.

ES IST EIN DIESIGER ABEND, der einen milden Tag abschließt und eine kalte Nacht einleitet. Das kurze Frühlingsintermezzo hat das Kaufinteresse angestachelt: Er hat nicht mitgezählt, aber über vierzig Anrufe sind es sicher gewesen. Er hat Fragen beantwortet, Termine vereinbart und in seinen Kalender eingetragen. Der vorletzte Anruf begann mit dem Satz: »Guten Tag, hier ist die Frau aus Bremen. Erinnern Sie sich?« Er hat sie sofort an der Stimme erkannt und an die Haarnadel gedacht, die auch als Mordwerkzeug taugen würde. »Ja, natürlich.« Und sie darauf: »Ich möchte noch einmal nach Berlin kommen und mich von Ihnen beraten lassen. Ich will mich umorientieren: neuer Wohnort, neues Leben.«

Er bekommt häufiger Anfragen, die mit neu ausgerichteter Lebensplanung zu tun haben; meistens freut es ihn, um seinen Rat gefragt zu werden, diesmal besonders. Umso sachlicher meint er, dass er in seinen Kalender schauen müsse. Er blättert hin und her, findet zwei freie Stunden. »In drei Tagen, also nächsten Freitag, um vierzehn Uhr. Passt das bei Ihnen?«

»Das passt«, antwortet sie und beendet das Telefonat.

Er fragt sich, ob es einfach nur wieder der Jagdinstinkt ist, aus dem sich seine Freude speist, oder ob noch etwas anderes dahinter steckt. Er hofft es, denn nichts kann sich so rasch und deprimierend verflüchtigen wie diese sportliche Lust.

Er geht von der Czarnikauer in die Schönfließer, überquert die Bornholmer, und erst in der Stavanger beschließt er, weiter bis zur Mühlenstraße zu gehen. Wochenlang schon ist er nicht mehr an der Wohnung des Vaters vorbeigegangen; was sollte er tun, überlegt er, wenn kein Licht hinterm Wohnzimmerfenster brennt? Er würde klingeln, sagt er sich, und wenn der Vater sich nicht meldete, müsste er die Polizei anrufen. Er hat einen Schlüssel zur Wohnung, doch er will nicht allein sein, wenn er den Vater tot im Bett oder auf dem Küchenboden oder sonst wo liegen sieht. Er möchte ihn eigentlich überhaupt nicht tot sehen. Am liebsten wäre es ihm, er erhielte die Nachricht von der Polizei oder von Frau Szumowska, der Haushaltshilfe, oder aus dem Krankenhaus, und abgesehen von der Beisetzung wäre nichts mehr zu tun. Jedes Mal wenn er abends an der Wohnung entlanggeht und selbst dann, wenn Licht brennt, hält er es für gut möglich, dass der Vater tot ist.

Nach der Frau namens Gabriele hat sein Vater keinen Menschen mehr in sein Leben gelassen. Und über die eine Liebe in seinem Leben hat er nie mehr gesprochen. Matthias ist dieser Satz nie aus dem Sinn gegangen: Als ich rauskam, habe ich sie geliebt. Und so stellt sich ihm die Frage: Wo muss *er* rauskommen, um lieben zu können? Er hat sich immer für offen gehalten, für bereit, wie er es einmal für sich formulierte, doch so etwas wie Liebe hat ihn nie gepackt. Jedes Mal ging er davon aus, dass ihm das Wunder der Liebe – tatsächlich dachte er ein ums andere Mal diesen pathetischen Begriff – vorenthalten bleiben würde. Mit Nicole hatte es gewissermaßen angefangen. Es war, sagt er sich im Rückblick, nur eine Erregung gewesen, eine Chimäre. Seitdem hatte er sie nicht mehr gesehen, nichts von ihr gehört. Doch in den Westen zu gehen, hat sie sich ganz sicher nicht getraut. Mit einer Schadenfreude, die ihm selber peinlich ist, weil sie ihm seine mangelnde Souveränität vor Augen führt, stellt er sich Nicole als aufgedunsene Matrone vor, die allenfalls spöttische Männerblicke auf sich zieht.

Er geht unter den Fenstern des Vaters entlang; gelbliches Licht schimmert durch die grauweißen Vorhänge. In vier Wochen wird der Vater achtzig. Was sollte er an diesem Tag anderes tun als all die Jahre zuvor, in denen er zwei, drei Stunden mit ihm beisammengesessen und über das beginnende Frühjahr gesprochen hat, über politische Ereignisse, aus der Sicht des Vaters allesamt jämmerlich und verlogen, oder Ärger mit neuen Nachbarn, die zu laut Musik hören oder ihre Hunde – elende Dreckskäter – nicht an der Leine führten. Zwei Wochen nach dem achtzigsten Geburtstag des Vaters wird sein fünfzigster sein. Und davor ist ihm noch weit mehr bange.

Als er am S-Bahnhof Schönhauser Allee auf die Frau wartet, denkt er wieder an diesen Film, in dem die Geliebte dem Matador ihre Haarnadel in den Nacken bohrt. Mit seiner Vergangenheit, so die Deutung seines Lebens im Spiegel dieses Films, ist er der Todesstifter, der mit dem Tod bestraft werden muss. Er überlegt, ob er ihr erzählen sollte, welche Assoziationen sie bei ihm auslöst. Doch als sie sich begrüßen und sie in dem bereits vertrauten boshaft-resoluten Ton erklärt, dass sie an seiner

Stelle jemandem wie ihrer Tochter auch keine Wohnung verkauft hätte, entscheidet er sich dagegen. Sie trägt keine Haarnadel, sondern hat die kastanienbraun gefärbten Haare zu einem üppigen Zopf gebunden, und während sie die Kopenhagener Richtung ehemalige Grenze hinuntergehen, redet sie von ihrer Tochter, mit der sie sich nach der ernüchternden Wohnungsbesichtigung zerstritten habe, worauf die Tochter zu ihrem Vater gezogen sei, der ebenfalls in Bremen lebe – ein wohlhabender Mann, der dem verwöhnten Balg jeden erdenklichen Wunsch erfülle. »Sie waren der Katalysator«, sagt die Frau anerkennend. »Auf Ihrer Webseite hab ich übrigens gelesen, dass Sie Ihr Viertel seit Ihrer Kindheit kennen, später im Ausland lebten und jetzt wieder hier. Das hat mich neugierig gemacht.«

Soll er ihr sagen, dass er so etwas wie eine imaginäre Webseite hat, auf der es heißt: *Ich bin Teil von etwas Überflüssigem und lebe ziemlich gut davon …*? Oder sollte er vom Onkel erzählen, dem heimlichen Widerstandskämpfer, der mit ihm des Nachts die Straßenschilder mit neuen Namen überklebt hat? Soweit die Legende, der er nach dem Ende der DDR gewissermaßen die Ehre erwies, indem er die Umbenennung jener Straßen im Viertel beantragte, die noch keine skandinavischen Namen hatten. Es war die Zeit der Forderungen und Anträge, mit denen man sich naiverweise Revolution vorgaukelte. Er hat noch die Kopie seines Briefes an den Magistrat: Turkustraße, Reykjaviker, Haldenvassdraget – mit diesen neuen Namen ein Zeichen der wachsenden Internationalisierung setzen … ein Signal der Offenheit in die Welt senden … Das waren seine Schlagworte, die phrasenhafter nicht hätten sein können, und eine Zeitlang sah es so aus, als würde er Erfolg haben, doch andere Stimmen – konservative Kräfte, wie er sie damals nannte – setzten sich durch, sodass einige Straßen ihre ehemaligen Namen zurückerhielten und kein einziger skandinavischer Name hinzukam.

Er will nichts von sich preisgeben, noch nicht. »An was für eine Wohnung haben Sie gedacht? Und warum gerade hier, falls es hier sein soll?«

Das hört sich fast wie eine Provokation an, findet er. Als hätte sie keine andere Frage erwartet, sagt sie, es solle nicht zufällig hier sein. Hier nämlich habe sie mit ihrem damaligen Freund, einem Dissidenten, im Frühjahr 1989 Flugblätter in Briefkästen geworfen. *Lasst Euch nicht mehr unterdrücken. Geht auf die Straße, für Presse- und Reisefreiheit.* Das war in der Kopenhagener, der Ibsen, der Stavanger, sogar in unmittelbarer Nähe zu den Grenzern in der Isländischen, in der Helmut-Just. Dort wurden sie fast erwischt: Zwei Streifenpolizisten waren auf sie aufmerksam geworden, nur mit Glück konnten sie ihnen entkommen.

Das Wort Dissident macht ihn misstrauisch; es war nicht gebräuchlich unter den Leuten, die heute damit gemeint sind. »Warum«, fragt er, »muss man dort wohnen, wo man einst Flugblätter verteilt hat?«

Sie lässt die Frage unbeantwortet, doch es entgeht ihm nicht, dass sie vor sich hin lächelt. Als hätte sie ihm ein Rätsel aufgegeben, das eine kuriose Lösung hat, die sie ihm irgendwann verraten wird … oder auch nie. »Mir reichen zwei Zimmer«, sagt sie, »Küche, Bad. Oder anstatt der zwei kann es auch nur ein großes Zimmer sein. Zur Miete. Das entspricht dem, wie ich gewohnt habe, als ich noch nicht im Westen lebte.«

Sie will jene Art Wohnung, die die meisten wollen. Die meisten, das sind vor allem: Studenten, frisch Geschiedene, ältere Ehepaare mit dem Wunsch nach einem Zweitwohnsitz oder Firmen, die für ein paar Monate oder Jahre Mitarbeiter unterbringen müssen. Es würde abfällig klingen, wenn er ihr das so sagte. Als wäre sie trotz ihres ungewöhnlichen Motivs nur Teil einer Menge. »Ich kümmere mich«, sagt er in sachlichster Maklerart. »Ich werde Ihnen ein paar Angebote unterbreiten.«

Er hat zwei passende Wohnungen zur Hand, aber er will eine Woche vergehen lassen, ehe er sie anbietet. Sonst könnte sie meinen, er hätte an nichts anderes gedacht. Wenn er nicht von einem Kundengespräch in Anspruch genommen ist, denkt er an sie. Und stellt sich immer mehr Fragen: Warum ist sie in den Westen gegangen? Wie kam sie mit dem wohlhabenden Vater ihrer Tochter zusammen? Wie hat sie diese verwöhnte Tochter erzogen?

Nach vier Tagen bekommt er eine SMS von ihr: *Übrigens, Entschuldigung für meine Bemerkung bei unserem ersten Treffen, dass wir für die Wohnung auch ein bisschen mehr zahlen können. Diese Art Bestechungsversuch ist eigentlich nicht mein Stil … Ihre Clara Wenger. – Dachte ich mir schon*, schreibt er zurück. *Ihr Matthias Weber.*

Einen Tag darauf schlüpft er wieder in die Maklerrolle: *Zwei Wohnungen. Sie können sich eine auswählen. Mit frdl. Grüßen, M. Weber*. Nur ein paar Minuten später ihre Antwort: *Am besten, wir treffen uns gleich. C.W.*

Sie treffen sich Paul-Robeson Ecke Driesener, gehen

vier Stockwerke im Seitenflügel hinauf zur ersten Wohnung. Fünfzig Quadratmeter: zwei Zimmer, Küche, Bad. Und möbliert: Kleiderschrank, Bettgestell mit Matratze, Flurkommode, Regale, Waschmaschine, Küchentisch, Stühle, alles von IKEA. »Das ist genau, was ich suche«, sagt sie. Ohne nach der Miete zu fragen, nimmt sie die Wohnung und verzichtet darauf, die zweite zu besichtigen. Sie bedankt sich bei ihm, bezahlt die Provision in bar und erweckt nicht den Eindruck, ihn unbedingt wiedersehen zu wollen.

»Übrigens«, sagt er unvermittelt, »ich bin vor fünfzehn Jahren zurückgekommen; damals hab ich die Wohnung gekauft, in der meine Großmutter gelebt hat.«

Sie schaut ihn an, als würde man über diese Mitteilung lange nachdenken müssen, ehe man sich zu ihr äußern könne; drei Tage später ist sie eingezogen.

Er grübelt, unter welchem Vorwand er sie wiedersehen könnte. Wenn er zu Treffen mit Kunden unterwegs ist, macht er kleine Umwege, die ihn an der Ecke Driesener Paul-Robeson entlangführen. Ohne Erfolg. Dann aber ihre nächste SMS: *Haben Sie eigentlich Kinder?*

Er stellt sich vor, wie er bei ihr klingelt, und kaum dass sie die Tür geöffnet hat, sagt, er habe keine Kinder und werde auch keine mehr bekommen, da sie, wenn ihn nicht alles täusche, in etwa so alt sei wie er. Die Chuzpe, das zu tun, hätte er gern. *Nein, keine Kinder,* schreibt er zurück. *Ist damit Ihre Neugierde befriedigt?*

Zwei Tage vergehen, in denen er das Warten auf eine Antwort zunehmend schwer erträgt. Endlich eine neue

SMS von ihr: *Nein, ist nicht befriedigt. Wir könnten mal spazieren gehen.*

Als sie, wiederum zwei Tage später, von der Paul-Robeson aus am Arnimplatz vorbei Richtung Schönhauser gehen, bekennt sie, dass sie es mit der Wahrheit nicht so ernst genommen habe. Während ihr Freund Flugblätter in Briefkästen warf, habe sie zu Hause das Abendbrot vorbereitet, bei dem er ihr dann von seinen Heldentaten berichtete. »Aber er hat auch vor anderen geprahlt, und das einmal zu viel. Wir wurden verraten und verhaftet. Zum Glück fiel der Staat zusammen, und die Anklage gegen uns wurde fallengelassen.«

Er ist sich nicht sicher, ob das die Wahrheit ist, aber es hat auch seinen Reiz, das nicht zu wissen. Er wird es schon noch herausfinden.

Jetzt allerdings ist er viel zu aufgeregt dazu. Er könnte sie fragen, warum sie in den Westen gegangen ist; stattdessen bastelt er sich ein eigenes Bild von ihrem Leben zusammen: Die schöne junge Rebellin, die sich von dem reichen Sack aus Bremen angeln ließ ... Prassen im Wohlstand ... Rückkehr, ehe das Gefühl, lebendig begraben zu sein, nicht mehr auszuhalten ist ... Eine Abfolge von Klischees. Sie fragt ihn, wie er Makler geworden ist. »Und vor allem: Warum?« Als bräuchte dieses Warum eine Begründung, fügt sie hinzu: »Das ist doch der Kapitalismusberuf schlechthin, oder nicht?«

»Es ist«, entgegnet er, »nicht mal ein Beruf, es ist nur ein Job.« Ein Job – so könnte er ergänzen –, der alles in allem nicht glücklich macht. Er könnte aber auch sagen, dass er als Makler eine umsichtige Strategie verfolgt. Beides wäre nicht falsch. Stattdessen erzählt er, dass er mit der Maklerin zusammenkam, die ihm die Großmutter-Wohnung verkaufte und später seine Mentorin wurde.

»Eine Beziehung mit seiner Mentorin … Das kann nicht gutgehen.« Es hört sich an, als spreche sie aus Erfahrung. Er will sie danach fragen, doch nicht jetzt. Sie gehen die Schönhauser hinunter und biegen in die Kopenhagener ein. Vielleicht ist es schon der Beginn eines Rituals, denkt er, dass sie erneut die Kopenhagener in Richtung ehemalige Grenze gehen. Doch Höhe Rhinower alias Reykjaviker verabschiedet sie sich. Wenn der gemeinsame Weg zum Ritual wird, gehört der abrupte Abschied womöglich dazu.

So sehr sich Matthias auch wünscht, sie zufällig auf der Straße zu treffen, es geschieht nicht. Um nachzuhelfen, wartet er in Sichtweite zu ihrem Hauseingang. Dabei kommt ihm Luisa in den Sinn, die er vermeintlich zufällig direkt vor ihrer Haustür traf und der hundertprozentig klar gewesen war, dass er das alles geplant hatte, wie sie ihm später sagte. »Und hättest du es nicht geplant«, sagte sie, »hätte ich mich nicht in dich verliebt.«

Er war dreiundzwanzig, Luisa einundvierzig und seine Dozentin an der Karl-Marx-Universität in Leipzig, Sektion Journalistik. So klein und schmal wie sie war und gleichwohl von sichtbarer und schöner Kraft, hätte man sie für eine Sportlehrerin halten können oder eine Tänzerin. Jedenfalls nicht unbedingt für eine Philosophin.

Nichts hatte ihn während des Studiums so sehr fasziniert wie ihre Beschreibung des Kampfes zwischen Sisyphos und Thanatos: Als der Todesgott Sisyphos holen wollte, war der so mutig, ihm ein Gläschen vom berühmten griechischen Ouzo anzubieten. Thanatos sprach dem Getränk begeistert zu, und so dauerte es nicht lange, bis er betrunken zu Boden sank und einschlief. Nun konnte ihn Sisyphos fesseln, knebeln und in ein Verlies sperren. Hundert Jahre dauerte es, bis die Götter bemerkten, dass der Tod seines Amtes nicht mehr waltete. Sie ließen Thanatos aufspüren und befreien, der sich darauf die Seele von Sisyphos schnappte und sie zu Hades in die Unterwelt brachte. Sisyphos, das Schlitzohr, jedoch hatte seiner Frau Merope den Auftrag erteilt, ihn nicht mit dem üblichen Totenritual zu bestatten, sodass Hades den Todgeweihten zurückschickte, um Merope zu ermahnen. Sisyphos blieb einfach bei ihr und lebte dem Anschein nach ein zufriedenes Leben, bis die Götter genug hatten und ihn mit ewiger Mühsal straften. Luisa sprach vom metaphysischen Felsbrocken, der das Glück des absurden Helden bewirkte, und sie schlug die Brücke zu Albert Camus und seiner spätbürgerlichen Philosophie, die sie augenscheinlich so sehr begeisterte, dass sich ihre obligatorische Kritik – »Camus konnte die gesellschaftliche Wirklichkeit nicht anders deuten, da ihm das Instrumentarium des Marxismus-Leninismus fehlte« – geradezu wie eine Parodie anhörte.

Matthias wartete, bis alle Studentinnen und Studenten den Hörsaal verlassen hatten, und fragte, wie sie sich erkläre, dass Sisyphos bei Verbüßung seiner Strafe Glück empfinde. »Ist es vielleicht einfach nur Trotz?«, setzte er hinzu, um nicht unwissend zu wirken.

Sie lächelte ihn an und hatte prompt ihre Antwort parat: »Könnte sein, dass er nicht nur schlau und listig ist, sondern in tieferen Schichten depressiv. Diese Art der

Strafabbüßung nimmt ihn aber dermaßen in Anspruch, dass er dafür die Pein der Depression nicht mehr spürt. Allein die Abwesenheit vom Unglück der Depression empfindet er als Glück. Genauer gesagt: Es *ist* für ihn ein Glück.«

Matthias ließ diese Lesart nicht los. Mehr und mehr fühlte er sich wie erobert von ihr, und schließlich verliebte er sich in seine Dozentin. Heimlich wartete er auf sie in der Nähe ihres Wohnhauses und das nächste Mal, als ihr Ehemann nicht zu Hause war, direkt vor der Tür. Beide Male spielte er hocherfreute Überraschung, beide Male spielte Luisa mit, tat entzückt, wahrte aber auch eine gewisse Distanz, die ihre Rolle als Dozentin erforderte, und verabschiedete sich nach ein paar Minuten von ihm.

Nach der nächsten Vorlesung allerdings, in der es mit vergleichsweise wenig Euphorie um Hegel und den Weltgeist ging, bat sie ihn in ihr Büro und erläuterte, zunächst noch im nüchtern-souveränen Ton ihrer Hegel-Darlegungen, dass sie bisweilen den Tanz auf dem Drahtseil liebe, und die Schwärmerei für Camus oder auch für Nietzsche oder Schopenhauer sei ja in dieser von Dogmatismus beherrschten Lehranstalt nichts anderes als ein solcher Drahtseilakt. Ganz zu schweigen – jetzt kam ein leichtes Zittern in ihre Stimme – von anderem ... Sie beließ es bei dieser Andeutung, und es vergingen einige Wochen, in denen sie sich aus dem Weg gingen und in den Vorlesungen sogar Blickkontakt vermieden. Dann aber bat sie ihn erneut in ihr Büro. »Ich bin nicht nur verheiratet«, flüsterte sie, »sondern auch fast doppelt so alt ...« Sie hielt inne, ehe sie in sachlichem Ton fragte: »Wozu das alles? ... Ganz einfach«, gab sie sich selbst die

Antwort. »Oder scheinbar einfach: Um nicht in die Depression abzustürzen.« Sie nahm seinen Kopf zwischen ihre Hände, zog ihn zu sich heran, sodass klar war, dass er sie küssen sollte. »Wir begehen einen Tabubruch, und den müssen wir geheim halten«, sagte sie, wie um ihm noch eine Chance zu geben, sie doch nicht zu küssen. »Verstehst du das?« – »Ja«, sagte er und nickte. Daraufhin küsste sie ihn, und während er den Kuss erwiderte, kam er sich vor wie in einer Filmszene, die ihre abrupte Wendung darin finden könnte, dass die Bürotür aufgeht und der Direktor der Sektion eintritt und voller Entsetzen auf sie beide starrt. Sie beendete den Kuss und redete gleich weiter; sie sagte, sie werde sich nicht verlieben, sie dürfe es nicht, nur ein bisschen, auf keinen Fall werde sie die Kontrolle verlieren, das würde alles zerstören, und das hätte keinen Sinn.

Fortan nannte er sie für sich: Die Seiltänzerin. Das war, so hoffte er, eine Methode, Abstand zu halten, seinerseits nicht die Kontrolle zu verlieren. Die präsexuelle Phase, wie sie es später bezeichnete, dauerte einen weiteren Monat. In dieser Zeit las er von Camus nicht nur den »Mythos des Sisyphos«, sondern auch »Der Mensch in der Revolte« und »Das Exil und das Reich«. Als es endlich soweit war, fühlte er sich von ihrer geballten Lust überfordert; die Erektion, die er als unbedingte Notwendigkeit ansah für alles, was männliche Sexualität bedeutete, blieb aus. Sie lagen nackt, aber bis zum Hals zugedeckt im Bett eines Hotelzimmers, das Luisa gebucht hatte, und er fühlte sich als Versager. Er rechnete mit einigem, doch den zärtlich-therapeutischen Elan, den sie nun aufbot, hätte er nicht erwartet: Auf ihr Insistieren hin erzählte er von seinem sexuellen Vorleben, das die Bezeichnung

Vorleben eigentlich nicht verdiente, da es einzig aus der Hausflurbegegnung mit Nicole bestand. Es war das erste Mal, dass er jemandem davon erzählte. »Danach wollte ich nicht mehr«, erklärte er und staunte, wie gut ihm seine Offenherzigkeit tat. »Hab mich nicht getraut. Obwohl ich manches Mal Lust gehabt hätte. Aber sie war eine Verräterin, und ich … hatte Angst vor dem nächsten Verrat.«

Luisa reagierte weniger verwundert als gerührt, ja aufs Neue entzückt, und sie fragte nicht danach, worin der Verrat bestanden hatte. Sie schlüpfte unter seine Bettdecke und gab ihm das Gefühl, regelrecht umhüllt zu sein von den Zärtlichkeiten ihrer Hände, ihres Mundes, ihrer Brüste. Er küsste und leckte ihren Bauch, ihre Oberschenkel, ihre Schamlippen, nahm ihre Klitoris zwischen seine Lippen, massierte sie mit der Zunge. Er hörte, wie die Seufzer, die sie ausstieß, in einen langgezogenen finalen Schrei übergingen, der ihr fast die Luft zu nehmen schien.

Wenige Wochen nach diesem ersten Mal wurde er vierundzwanzig, und wiederum ein paar Wochen später wurde sie zweiundvierzig. »Vier plus zwei ist sechs«, sagte sie, »und zwei plus vier ist ebenfalls sechs. Könnte es besser passen?« Sie erlebten das, was Luisa ihren Sommer der Anarchie nannte: Sie liebten sich fast täglich in wechselnden Hotelzimmern, streng konspirativ. »Niemand darf etwas erfahren oder auch nur ahnen, niemand!« Und mit dem spezifischen Ziel – so die Formulierung, die sie mehrfach gebrauchte –, Matthias das verquere Pubertätsdrama auszutreiben, das mit dem verweigerten Kuss im Ferienlager begonnen und sich mit Nicole fortgesetzt hatte. Den Sex hätte er sich nicht besser vorstellen können, doch er lief, wie ihm auffiel, für Luisa wie ein Programm ab; er war das Objekt dieses Programms. Das verleidete ihm die Erotik. Er lernte, trotzdem sexuell zu funktionieren. Schließlich kam er sich wie ein Schauspieler vor, der bestimmte Erfahrungen abruft, um entsprechend agieren zu können.

Es war, wenn er sich recht erinnert, der 3. Oktober 1990, der Tag der Deutschen Einheit, als er begann, sich ihr zu entziehen. Während sie diesen Tag am liebsten von früh bis abends mit ihm im Bett verbracht hätte, zog es ihn hinaus zu den Feiern und Demonstrationen, die seine Neugierde befriedigten, wenngleich er die aufgekratzte Stimmung kaum zu ertragen vermochte.

An der Sektion Journalistik wurde den Sommer und Herbst über ein neues Lehrprogramm erarbeitet, die Mitwirkung von Frau Dr. Luisa Müller daran war, wie von einigen ihrer Kolleginnen und Kollegen moniert wurde, mehr als spärlich. Zum Ende des Jahres wurde die Sektion abgewickelt, und Luisa verlor ihre Dozentenstelle. Was sie zuvor erfolgreich verdrängt hatte oder zumindest beiseitegeschoben, war nun Realität: Sie war eine arbeitslose Philosophin und, wie sie es selber nannte, in den Augen der neuen Machthaber ein signifikantes Element der marxistisch-leninistischen DDR. Deshalb bestand für sie kaum Aussicht, im neuen System als Philosophin oder gar Dozentin arbeiten zu können. Rettung bot ihr Ehemann, ein gefragter Kinderchirurg, der eine Chefarztposition in München übernahm und ihr alles, was er doch mindestens geahnt hatte, verzieh. So kurz und klar erklärte es Luisa, nachdem sie Matthias noch einmal in ihr Lieblingshotelzimmer nahe dem Leipziger Hauptbahnhof eingeladen hatte. »Ich weiß nicht, was in

München wird«, sagte sie, »aber ich will auf keinen Fall im Osten bleiben.« – »Warum nicht?«, fragte er, um etwas zu sagen. Und sie sagte mit seltsamer Leichtigkeit nur einen Satz, den er als ungeheuerlich empfand: »Ganz einfach: Sisyphos fängt wieder von vorne an.« Ein letztes Mal wollte sie mit ihm Sex haben. »Komm«, sagte sie, »es wird so intensiv sein, dass wir beide ewig dran denken werden.«

»Ewig werde ich nicht dran denken können«, erwiderte er, »da ich nicht ewig leben werde.« Er verließ das Hotelzimmer und sah sie nie wieder.

Die Erinnerung an Luisa löst bei Matthias vor allem Lust auf Sex aus. Er fasst sich ein Herz und klingelt an der Wohnungstür von Clara Wenger.

»Nanu?«, sagt sie. »Muss ich schon wieder raus aus der Wohnung?«

»Ich bin froh, dass Sie hier sind«, sagt er.

»Ich weiß nicht mehr, ob ich froh sein soll, hier zu sein«, entgegnet sie.

Er folgt ihr in die Wohnung. Im Flur zwei Koffer, noch nicht ausgepackt. Sie setzen sich an den Küchentisch. Ohne ihren Gedanken einzuleiten, sagt sie, dass ihre versuchte Neuerfindung nichts als eine Illusion sei, nur solange attraktiv, bis man sie in Angriff genommen hat.

»So schnell geht es nicht mit dem Neuen«, sagt er. Es ist ihm peinlich, wie banal das klingt. Doch sie hat ihm gar nicht zugehört.

»Letzte Nacht«, sagt sie, wie aus einer Überlegung auftauchend, »hab ich wieder von diesen Hunden geträumt.

Ich wohnte damals auf der Prenzlauer und konnte bei offenem Fenster ihr Bellen hören. Ich wusste, dass sie an Stahlseile gekettet waren, und wenn jemand aus der S-Bahn sprang, die durchs Grenzgebiet fuhr, stürzten sie sich auf ihn … Ein gruseliger Traum.«

Matthias überlegt, ob er ihr vom Vater erzählen soll und dessen Verhältnis zu Grenzhunden. Doch er will die weitere Annäherung nicht mit dem Vater verknüpfen. Kurzentschlossen fasst er sich wieder ein Herz. Er steht auf, geht zu ihr, nimmt sie bei den Händen, sodass auch sie aufsteht. Er kann an ihren Haaren riechen, an ihrem Nacken. Dabei zieht er, langsam, feierlich, die Haarnadel aus ihrer hochgesteckten Frisur, legt sie auf den Küchentisch. Er küsst sie; sie erwidert seinen Kuss, er könnte meinen pflichtschuldig, so zaghaft wie die Erwiderung ist, und lässt von ihr ab.

»Ich muss was loswerden«, sagt sie. »Ich komm nicht raus aus seinen Fängen. Er ist wie eine Krake. Ich müsste mich anonymisieren, um von ihm fortzukommen.« So sehr sie das Problem umtreibt, sie hat auch Lust, die Geschichte, die sie zu erzählen hat, spannend zu erzählen. »Wer wohl hat«, fragt sie, »einen Tag nachdem ich hier eingezogen bin, eine Wohnung in der Seelower Straße besichtigt, um sie drei Tage darauf zu kaufen?«

Matthias kann sich sofort erinnern, denn der Mann war außergewöhnlich. »Ein Kraftfahrer, Ende vierzig, aus bescheidenen Ostberliner Verhältnissen, der im Lotto gewonnen hat. Fünfer mit Superzahl.«

»Fünfer mit Superzahl«, wiederholt sie lapidar, mit boshafter Ironie.

Leicht berlinernd und mit einnehmender Bescheidenheit erzählte der Mann, dass er in einer winzigen Erdgeschoss-Neubauwohnung in Hohenschönhausen wohne und sich daran auch nie etwas geändert hätte, wenn ihm nicht dieses unfassbare Glück widerfahren wäre. Ihm standen Tränen in den Augen, und Matthias freute sich über die Fügung des Schicksals, an der er teilhaben würde, wenn er ihm die Wohnung verkaufte. Eine Wohnung, dachte er, so bescheiden wie ihr Käufer: Sechsundvierzig Quadratmeter, Seitenflügel, zwei Zimmer, Küche, Duschbad. »Wissen Sie, Ihr Glück strahlt auf mich ab«, sagte er. »Menschen wie Sie müssten viel mehr hier leben.«

»Dieser Mann«, sagt die Frau, die er noch vor einer Minute geküsst hat, »ist ein wohlhabender Anwalt, der in Berlin-Dahlem lebt und meinem ehemaligen Gatten einen Freundschaftsdienst erwiesen hat. Damit unsere Tochter ihren Willen bekommt und in Klein-Skandinavien einziehen kann. Vor zwei Tagen rief sie mich an, präsentierte mir die Story und verkündete voller Stolz, dass sie morgen hier sein werde.«

Am frühen Nachmittag des nächsten Tages steht ein Umzugswagen mit Bremer Kennzeichen in der Seelower Straße. Sie sitzen im »Seelower Eck«, trinken Tee und sehen durchs Fenster den Möbelträgern bei ihrer Arbeit zu. Ein paarmal kommt Claras Tochter aus dem Haus, um etwas mit dem Chef der Möbelträger zu besprechen; in ihrer tranigen Art wirkt sie seltsam ernsthaft. An ihrer Seite ist jedes Mal ein junger Mann, ein paar Jahre älter als sie, aber nicht älter als dreißig. Er hat die aggressive Ausstrahlung dünner, ungelenker Menschen, für die

Ruhe ein seltener, wenn nicht gar unmöglicher Zustand ist.

»Den kenne ich nicht«, sagt Clara. »Nehme an ihr Freund.« Offenkundig bemüht sie sich, keine Wertung in diese Worte zu legen. Umso mehr ist aus der Art, wie sie es sagt, ihre Abneigung herauszuhören, auch ihre Nervosität.

Matthias weiß, dass es ihn lange plagen wird, von einem schauspielernden Anwalt überlistet worden zu sein. Schon öfter haben Kunden mit Halbwahrheiten oder Lügen operiert, doch noch jedes Mal ist es ihm gelungen, diese Strategien aufzudecken. So zumindest hat er bisher gedacht.

Über Nikolaus Wenger hat er bei Wikipedia gelesen: Siebenundsechzig Jahre alt, renommierter Architekt, Universitätsgebäude, Museen und Konzerthäuser. Die Bilder dieser Gebäude vermitteln Matthias den Eindruck von Mut zum Außergewöhnlichen, zum Risiko. Was ist, wenn dieser Mann, angestachelt durch die Tochter, es darauf absieht, ihm eine unpassende Person nach der anderen ins Viertel zu schmuggeln?

Als er Clara diese Frage stellt, zuckt sie mit den Schultern – was kann man schon gegen das Schicksal tun –, dann nimmt sie seine Hand und bittet ihn, hier wegzugehen, zu Matthias nach Hause.

Hand in Hand verlassen sie die Kneipe. Auf dem kürzesten Weg lässt sie sich in seine Wohnung führen, ins Schlafzimmer. Dort zieht sie ihre Bluse aus, den Rock, die Schuhe, die Strümpfe. Mit ihren festen, kräftigen Schenkeln, den breiten Schultern und dem leicht gewölbten, aber muskulösen Bauch hat sie den Körper einer Schwimmerin. Er zieht sich ebenfalls aus, bis auf die Unterhose. Sie legen sich ins Bett, Arm an Arm, Oberschenkel an Oberschenkel. Sie schwitzen unter der Bettdecke, und sie sagt, dass sie nichts so sehr erregt wie Schwitzen. Er nimmt ihre Hand und legt sie auf seinen steif gewordenen Schwanz. Sie öffnet mit der anderen Hand ihre Haare, die sie diesmal wieder zu einem Zopf gebunden hat. Er küsst ihre Schultern, ihren Bauch. Sie vermittelt ihm durch leises Stöhnen, wie sehr sie das erregt. Er öffnet ihren BH, sie zieht ihren Slip aus, er seine Unterhose. Von nun an gilt es zu verzögern, die Erregung nicht überborden zu lassen, sondern geschickt zu steuern. Sie sagt: »Er ist Gesellschafter in einem Konsortium, das ganze Straßenzüge kauft. Keine Ahnung, was man dagegen tun kann.«

Das ist eine abrupte Vollbremsung. Matthias kämpft mit seiner Erektion. »Wenn er kommt«, erwidert er, »wird es ein Kampf David gegen Goliath. Gut, dann soll er kommen.«

Eine markige Ansage. Fast ist es eine Enttäuschung, als Clara sagt: »Warum sollte er kommen? Er hat so viele Projekte, er hat mehr als genug zu tun.«

»Abwarten, abwarten«, entgegnet Matthias, als wünsche er nichts sehnlicher herbei als diesen David-gegen-Goliath-Kampf. Mit dem Handballen beginnt er, ihre Klitoris zu massieren, während er Zeige- und Mittelfinger zwischen ihre Pobacken gleiten lässt. Sie küsst und beißt ihn, lächelt und stöhnt.

Sie treffen sich jeden dritten Tag, und mit dem Sex bekommt er seine Verliebtheit in den Griff. Dabei hilft ihm

Claras Haltung zum Sex, der, wie sie sagt, für sie zum Wichtigsten im Leben gehöre, aber auch nicht mehr sei, als ein Glas Wasser gegen großen Durst zu trinken. In ihrer Ehe, nach der Geburt der Tochter, hatte sie kaum noch Sex, schließlich überhaupt keinen mehr. »Was ich brauchte«, sagt sie, »habe ich mir in reichlich Affären geholt.«

»Das kenne ich«, erwidert er, und es fehlt nicht viel, dass er sie fragt, ob sie ein Paar sein wollen. Er lässt die Frage, weil er sich scheut, mit den Konsequenzen eines Ja oder Nein zu leben. Noch!, sagt er sich, während Clara beginnt, ihm vom Besuch bei ihrer Tochter zu berichten, die sich schon vollständig und mit allerhand Geld in ihrer neuen Wohnung eingerichtet hat. »Ich hab Rebecca von dir erzählt. Ich hab gesagt, dass ich mit dem prinzipienfesten Makler zusammen bin, den sie ja auch mal kennengelernt hat. Und sie? Fing an zu lachen. Mit diesem Trottel, der sich aufführt, als wäre er Gott? Und dann wie der letzte Idiot auf eine Schauspieleinlage reinfällt? Ich hab ihr gesagt, dass du über diesen skurrilen Irrtum nur lachen kannst.«

Seinen Unmut lindert sie mit dieser Behauptung nicht, geschweige denn dass er irgendwie darüber lachen könnte. Und was sie mit Zusammensein meint, ist ihm erst recht nicht klar. »Woher weiß sie denn, wie ich mich aufführe?«

»Sie hat dich erlebt«, erwidert Clara.

Als sie das nächste Mal nach dem Sex beieinander liegen, nimmt sie den Faden wieder auf: Er müsse doch stolz auf sich sein, weil er etwas *habe* in seinem Leben … diesen Stadtteil … für dessen Wohlergehen er sorge. Und wenn jemand behaupte, er führe sich auf wie Gott, dann zeuge das nur von Neid. Neid auf seine Identität, sein Geerdetsein … Was für ein Pathos, denkt Matthias. Wo ist nur das Boshaft-Ironische geblieben?

Mehr und mehr – so sagt sie es selbst – will sie über ihn erfahren. Und er erzählt, dass es ihn nach dem Tag der Deutschen Einheit immer stärker fortzog, zunächst von Leipzig nach Frankfurt am Main, um an der Goethe-Universität weiter zu studieren: Medienkunde, Journalismus, Soziologie. Bei einer Wanderung im Taunus traf er auf Annamaria, die Hydrogeologie an der TU Darmstadt studierte. Sie sammelte gebirgstypische Steine, wie sie sie nannte, und Matthias bot sich an, ihr beim Tragen zu helfen. Er war fasziniert, wie sanft, geradezu liebevoll sie die Steine anfasste, als wären sie hochsensible Lebewesen. Unterdessen erklärte sie ihm hydrogeologische Zusammenhänge, die Matthias, so sehr er sich auch um Verständnis bemühte, bereits am nächsten Tag vergessen hatte.

»Keine Woche verging«, sagt er, und seine Verwunderung von damals ist ihm noch immer anzumerken, »und ich zog zu ihr. Sie bot es mir an, in der zupackenden Art, die sie auch beim Sammeln ihrer Steine an den Tag legte. Dabei war ihre Wohnung klein: Stube, Küche, Dusche. Sie meinte, wir sind doch den ganzen Tag in der Uni, und am Abend sind wir sowieso zusammen.«

»Hast du sie geliebt?«, fragt Clara. »Oder … warst du wenigstens verliebt in sie?«

»Das ist ja das Problem.«

»Warum?«

»Nein.«

Ein halbes Jahr wohnte er mit Annamaria zusammen, als sie ihr Studium abschloss und einen Forschungsauftrag in Buenos Aires bekam. Sie wusste von seiner Lust auf ferne Länder und bot ihm mit schönster Selbstverständlichkeit an, sie zu begleiten. Selbst wenn er *nicht* gewollt hätte, wäre es ihm schwer gefallen, nein zu sagen. Sie zogen in eine Hochhauswohnung im Stadtteil Belgrano: Ein Zimmer, Küche, Dusche, winziger Balkon.

Jeden Morgen standen sie gemeinsam auf, und Matthias fuhr Annamaria mit dem alten BMW, den sie gekauft hatte, zu ihrem Geologischen Institut ... die Avenida Cabildo hinunter, rechts in die Juramento, links in die Avenida de los Constituyentes, am Parque Agronomia vorbei ... Hatte er sich von ihr verabschiedet, fuhr er allein weiter durch die Stadt, eine Stunde lang, manchmal zwei, um ein Gefühl für die Entfernungen zu bekommen, die ihm riesig vorkamen. Abends holte er sie meist von der Arbeit ab, und zusammen fuhren sie zum Rio de la Plata oder in die Villenvororte im Norden, wo die Luft besser war als in Belgrano oder anderen Innenbezirken, oder sie ließen sich einfach durch die Straßen treiben, während sie von ihren Untersuchungen sprach, in denen es um den Einfluss von Müllkippen auf das Grundwasser ging.

Nach einem Monat, als ihre Touren nicht mehr das Neuartige des Anfangs hatten, begann er sich vorzustellen, als Zwölf- oder Dreizehnjähriger durch die Straßen zu laufen und ihnen andere Namen zu geben: Die Avenida Corrientes wurde zur Willi-Bredel-Promenade, die La Pampa zur Johannes-R.-Becher-Straße, die schwerer aussprechbare Avenida de los Constituyentes zur Helmut-Just-Allee. Mehr und mehr Straßen erhielten Namen aus dem sozialistischen Fundus jenes Ostberlins, aus dem sie beide stammten. Annamaria war in Weißensee großgeworden, Anfang der achtziger Jahre war ihre Mutter mit ihr nach dem Tod des Vaters nach Pankow umgezogen, in die Johannes-R.-Becher, um die Ecke von der Mühlenstraße. Sie waren sich dort nie begegnet oder konnten sich beide nicht daran erinnern; sie mussten erst, wie Annamaria einmal meinte, in eine andere Stadt ziehen, um … Sie hatte den Satz nicht beendet, und er fragte sich seitdem oft, wie er hätte beendet werden können oder müssen: um sich ineinander zu verlieben? Oder: um sich der Vorstellung hinzugeben, ineinander verliebt zu sein? Oder aber: um irgendeinen Ersatz zu leben für das Nicht-Ineinander-Verliebtsein? So traf es jedenfalls auf ihn zu, und zu diesem Ersatz gehörten die Straßenumbenennungen, die gut dazu waren, eine Art Vertrautheit zwischen ihnen wachsen zu lassen.

Sie schien glücklich, ihn stets und ständig umsorgen zu können. Tages- und Wochenzeitungen brachte sie ihm aus dem Institut mit; Eintrittskarten für die Fußballspiele von Boca Juniors und Velez Sarsfield besorgte sie für ihn und sich; und zur Haushaltskasse musste er keinen Peso beisteuern. Seine Lust war ihre Lust, seine Wünsche waren ihre Wünsche. Es dauerte nicht lange, und er wurde wie ein verwöhntes Kind. So verwöhnt, wie er als Kind nie gewesen war. Launisch, provozierend, wo und wann er nur konnte. Sie aber gab den Fels der Harmonie. Manchmal weinte sie im Stillen, worauf Matthias sich eine Zeitlang zurückhielt und sich sagte, dass er raus müsse aus der Betreuungshölle.

Ausgehend von seinen Fahrten durch die Stadt, begann er sich alles näher anzuschauen: die Märkte, die

Museen, die Kirchen, die Pferderennen im Stadtviertel Palermo, die Tango-Shows … Er schrieb kleine Reportagen und Porträts über Fußballspieler, Tangotänzer oder antifaschistische Emigranten aus dem Deutschland der Nazizeit, von denen viele in der Nachbarschaft in Belgrano lebten. Gelegentlich verkaufte er einen Text an eine Zeitung oder Zeitschrift in Berlin, Leipzig oder Frankfurt am Main; es hätte bei weitem nicht für den eigenen Lebensunterhalt gereicht. Da das, was er die Betreuungshölle nannte, damit nicht aufhörte, erzählte er Annamaria von einem Auftrag, den er vom Wochenendmagazin einer Tageszeitung bekommen habe. Da er noch nie einen Auftrag erhalten hatte, behauptete er, dass er sich vor der verantwortlichen Redakteurin als Südafrika-Experte ausgegeben und, um das glaubhaft zu machen, von interessanten Beispielen der hoffnungsvollen Post-Apartheid-Entwicklung berichtet habe. Die Beispiele hatte er aus Büchern und Zeitschriften zusammengelesen oder sich einfach ausgedacht; jedenfalls sei es ihm gelungen, gegen Bezahlung der Flug- und Unterkunftskosten einen Reportage-Auftrag über Südafrika zu ergattern.

Annamaria hegte nicht den geringsten Zweifel, sie lobte ihn sogar für seine Initiative und vermittelte ihm so erst recht ein Schuldgefühl, das ihn nicht losließ und bis in seine Träume hinein verfolgte. Trotzdem verriet er kein Wort von der Absicht hinter Südafrika: Dass er sich von ihr trennen würde und keinen anderen Weg sah, als es auf diese Weise zu tun. Er nahm sich vor, sie aus Johannesburg anzurufen und ihr zu sagen, was zu sagen war. Aber das kam ihm unerhört feige vor, und er wollte diesen Akt der Feigheit nicht in sein künftiges Leben mitnehmen. Am letzten Tag, als er seine beiden großen

Koffer packte und alles hineintat, was er von und für sich mitgebracht hatte, konnte er sich nicht mehr zurückhalten. Er redete, als sie aus der Küche ins Zimmer kam, einfach drauflos, gehetzt, doch zielgerichtet und unmissverständlich.

Annamarias Augen füllten sich mit Tränen, und sie nickte in einer Art, die ihm klarmachte, dass sie nicht überrascht war. Das wiederum überraschte ihn; er spürte einen Impuls, zu ihr zu gehen, sie zu umarmen. War das der Beginn von Liebe? Er hätte nicht sagen können, ob er sich das überhaupt noch wünschte. Er dachte an das Sprichwort: Reisende soll man nicht aufhalten. Er schämte sich dafür, dass ihn ausgerechnet jetzt die Banalität eines Sprichworts behelligte. Wenn sie ihn doch endlich mal beschimpfen würde, dachte er, oder einfach nur losschreien. Aber nichts dergleichen.

Stattdessen wartete sie mit einer Geste auf, die Matthias noch nie bei ihr gesehen hatte: Sie legte ihre Hand an die Stelle, wo das Herz war. Er konnte sich nicht erinnern, ihr jemals von dieser Geste erzählt zu haben. Er starrte sie an, während das Blut aus seinen Fingern zu weichen schien. Als wollte eine höhere Instanz ihn daran hindern, seine Koffer zu greifen und loszuziehen. Annamaria sagte, dass sie ihm alles Gute wünsche. So enttäuscht und verletzt hatte ihm noch nie jemand alles Gute gewünscht. Sie verließ ihre Wohnung, und am frühen Abend, als er zum Flughafen fuhr, war sie noch nicht zurück.

Ihm war klar, dass er sie nie wiedersehen würde. Bereits zum Anfang ihrer Beziehung, als sie, ein einziges Mal, allgemein über Paare und Trennungen sprachen, hatte sie ihm gesagt: »Wer mich verlässt, ist tot für mich.« Umso mehr träumte er von ihr, fast jede Nacht in den ersten Johannesburg-Wochen, und auch später in Kapstadt und Los Angeles, seltener zwar, doch immer wieder. Und meist träumte er nicht von ihr, sondern von einer Frau, die keinen Laut von sich gab und die er für die Mutter hielt, obwohl ihr Gesicht auch Merkmale Annamarias aufwies: die breiten Wangenknochen, die Sommersprossen, die sich um die Nase gruppierten, das Grübchen am Kinn.

Nach einem Monat Johannesburg gelang es Matthias, als Praktikant beim Goethe-Institut anzuheuern und tatsächlich einige Reportagen und Porträts an deutsche Zeitungen und Zeitschriften zu verkaufen. Vom Erfolg ermutigt, schreckte er schließlich nicht davor zurück, sich ein Interview mit einem hochrangigen ANC-Funktionär auszudenken, den er mal auf einer Pressekonferenz gehört, doch nie persönlich gesprochen hatte. Als ihm die Lust verging, als unbezahlter Praktikant zu arbeiten, zog er nach Kapstadt; dort verdiente er ein wenig Geld als Übersetzer und Deutschlehrer, bis er ein Filmteam kennenlernte, das aus den USA kam und in ihm die Idee wachsen ließ, nach Los Angeles weiterzuziehen.

In L.A. arbeitete er für zwei junge Filmproduzenten, die aus Leipzig stammten, als Aufnahmeleiter und Tonassistent, und auf einer Party lernte er Karolin kennen. Die journalistischen Texte, die er für den deutschen Markt schrieb, waren mehr und mehr Produkte seiner

Phantasie. Schauspieler berichteten darin von bisher geheim gehaltenen Liebesaffären oder Wissenschaftler von bevorstehenden Flut- und Erdbebenkatastrophen. Einmal sogar schrieb er über einen hochbetagten Emigranten aus der Nazizeit, der es weder zu Ruhm noch zu Wohlstand gebracht habe, aber mit großer Freude und Ausdauer Woche für Woche als Clown durch Schulen, Krankenhäuser und Altersheime ziehe, um die Menschen dort zu beglücken. Seine größte Spezialität sei es, dermaßen zu schielen, dass die Pupillen vollständig verschwinden, und dabei zu erzählen, was um ihn herum geschehe. Um das Porträt zu beglaubigen, ließ er sich als Clown verkleidet und maskiert in einem Altersheim fotografieren.

Der zuständige Redakteur lobte diese Geschichte wie keine zuvor als höchst einfühlsam und ergreifend.

Karolin, die nur einen Teil seiner Lügen kannte, sagte ihm, dass er doch bitte aufpassen möge, seine Texte nicht irgendwann selbst zu glauben. »Ich gebe mich keiner Illusion hin«, antwortete er, und das war keine Lüge, denn in keinem Moment dachte er daran, dass das noch lange so weitergehen könne. Er war nicht überrascht, als man ihm zu misstrauen begann und schließlich nichts mehr von ihm kaufte.

Nach einem vollen Tag mit sieben Wohnungsbesichtigungen geht Matthias vom Skandinavischen Viertel aus die Mühlenstraße hinauf unter den mattgelb beleuchteten Fenstern des Vaters entlang. An der Breiten Straße, ehemals Johannes-R.-Becher, dreht er um, geht die Mühlenstraße hinunter und abermals unter den Fenstern entlang.

Und wenn er tot oder schwerkrank in seiner Wohnung liegt? Diesmal stellt die Frage sich ihm dringlicher als sonst. Er wählt auf dem Handy die Nummer des Vaters; fast eine Minute lang dauert das Freizeichen an, ehe mit brüchiger Stimme ein trotziges »Ja … bitte« zu hören ist.

»Ich bin's, Matthias. Wie geht's dir? Hast du Pläne für deinen Geburtstag?« Seltsame Frage. Schon die Erkundigung nach *einem* Plan hätte komisch geklungen. Er kann sich nicht erinnern, dass der Vater jemals einen Plan für seinen Geburtstag hatte. »Bin grad hier in der Straße. Soll ich raufkommen?«

»Geburtstag … Wie soll's mir schon gehen? Ja, dann komm.«

Die Wohnung, das sieht und riecht er, ist vor ein, zwei, maximal drei Tagen geputzt worden. Frau Szumowska, die polnische Witwe aus der Weddinger Prinzenallee, kommt alle paar Tage zum Saubermachen oder Einkaufen; Matthias bezahlt sie per Dauerauftrag. Der Vater setzt sich an den Wohnzimmertisch. »Es ist keine Leistung, älter zu werden. Jetzt die achtzig. Es ist ja nicht zu ändern …« Er nickt vor sich hin, schweigt. »Was ist?«, fragt er dann, als hätte Matthias noch kein Wort gesagt. »Ist was passiert?«

»Du hast Geburtstag.«

»Ja …«

»In drei Tagen.«

»Ja, ja …«

Diese Art Pingpong könnte noch lange weitergehen, doch Matthias fragt, ob es etwas Neues gibt. Der Vater denkt nach, spitzt dabei seinen kleinen Mund. Die Fusseln seines Walrossbarts bewegen sich mit; sie sehen aus wie angeklebt. Er zieht den Kopf noch weiter ein. »Die kommen alle her. Und wer erst mal hier ist, der bleibt. Oben im vierten Stock die Araber, die Frau mit Kopftuch, die muss doch schon stinken unter dem Ding. Im dritten die Vietnamesen. Die grüßen immerhin freundlich. Die Araber kriegen das Maul nicht auf, wenn sie einen sehen.« Matthias kennt die Litanei, denn die Araber und die Vietnamesen wohnen schon seit vier Jahren im Haus. »Aber musst sie mal sehen, die Araber, wenn ihnen der Köter von der Wischnewski übern Weg läuft, da zucken die zusammen. Die haben Angst vor Hunden.«

Er freut sich über das hämische Grinsen des Vaters; wenigstens eine Gefühlsregung. Er könnte sich nach der Wischnewski erkundigen, Karin Wischnewski aus dem Hinterhaus, die er seit Kindheit an kennt und die sich wegen der Araber einen Schäferhund angeschafft hat; der Vater hasst den Hund, doch noch mehr hasst er die Araber. Und während die Gutsituierten aus aller Welt ins Skandinavische Viertel ziehen, finden sich in der Mühlenstraße die Hungerleider ein, wie der Vater sie nennt: Türken, Araber, Kosovoalbaner, Serben … die einzigen Anständigen sind die Vietnamesen, die passen sich an, die sind freundlich und fleißig.

»Der Araber im vierten Stock«, sagt Matthias, »verprügelt der immer noch seine Frau?«

»Was soll er sonst tun? Geht nicht arbeiten, ist jung und kräftig … Die Frau brüllt jedes Mal wie am Spieß.«

»Ist es nicht zu ändern, oder sollte man lieber mal wieder die Polizei rufen?«

»Ist nicht zu ändern. Die Frau sagt zur Polizei, dass sie sich gestoßen hat.« Der Vater schaut ihn misstrauisch an. »Das weißt du doch alles. Wieso fragst du?«

Damit wir uns nicht anschweigen müssen, könnte er antworten. »Was wünschst du dir zum Geburtstag?«, fragt er stattdessen.

In den letzten Jahren hat er ihm jedes Mal und ohne sich vorher zu erkundigen eine Flasche Wein mitgebracht. »Wünschen«, sagt der Vater. »Gar nichts.«

Diese drei Worte scheinen die letzten zu sein, die ihm für heute zur Verfügung stehen. Er zieht die Schultern hoch und verharrt reglos, wie versteinert. Manches Mal hat Matthias sich vorgestellt, einen Vorschlaghammer zu nehmen und mit aller Wucht auf diesen Stein einzuschlagen. In tausend Stücke würde er zerbrechen, und vielleicht wäre ein Stück dabei, ein einziges, dass, einem Wunder gleich, zu neuem Leben erwacht. In dieser Wohnung, die sich nach dem Tod der Mutter kaum verändert hat, ist der Vater lebendig begraben. Was kann er nur tun, ihn aus diesem Ort zwischen Leben und Tod herauszuholen?

Auf dem Rückweg biegt er von der Mühlenstraße in die Stavanger. An der Kreuzung zur Ibsen liegt die letzte Brache des Skandinavischen Viertels, ein Rechteck mit Laubbäumen und verwilderten Büschen, in denen im Frühjahr Nachtigallen nisten. Das Gelände gehört dem tschechischen Staat, der sich noch nicht entschieden hat, es zu bebauen oder zu verkaufen. Der Bezirk würde gern kaufen, doch er kann nicht so viel Geld zahlen, dass es den Tschechen leichter fallen würde, die Entscheidung zu treffen. Matthias mag diesen Zwischenzustand; er sollte am besten nie aufgehoben werden. Inmitten weitgehend geklärter Verhältnisse ist alles Ungeklärte eine Freude.

Er überlegt, was er dem Vater zum Geburtstag schenken sollte. Immerhin ist es der achtzigste; selbst wenn er nicht eine, sondern zwei oder drei Flaschen Wein für ihn hätte, käme es ihm vor wie eine gezielt lieblose Aktion. Was könnte beim Vater Freude auslösen? Kürzlich hat er von einem Buch gelesen: *Muhammad Ali – Sein Leben in Text und Bild.* Nach dem Tod des Vaters wird das Geschenk an ihn übergehen; auch dieser Gedanke kommt ihm lieblos vor.

Er kauft das Buch in einer kleinen Buchhandlung in der Prenzlauer; zu Hause betrachtet er ausgiebig die Fotos. Das berühmteste zeigt Ali, wie er stolz und aggressiv auf den am Boden liegenden Sonny Liston herabschaut; im Mai 1965 war das, und Matthias war noch nicht auf der Welt. Der Vater hatte den Kampf im Fernsehen gesehen und ihm später davon erzählt: »Ali war Außenseiter, aber eine große Fresse hatte der … Im Ring schaffte es Liston einfach nicht, ihn zu treffen … Dann der entscheidende Punch von Ali, in der ersten Runde schon …«

Als Matthias dem Vater in der Wohnungstür gegenübersteht, ihm die Hand reicht und »Herzlichen Glückwunsch zum Achtzigsten« sagt, hat er den Eindruck, der Vater wisse nicht, ob das mit dem Geburtstag wirklich stimmt. Desto mehr bemüht er sich mitzuspielen: »Jaja, muss ja … Jedes Jahr das Gleiche …«

Matthias überreicht ihm das Buch, ohne Geschenkpapier, weil der Vater solches Papier schon immer für etwas Überflüssiges gehalten hat. Er glaubt, ein erinnerungsseliges Lächeln auf dem Gesicht des Vaters zu sehen, der sich an den Wohnzimmertisch setzt, das Buch aufschlägt, darin blättert und auf der Seite mit den Fotos vom *Rumble in the Jungle* hängen bleibt: Ali, der sich an die Ringseile drängen und von Foremans Körpertreffern malträtieren lässt; Foreman zunehmend frustriert und erschöpft; Ali, wie er den entnervten Foreman in der achten Runde k.o. schlägt … Auch das eine Sisyphos-Geschichte: Der listige Muhammad Ali und der machtvoll-tumbe Todesgott Thanatos, der Sisyphos Jahre später die Qualen der Parkinson-Erkrankung auferlegen wird. Der Vater schaut sich auf den letzten Seiten des Buches die Fotos von Ali an, der sich infolge des Parkinsons kaum mehr zu bewegen vermochte, und sagt: »Guck ihn dir an, das ist die Strafe.«

Für Matthias hört es sich an, als ob der Vater sich selbst und seine Versteinerung meint. Sollte er ihn fragen, worin *seine* Strafe besteht? Bevor er die passenden Worte dafür gefunden hat, sagt der Vater mit einem Stoßseufzer: »Mein Gott, wie oft denk ich an meinen Bruder, die alte Sau.«

So überrascht Matthias ist, seine Frage kommt prompt: »Was zum Beispiel denkst du dann?«

Der Vater klappt das Buch zu, legt es neben sich auf die Couch, starrt auf den Wohnzimmertisch, sagt kein Wort. Es ist, als hätte er hochgestapelt, und nun fällt ihm nichts ein, womit er weitermachen könnte. Nach einer Weile sagt er: »Wenn's seine Urnenstelle noch gäbe, könnt' ich wenigstens mal hingehen und dem Sack die Meinung posaunen.«

Hinter der ordinären Art des Vaters verbirgt sich eine seltsame Zärtlichkeit. Er könnte, sagt sich Matthias, dem Vater anbieten, Winfrieds Kemenate zu besuchen. Vielleicht würde er, wenn er erst einmal drin wäre, dem Onkel lange Monologe halten und gar nicht mehr hinauswollen.

»Wenn du in sein Zimmer willst ... Du weißt, ich hab's nie angetastet. Genauso wie du mein Zimmer hier nie angetastet hast ... Komisch, was? Merkwürdige Parallele ... Der ganze alte Kram von ihm, aber auch von Opa Paul und Oma Lisbeth lagert da in Kisten und Kartons.«

Der Vater schaut verstört, als hätte er soeben das Angebot bekommen, in eine Gruft zu steigen, aus der er nie wieder herauskäme. Seine Schultern rutschen nach vorn; er zieht den Kopf ein, versinkt in ein grüblerisches Schweigen, und mit dem Schweigen scheint er den Faden zum Leben zu verlieren.

Matthias kommt es unanständig vor, den Vater in dieser Not zu erleben, auch wenn er nicht den Eindruck hat, dass der Alte sich bemüht, den Faden zurückzugewinnen. Er betrachtet ihn aus den Augenwinkeln und ist sich sicher, erste Anzeichen von Demenz zu beobachten. Wie bei Oma Lisbeth in ihrer letzten Lebensphase ... Und so wie sie verliert der Vater ein Stück seiner Selbstkontrolle: Zunächst beginnt er zu kichern – was Matthias überhaupt nicht von ihm kennt –, dann hört er abrupt damit auf und sagt erstaunt und heiter: »Mein lieber Herr Gesangsverein, benimmt sich so ein alter Mann?«

Die Frage ist fern von jeglichem Selbstvorwurf, dennoch kippt die Stimmung des Vaters in Schwermut und erneute Verunsicherung, was ihn aber nicht davon abhält, sich mehr und mehr in einen Monolog hineinzureden: »Wenn ich an was denk, und anders geht's ja nicht, man muss ja immer an was denken … dann denk ich an die Evakuierung, damals, aber es kommt mir gar nicht so damals vor … Immer öfter denk ich dran, jeden Tag. Träum sogar davon. Wie wir auf 'm Gutshof bei Wriezen, Winfried, ich, Oma Lisbeth … Gott, waren da viele Hühner, auch ein paar Schweine und Kühe. Jeden Morgen gab's ein Ei zum Frühstück und frische Milch … Der Russe war über die Oder und kam immer näher. Und wir waren ja nur Kinder und Frauen und ein paar alte Kerle … Dann war der Russe da. Ich sag so: der Russe. Ist nicht ganz richtig, waren ja auch Mittelasiaten, Mongolen, was nicht alles … Die Frauen zogen sich ihre ältesten Klamotten an, machten sich so hässlich wie möglich … Gott, was hatten die für eine Angst vor dem Russen … Und der Winfried, ich sag dir, schwuppdiwupp war der raus aus 'm Dorf und rennt auf die Russen zu, auf die ganze Kompanie oder was das war. Bleibt stehen und ruft in alle Richtungen: Meine Freunde kommen, meine Freunde kommen. Der war ja schon zehn, der Winfried, aber für zehn war er noch klein und schmächtig, und geschielt hat er natürlich, wie 'ne Flunder hat der geschielt … Die Russen haben ihn auf 'n Arm genommen, wie 'n Maskottchen haben sie ihn behandelt … Meine Freunde kommen, meine Freunde kommen … jeden Tag das Gleiche. Und Kunststückchen hat er gemacht: die schielenden Augen verdreht, Handstand, Luftrolle, alles sowas. Die Russen haben gelacht, wie die Kinder haben sie gelacht. Trotzdem haben sie alles vergewaltigt, was nach Frau aussah. Nur Oma Lisbeth, die haben sie verschont … Meine Freunde kommen, meine Freunde kommen … Kein Wunder, dass der Winfried später nicht mit mir … Er wollte zwar, aber eigentlich wollt' er nicht … Wenn einer seine Mutter liebt und beschützt wie kein anderer, dann ist da kein Platz für Flucht oder so was. Und sei es mit 'm eignen Bruder. So war der Winfried … Hätt' ich wissen müssen, ich Idiot. Außerdem: Wär ich mal bloß durch die Kanalisation. Da gab's Pläne, wo die langführte, von Ost nach West. Da roch es zwar nach Scheiße, aber da waren keine Scheinwerfer. Und auch keine Köter …« Der Vater bellt, ein dunkles Schäferhundbellen. Und grinst, vor Entsetzen. »Gott herrje, jede Nacht träum ich von den Kötern. Am liebsten würd' ich die wegbellen. Die Köter und das alles.«

Er hat den Vater noch nie so zwischen Angst, Respekt, Unmut, Belustigung schwanken sehen. Er selbst schwankt zwischen Neugierde und Sorge. Die Neugierde fragt: Was mag der Vater noch alles zu bieten haben, allein diese Evakuierung, noch nie hat er etwas davon erzählt, das über Allgemeines und Unverfängliches hinausgegangen wäre … Die Sorge sagt: Wie rasch und vehement sich solch eine Demenz entwickeln kann … Vor allem aber: Wie nur kann ich ihm jetzt helfen, wo ich mich doch mein Leben lang nicht um ihn gekümmert habe?

»Was willst du eigentlich hier?«, fragt der Vater.

»Du hast Geburtstag.«

»Na und? Was hab ich davon?« Seine Augen füllen sich mit Tränen. »Ich wünsch mir eine Frau. Mit der könnt' ich auch Geburtstag feiern. Hast *du* eine Frau?«

»Eine Freundin. Hätte ich sie mitbringen sollen?«

»Ja, klar. Was denn sonst? Her mit der Freundin!«

Was für eine Abfolge von Aggressivität, Betrübnis und überspanntem Frohsinn. Wieder grinst der Vater, wie enthemmt. »Ich tanz mit ihr, schmeiß sie an die Decke, fang sie auf, knutsch sie ab …«

Erst gestern hat Matthias im Internet vom sogenannten temporären Demenzübermut gelesen; das ist er. Dauert aber nur Sekunden. Der Vater schließt das Muhammad-Ali-Buch und starrt mit leeren Augen an seinem Sohn vorbei.

In knapp zwei Wochen ist sein fünfzigster Geburtstag, und niemand wird ihn besuchen kommen. In den vergangenen Jahren ist Matthias zum Vater gegangen, für eine Stunde, maximal zwei am späten Nachmittag, und sie haben gemeinsam das Geschenk des Vaters getrunken, eine Flasche Weißwein oder Rotwein. Oder er ist für ein paar Tage verreist, in eine deutsche Region, die er noch nicht kannte: ins Ruhrgebiet, in die Eifel, nach Hamburg an die Elbe … Er wird nicht zum Vater gehen, er wird nicht verreisen, er wird den Tag wie jeden anderen verbringen. Ob er es will oder nicht, der fünfzigste Geburtstag hat eine Bedeutung, zu der es nicht passen würde, ihn mit Clara zu begehen. Allerdings könnte sie empört sein, wenn sie später erführe, dass er ihr dieses Ereignis verschwiegen hat. Oder, im Gegenteil, sie wäre froh und erleichtert, weil sie sich nicht dazu verhalten musste. Wenn er sie besser kennen würde, müsste er sich diese Frage nicht stellen. Er kann aber nicht sagen, ob er es sich wirklich noch wünscht, sie besser kennenzulernen.

Bei jeder Wohnungsbesichtigung denkt er an die Möglichkeit, aufs Neue überlistet zu werden. Er achtet darauf, wer mehr über sich redet, als es Kunden gewöhnlich tun. Und wer dabei eine Lebensgeschichte parat hat, die darauf aus ist, ihn zu betören. Seine Wachsamkeit würde ihn nicht weiter stören, wenn er nicht den Drang verspürte, vor den Kunden die Namen Rebecca und Nikolaus Wenger fallen zu lassen. Die Gelegenheiten dafür sind wenig bis gar nicht passend; trotzdem erwähnt er sie dann und wann und löst jedes Mal nur Unverständnis aus. Seine Angst, überlistet zu werden, ist ihm peinlich; er kommt sich klein und lächerlich vor. Aber die Angst bleibt.

Drei Tage vorm Geburtstag bekommt er eine SMS von Clara: *Ich hab viel nachgedacht, und ich glaube, Du magst nicht solche Menschen wie mich. Die nie bleibende Ideale hatten. Und ein Leben wollen, das längst weg ist. Bitte melde Dich nicht mehr bei mir.*

Ist das, klar und ehrlich durchdacht, ein unmissverständlicher Abschied? Matthias spürt den Verlust, doch er vermutet, dass das Gefühl nicht lange anhält. *Bleibende Ideale – das klingt so furchtbar pathetisch*, schreibt er zurück. *Mach Dich nicht kleiner als Du bist.*

In der Nacht vorm Geburtstag trinkt er, um schlafen zu können, drei doppelte Wodka. Als ihn der Geschmack anzuwidern beginnt, muss ein Bier hinterher. Mit Bier nachspülen … Immer wird er diese Redewendung mögen. In der Morgendämmerung erst schläft er ein; um neun Uhr klingelt ihn Clara aus dem Bett.

Ihre Tochter sei gestern Abend nach Asien gereist, auf unbestimmte Zeit. Um sich zu finden, wie sie sagte. Mit ihrem Freund, dem dünnen, ungelenken Typ. Sie sitzen sich am Küchentisch gegenüber: zwei übernächtigte Menschen, von denen der eine nicht verstehen kann, warum der andere so niedergeschlagen ist. »Und wenn es genau das Richtige für sie ist?«, gibt Matthias zu bedenken.

»Was soll daran das Richtige sein? Das ist der Spleen der mitteleuropäischen Wohlstandskinderchen.«

»Aber sie *ist* doch ein Wohlstandskind. Was soll sie dagegen machen?«

»Sie soll arbeiten gehen. Was Nützliches tun.«

»Vielleicht arbeitet sie ... in Asien.«

»Sie hat's nicht nötig zu arbeiten. Sie bekommt genug Geld von ihrem Vater.«

Da ist er wieder, der alles beherrschende Ex-Mann. Was soll er da noch argumentieren? »Pech gehabt«, sagt er mit der boshaftesten Ironie, zu der er in der Lage ist, und schlürft seinen Kaffee lauter als nötig. »Dann macht sie eben einfach Ferien. Was für ein Unglück.«

»Was für ein Unglück«, wiederholt Clara nachdenklich. Dann sagt sie im Ton einer frisch gewonnenen Erkenntnis: »Natürlich, du bist froh, dass sie weg ist. Ist ja klar. Sie war ein Fremdkörper in deinem Herrschaftsbereich. Und ich?«

Er fragt sich, ob sie erwarte, dass er sie nun ebenfalls als Fremdkörper klassifiziere. »Für mich«, fährt sie fort, »war es ein Neubeginn. Zwei Mal haben wir uns getroffen, letzte Woche. Haben begonnen, uns auf eine neue Weise auszutauschen. Ohne streiten zu wollen. Wie erwachsene Menschen ... Kein Wort von Asien. Im Gegenteil: Ich dachte, sie will hier in Berlin was machen, was Nützliches ... Und nun?«

Sie nimmt seine Hand, zieht sie ein Stück zu sich herüber. »Bitte erschrick nicht«, sagt sie, »aber ich könnte mir vorstellen ... als Maklerin zu arbeiten. Deine Assistentin, später selbständig, mit dir zusammen. An deiner Seite …«

Wie denn, selbständig oder an meiner Seite? Die Frage liegt ihm auf der Zunge, doch er will sich gar nicht auf das Thema einlassen. Weißt du was, könnte er freudig ausrufen, ich habe heute Geburtstag, und wir Trottel sitzen hier anstatt zusammen ins Bett zu gehen … Auch das sagt er nicht. Er schaut auf seine Armbanduhr. »Mein Gott, es ist schon wieder soweit.« Es ist klar, dass er den nächsten Termin meint.

Der letzte Kunde des Tages ist vor zwei Monaten fünfzig geworden; an diesem Geburtstag hat er beschlossen, eine Wohnung in Berlin zu erwerben. Nicht irgendwo in der Stadt, sondern hier, im Nordwesten Ostberlins, wo der Grenzabschnitt war, an dem er bei Wind und Wetter patrouillierte. Idiotischerweise hatte er sich für drei Jahre Grenzdienst verpflichtet, um aus seinem Thüringer Nest nach Berlin zu kommen, wie ihm vom Wehrkreiskommando zugesichert worden war. Der Mann redet, als müsse er sich bis zum Lebensende immer wieder aufs Neue für eine Jugendsünde rechtfertigen und als wäre der Kauf einer Wohnung seine spezielle Art von Buße. So sehr sich Matthias freut, nach all den Jahren endlich einem ehemaligen Grenzer als Kunden zu begegnen, so wenig leuchtet ihm die Logik seines Handelns ein. Mit fachkundigem Blick geht der Mann durch die renovierte Wohnung in der Aalesunder Straße – Vorderhaus, zweite Etage, drei Zimmer – und berichtet von seiner über zehnjährigen Arbeit als Bauingenieur in Afrika; viel Einsamkeit, viel Frustration, doch das Gute ist: Ohne das Geld, das er in dieser Zeit verdient hat, könnte er sich eine Dreizimmerwohnung in Prenzlauer Berg nicht leisten.

Matthias überlegt, von seinem Spiel mit den Grenzern zu erzählen, doch er hat den Verdacht, dass der Mann seinerseits ein Spiel mit ihm treibt. Er beginnt, ihn nach Einzelheiten zu fragen, nach Dingen, die nur jemand wissen kann, der wirklich hier gedient hat. Jede Frage beantwortet der Thüringer präzise und da, wo es sich anbietet, ausführlicher als nötig. Vermutlich würde er auch ein stundenlanges Verhör über sich ergehen lassen, als unumgänglichen Teil der Buße. »Wissen Sie«, sagt Matthias, als ihm keine Frage mehr einfällt, »ich habe heute Geburtstag. Es ist mein fünfzigster, und ich wünsche mir von Ihnen, dass Sie diese Wohnung kaufen.«

Der ehemalige Grenzsoldat ist kein bisschen irritiert. »Den Wunsch erfülle ich Ihnen«, sagt er und reicht Matthias die Hand, um ihm zu gratulieren.

Danach gehen sie noch ein Stück: von der Aalesunder in die Ibsen und von dort an der Brache entlang in die Stavanger hinein. Mit der Kastanienblüte strömt Frühlingswärme durch die Straßen, und Matthias erzählt, dass nachts auf der Brache manchmal eine Nachtigall singt, die noch jenseits der Bornholmer zu hören ist.

Die Wochen vergehen, und der Frühling erweist sich wieder einmal als die kaufstärkste Zeit. In diesem Jahr wollen besonders wohlhabende Russen unbedingt eine Wohnung in Berlin haben. Im Skandinavischen Viertel haben sie wenig Glück, denn Matthias hat es zum Prinzip gemacht – er nennt es sein Maklerherrschaftsprinzip –, keine Wohnung an einen dieser Russen zu verkaufen; etwaige Strohmänner will er nach Möglichkeit durchschauen und rigoros abblitzen lassen. Nicht viel besser stehen bei ihm Kunden da, die keine Wohnungssuchenden, sondern Jäger und Sammler sind. Ein ehemaliger Bankdirektor aus Düsseldorf erklärt ihm, dass er jedes Frühjahr, wenn nach dem Winter das Leben wieder beginnt, auf Immobilienjagd gehe, jedes Mal in einer anderen Region, diesmal sei Berlin dran, Prenzlauer Berg. Matthias entgegnet, die Jagd eines alten Mannes und ausgerechnet im Frühjahr bedeute gewiss nichts anderes, als den Tod vergessen zu wollen. Er kann nicht sagen, ob der entsetzte, zumindest erboste Blick des ehemaligen Bankdirektors ihm Recht gibt oder einfach nur eine Reaktion auf seine Impertinenz ist. Der Mann trifft sich jedenfalls nicht mehr mit ihm.

Eines Vormittags bekommt er einen Anruf von Clara. Mitten in einem zermürbenden Gespräch mit drei Witwen aus Osnabrück, die eine WG gründen wollen und sich gegenseitig darin überbieten, den Kaufpreis einer Drei-Zimmer-Erdgeschosswohnung drücken zu wollen. »Erinnerst du dich an die Wohnung«, fragt Clara, »in der meine Tochter gelebt hat?« Eine rhetorische Frage, bevor sie die Katze aus dem Sack lässt: »Gestern ist die Tochter der aktuellen Geliebten meines Ex-Mannes dort eingezogen.«

»Das kann doch nicht wahr sein«, ruft er aus und verlässt den Raum, um nicht den Blicken der Witwen ausgesetzt zu sein.

»Es *ist* wahr. Und ich hab's nie vor dir verheimlicht: Er ist eine Krake, er umfängt mich, mehr und mehr.« Sie weiß nicht, ob sie heulen oder doch endlich mal lachen soll, wie sie sagt, denn das sei noch nicht alles: Er selbst habe sich eine Dachgeschosswohnung gekauft, hundertfünfzig Quadratmeter, auf der Schönhauser, direkt neben dem Arcaden Center. Er habe in Zukunft nämlich häufiger in Berlin zu tun, wie er ihr in einer Mail schrieb, und da wolle er nicht im Hotel übernachten oder unnötig oft hin und her pendeln. Er habe übrigens auch Wohnungen in Köln, München, Hamburg und Stuttgart.

Matthias überlegt, ob er fragen soll, was der Ex-Mann in Berlin zu tun habe. Es kommt ihm vor, als würde er damit schlafende Hunde wecken. Aber das ist natürlich Unsinn: Die Hunde sind längst wach, ob er will oder nicht.

»Was hat er denn zu tun … hier in Berlin?«

»Du kennst die Brache auf der anderen Seite der Bornholmer, an dieser Ecke, Stavanger, Ibsen …«

»Ich weiß«, unterbricht sie Matthias. »Es gibt hier nur noch eine Brache. Das Grundstück galt bisher als zu teuer …«

»Für ihn ist nichts zu teuer«, unterbricht ihn Clara. »Genauer gesagt: Für das Konsortium, in dem er Gesellschafter ist.«

Er erinnert sich genau seiner Worte: Wenn er kommt, ist es ein Kampf David gegen Goliath. Gut, dann soll er kommen. Was für eine Vermessenheit: Im Zustand sexueller Erregung hat er sich eingebildet, David gegen Goliath sein zu können. »Warum will dein Ex-Gatte von all den Brachen in Berlin diese eine, die letzte im Skandinavischen Viertel? Hast du ihm etwa davon erzählt?«

»Was bildest du dir ein, mir so einen blödsinnigen Vorwurf zu machen?«, brüllt sie ihn an und bricht das Gespräch ab.

Matthias ruft nicht zurück. Er beendet das Treffen mit den Witwen und ruft in der Tschechischen Botschaft an. Das Grundstück sei, wie ihm ein Mitarbeiter ohne Umschweife erklärt, vor ein paar Tagen verkauft worden. Für eine Summe, über die Stillschweigen vereinbart worden sei. Baubeginn im Herbst.

Mitte Juni stülpt sich von einem Tag zum andern, mit einem Temperatursprung von über zehn Grad, der Sommer über den Frühling. Am dritten Tag dieser Hitze gönnt sich Matthias den Luxus, mit dem Taxi zum Wandlitzsee zu fahren. Für die Rückfahrt am frühen Abend ruft er erneut ein Taxi. Als es von der Schönhauser in die Paul-Robeson einbiegt und am Arnimplatz entlangfährt, sieht er dort auf einer Bank den Vater sitzen. Obwohl er bestimmt hundert Meter entfernt ist, sieht er, wie der alte Mann unbeweglich und mit kerzengeradem Oberkörper nur in Badehose und einer bis zum Hals zugeknöpften Strickjacke dasitzt.

Matthias lässt sich in die Malmöer fahren, doch von dort geht er zurück zum Arnimplatz, versteckt sich auf dem Spielplatz hinterm Klettergerüst und beobachtet den Vater: Mit weit geöffneten Augen sitzt er da, steif vor Angst und Verwirrtheit. Das einzige, was sich an ihm bewegt, sind seine nackten Füße, die er aneinanderreibt, als müsse er ein Jucken bekämpfen. Nach dem Tod von Oma Lisbeth ist der Vater nie mehr im Skandinavischen Viertel gewesen, und er hat nicht vorgehabt, daran jemals etwas zu ändern, wie er Matthias einmal versichert hat. Er wünsche sich eine Frau, sagte der Alte an seinem achtzigsten Geburtstag; hat er sich jetzt auf die Suche begeben?

Matthias schleicht sich vom Klettergerüst fort, achtet darauf, durch Büsche und Bäume verdeckt zu bleiben. Er läuft die Paul-Robeson in Richtung Malmöer, in die er links einbiegt, um erneut innezuhalten. Er kann den Vater nicht auf dieser Bank sitzen lassen, bis er wie ein Obdachloser einschläft oder weiter umherirrt oder irgendwelche Leute die Polizei rufen. Er kann sich aber auch nicht dazu durchringen, ihn anzusprechen und nach Hause zu führen. Wieder geht er zum Arnimplatz; wenn er noch dort ist, wird er sich entscheiden. Nein, er wird definitiv zum Vater gehen und ihm helfen. Was aber, wenn er unwirsch oder sogar aggressiv reagiert? Warum fragt er sich das? Hat er Angst vorm eigenen Vater?

Er sieht ihn nicht, nicht auf der Bank, nirgendwo. Er schleicht auf dem Platz umher, kommt sich vor wie ein Krieger, der vom Feind nicht gesehen werden darf, und schämt sich dafür. Er geht durch die Straßen. Nichts vom Vater. Er ist froh, dass er nicht auf ihn trifft. Dass ihm womöglich eine Peinlichkeit erspart bleibt. So ist es, und dafür fühlt er sich mies.

Zwei Stunden später, zu Hause, ruft er ihn an. Der Vater geht nicht ans Telefon. Einen Anrufbeantworter hat er nicht. Zwei weitere Stunden später geht er die Mühlenstraße hinauf, unter den Fenstern des Vaters entlang. Die Fenster sind erleuchtet. Er redet sich ein, der Vater ist da. Die Scham bleibt.

Jahre ist es her, dass er das letzte Mal von Onkel Winfried geträumt hat. Oder er hat auch danach noch von ihm geträumt und im Schlaf nur wieder alles vergessen. Der Traum, wenige Nächte nachdem er den Vater gesehen hat, beginnt beklemmend: Matthias geht in einer Straße hin und her, ohne zu wissen, wie er aus ihr herausfindet. Von Grenze und Grenzposten keine Spur; trotzdem kein Entkommen. Es muss an ihm liegen, aber was genau an ihm liegt und wie das mit der Situation zusammenhängt, das weiß er nicht. Er ist sieben, acht Jahre alt, vielleicht noch jünger. Auf einmal ist ein Polizist da, ein junger Mann, nicht älter als fünfundzwanzig. Die Gegenwart des Polizisten verstärkt seine Panik, obwohl der gar nichts von ihm will, er ist einfach nur da. Auf einmal hört er den Onkel hinter sich: »Tag, Herr Polizist, das ist mein Neffe.« – »Sie sind ja betrunken«, entgegnet der Polizist. Der Onkel ist überhaupt nicht betrunken. Er schielt, wie immer, trägt drei Strickjacken übereinander, doch betrunken ist er nicht. »Ja«, sagt der Onkel. »Aber das ist trotzdem mein Neffe.« – »Dann nehmen Sie Ihren Neffen«, sagt der Polizist, »und weg mit euch.« Statt zu warten, bis die beiden fort sind, geht der Polizist. »Ich hab hier sowieso nichts verloren«, hört Matthias ihn noch sagen. Der Onkel darauf, flüsternd: »Wenn das ein richtiger Polizist gewesen wäre, hätte er mir nicht geglaubt, so besoffen wie ich bin.« – »Du bist überhaupt nicht besoffen«, erwidert Matthias. »Na, das werd' ich ja wohl besser beurteilen können«, empört sich der Onkel und ist, wie weggezaubert, plötzlich nicht mehr da.

Es ist noch Morgendämmerung, als Matthias aufwacht, schweißnass und mit schmerzenden Wangenmuskeln, weil er, wie häufiger in letzter Zeit, heftig mit den Zähnen geknirscht haben muss. Er denkt an den Polizisten, den er vor einer Woche in der Finnländischen Straße Ecke Malmöer zu einer Passantin sagen hörte: »Was denken Sie, was für einen langen Fahrweg ich täglich hab. Ich wohn nämlich in Marzahn. Da sind die Mieten halb so hoch, wenn nicht noch weniger. Mir geht das hier alles am Arsch vorbei. Von mir aus kann hier passieren, was will.«

Matthias fragt sich, warum er vom Onkel geträumt hat und nicht vom Vater, der noch lebt und seine Hilfe bräuchte. Er sollte sich bemühen, ihn in einer Pflegeeinrichtung unterzukriegen, in der es ihm gut geht. Den Umständen entsprechend gut, wie man so sagt. Er denkt an die Psychologin, die in Brandenburg an der Havel gearbeitet und nach dem Ende der DDR ihre Anstellung verloren hat; diese schöne alte Frau, deren Alter er nicht genauer schätzen konnte, weil sie, großgewachsen und langgliedrig, einer Giacometti-Figur glich und immer jünger wirkte, je länger er sie betrachtete. Unglaublich, zu welchen Konditionen sie ihm ihre Wohnung verkauft hat. Als wäre er ein enger, vertrauter Freund … Nachdem er erfahren hatte, dass sie gestorben war, kam sie ihm im Rückblick noch schöner und jünger vor, wie Anfang fünfzig oder Ende vierzig sogar, mit ihren silbern glänzenden wallenden Haaren. Und der Gedanke kommt auf, dass sie gar nicht tot ist und der Vater in der Pflegeeinrichtung auf sie träfe, sich in sie verliebte und sie sich um ihn kümmern würde. Er stellt sich vor, wie die beiden beim Tanztee Walzer miteinander tanzen. Sie ist diejenige, die führt, und trotzdem – oder gerade deshalb, wer kann das schon sagen – ist der Vater von einer Bewegungsfreudigkeit, ja Geschmeidigkeit, die er bei ihm nicht im Entferntesten jemals wahrgenommen hat. Der Vater will gar nicht aufhören zu tanzen. Der Vater tanzt dem Tod von der Schippe.

Die Brache wird eingezäunt; Büsche und Bäume werden entfernt; ein riesiges Transparent wird aufgestellt: Wohn- und Geschäftshäuser mit Tiefgaragen, hochwertige Ausstattung, zum Kauf oder zur Miete. Das Konsortium trägt den Namen: A & B IMMO. Er telefoniert mit Vertretern des Bauaufsichtsamtes, mit Politikern der Oppositionsparteien im Bezirk und sogar mit dem Bürgermeister von Pankow: Mit der A & B IMMO und dem ganzen Bauvorhaben ist alles in bester Ordnung.

Schließlich ruft er den für Stadtplanung und Finanzen zuständigen Redakteur der »Berliner Zeitung« an. Vor knapp zwei Jahren hat er ihm ein Interview gegeben. Sie waren auf einer Wellenlänge, als Matthias forderte, dass der Staat nicht nur die Grunderwerbssteuer senken, sondern überhaupt Wohneigentum für Normalverdiener stärker fördern solle. Der Redakteur kann nicht schon wieder ein Interview mit ihm machen, aber er springt auf das Thema an, und Stunden später ruft er zurück: A & B IMMO ist eine riesige Krake, mit Sitz in Hamburg, Bremen und Luxemburg. Sehr ungewöhnlich, dass sie sich mit so einem kleinen Fisch wie dieser letzten Ecke im Skandinavischen Viertel abgeben.

»Was heißt Krake?«, fragt Matthias.

»Soll ich sagen: Global Player oder Finanzimperialist?«, entgegnet der Redakteur genervt.

Nikolaus Wenger – er hat sich Fotos von ihm im Internet angesehen: Durchtrainierter Körper, volles weißes Haar, offenes, neugieriges Gesicht mit einer Spur Arroganz; ein altgewordenes Kindergesicht, das die Verblüffung, alt geworden zu sein, mit sich herumträgt. Eines Nachmittags glaubt er ihn zu sehen; doch der Mann, der in den Schönhauser Allee Arcaden an einem Obst-und-Gemüsestand ansteht, ist nicht Nikolaus Wenger. Matthias überlegt, ob er ihn angesprochen hätte. Aber worüber hätte er mit ihm reden sollen? Über Clara, die ehemalige Rebellenbraut, die er sich geangelt hat, als die Zeit der Rebellion vorbei war? Oder war es ganz anders?

Er erschrickt, als sein Handy klingelt. Frau Szumowska. Sie sagt mit fester Stimme, dass mit dem Vater Schlimmes passiert sei.

»Was?«, fragt Matthias, obwohl er es weiß. Mit dem ersten Wort von Frau Szumowska hat er es gewusst.

»Ist nicht mehr am Leben, Ihr Vater«, sagt Frau Szumowska, »schon seit früh nicht.« Und er entgegnet nur: »Danke, Frau Szumowska.«

»Warum sagen Sie danke? Sie müssen mich treffen, Herr Weber.« Sie schlägt ein Freiluftrestaurant am Humboldthain in Wedding vor.

Als sie sich dort gegenübersitzen, lässt sie mit einer Mischung aus Vorwurf und Eitelkeit keine Gelegenheit aus, ihre Bedeutung für den Vater zu betonen. Mehrmals sei er ausgebüxt, aber er habe einen Zettel mit ihrer Handynummer dabei gehabt, sodass nette, hilfsbereite Menschen sie anrufen konnten. Sie sei früh zum Saubermachen in die Wohnung gekommen. »Er lag im Bett und ist noch bisschen warm gewesen.« Es sei ihr eine Herzensangelegenheit gewesen, für den Abtransport seiner

Leiche zu sorgen. Und für die Beerdigung hatte sie schon vorgesorgt, denn sie habe ja geahnt, dass er sehr bald in die Ewigkeit zum lieben Gott gehen werde. Es reicht, habe er oft gesagt, ohne konkreten Anlass, einfach so. Es reicht, es ist genug.

Er denkt an die Mutter und zieht sich vor der gedrungenen Haushaltshilfe mit den hohen blondierten Haaren und der festen Stimme in seine Gedanken zurück. »Es ist schrecklich … Es war auch absehbar …« Das sagte die Mutter nach dem Tod des Onkels. »Es frisst sich ins Gesicht«, sagte sie später und meinte sich selbst damit. Dann jedoch nimmt Frau Szumowska seine Aufmerksamkeit wieder in Anspruch: Sie will darauf bestehen, dass der Vater nicht verbrannt wird, sondern eine Erdbestattung haben darf, wie sie es ausdrückt. »Und zwar schnell, wegen Hitze.« Außerdem möchte sie »mitgestalten die Rede vom Herrn Pfarrer«.

»Es gibt keinen Pfarrer, und eine Rede gibt es auch nicht«, weist Matthias sie zurecht. Den Entschluss, dass es keine Rede gibt, hat er eben erst gefasst. »Und natürlich wird er verbrannt, denn seine Urne kommt zu der meiner Mutter. Fehlte nur noch, Sie wollen die Leiche meines Vaters für Ihre Grabstelle in Wedding oder Polen oder sonst wo beanspruchen.«

Frau Szumowska muss sich sammeln. »Sie haben Ihren Vater verwahrlost«, sagt sie unter Tränen, aber mit unverändert fester Stimme. »Schämen Sie sich.«

»Das tue ich«, erwidert er und ist verblüfft von seiner Direktheit. »Aber das geht Sie nichts an.«

Die Beisetzung findet in glühender Mittagshitze statt. Selbst in der Kapelle sind es fast dreißig Grad. Der Redner ist der Sohn jenes Mannes, der Onkel Winfried, Opa Paul, Oma Lisbeth und wohl auch die Mutter unter die Erde gebracht hat; er trägt die gleiche Föhnfrisur wie sein Vater und gibt unverhohlen zu, froh und dankbar zu sein, dass er bei der Hitze nicht reden, sondern nur einen CD-Player einschalten muss. Der Vater mochte die Beatles, früher jedenfalls; besonders »Yellow Submarine«. Der Titel ist zu beschwingt für eine Trauerfeier, deshalb hat Matthias »While my Guitar Gently Weeps« ausgesucht.

Er sitzt in der ersten Reihe. Ebenfalls in der ersten Reihe, aber drei Meter entfernt von ihm, sitzt Frau Szumowska, die ihre Tränen unterdrückt, was ihr aber schon nach den ersten Takten des Liedes nicht mehr gelingt.

Als die Musik zu Ende ist, nimmt der Redner die Urne und verlässt die Kapelle; Matthias und Frau Szumowska folgen, sie drei Meter hinter ihm. Sie passieren das Grab von Oma Lisbeth und ihren Schwestern und gelangen in den hinteren Bereich des Friedhofs, wo sich die Urnenstelle seiner Eltern befindet. Der Redner lässt die Urne in das für sie vorgesehene Loch hinab. Matthias stellt sich vor, in dem Loch wäre bereits die Teekanne der Mutter und hätte auf die Urne gewartet. Dann denkt er an einen Spruch, den er irgendwo gehört hat: Die Frau, mit der man zur Beisetzung seines Vaters geht, ist die Frau fürs Leben.

Fast muss er laut loslachen; dann entschließt er sich, Frau Szumowska anzulächeln. Frau Szumowska ist derart überrascht, dass sie zurücklächelt. Matthias fragt sie, ob sie noch auf einen Kaffee und ein Stück Kuchen mitkommt. Sie blickt ihn misstrauisch an, und es braucht ein

Weilchen, bis sie wohl nicht mehr davon ausgeht, in eine wie auch immer geartete Falle gelockt zu werden.

Umso ausgelassener gibt sie bei Kaffee, Kuchen und Likör zum Besten, was der Vater ihr erzählt hat: Dass, als er im Gefängnis war, seine Eltern und sein Bruder Winfried auf Fragen nach ihm antworteten, er wäre als Maurer auf Montage ... Dass er sich später diese Lüge selbst zu eigen machen musste, er, der Lügen hasste ... Noch mehr als die Lüge hasste er seinen Vater, der damit prahlte, dass alle Hunde ihm zu Füßen lägen, weil Hunde spürten, wer ein guter Mensch sei und wer nicht ... Und dann erzählte er, dass er nicht zu träumen gewagt habe, mit seiner geliebten Frau Annelie ein Kind haben zu können. Die Ärzte nämlich hatten ihr versichert, dass sie keine Kinder bekommen könne. Dann aber, als er aus dem Gefängnis raus war, hat es geklappt ... Da sieht man mal, wie dumm die Ärzte sind ... Beim dritten Glas Likör beginnt Frau Szumowska wieder zu weinen, und ihre Stimme zittert, als sie sagt, dass sie stolz sei auf diesen guten Mann und, ja, dass sie ihn geliebt habe. Aber bitte, er solle sie nicht falsch verstehen. Sie sei eine einsame alte Frau, und der Vater sei ein sehr einsamer alter Mann gewesen.

Matthias ist der letzte aus seiner Familie. Merkwürdig: Es beunruhigt ihn weit weniger, als er früher befürchtet hat. Er stellt sich seine eigene Beisetzung vor. Die Mutter, der Vater, Onkel Winfried, Paul, Lisbeth, sie alle sind dabei; alle in dem Alter, in dem sie gestorben sind. Von den Frauen, mit denen er zusammen war, ist keine dabei. Der Tod ist Familiensache. Alle freuen sich, als seine Urne in der Friedhofserde verschwindet: Er ist jetzt wieder bei ihnen, für immer und ewig.

Noch einmal ist er in der Wohnung des Vaters. Er ist allein. Wenn es sich nicht um eine Täuschung handelt, spürt er die Sehnsucht, zu heulen, zu schreien, gegen die Wände zu schlagen … Er weiß, dass er diese Sehnsucht nicht ausleben kann, nicht hier und jetzt. Vielleicht nie und nirgendwo.

Er geht in sein ehemaliges Kinderzimmer und nimmt aus der Kommode gegenüber dem Fenster den über fünfzig Jahre alten Ostberliner Stadtplan, in den er einst die neuen Straßennamen eingetragen hat: Göteborger, Aarhuser, Haldenvassdraget … Er erinnert sich an den Stolz des Erfinders, den er verspürte, das Gefühl von Freiheit, von dem er meinte, es könne ihm niemand nehmen. Dann kramt er den Weltatlas heraus, dessen Skandinavien-Seite er damals mit wilden Kugelschreiberstrichen verunzierte, weil er davon ausging, nie nach Skandinavien zu kommen.

Es ist gut, dass er in der Wohnung ist, doch alles in allem ist er froh, dass Frau Szumowska darauf bestanden hat, ihre Auflösung zu erledigen. Soll sie mitnehmen, was sie will; was sie nicht will, kann auf den Sperrmüll oder in einen Altkleidercontainer. Er schaut nicht nach, ob der Vater die Kleider der Mutter bis zum Schluss aufgehoben hat; er will es nicht wissen. Frau Szumowska wird das Geld erhalten, das sie für die Auflösung der Wohnung braucht. All die Jahre, in denen er sie für ihre Haushaltsdienste bezahlt hat, hätte er nicht für möglich gehalten, dass ihr Verhältnis zum Vater über diese Dienste hinausging. Vielleicht wird er sich nach einer gewissen Zeit wieder mit Frau Szumowska treffen und sich berichten lassen, was der Vater noch alles erzählt hat. Ich werde!, sagt er sich, um nicht mehr der Vielleicht-Mensch zu sein.

Eine Woche später, an einem regnerischen Morgen, ruft Clara noch einmal an. Sie sagt, dass sie ihre beiden Koffer bereits gepackt habe; bezeichnenderweise habe sie die nie richtig ausgepackt, und jetzt ziehe sie weg. Es gehe nicht anders, betont sie, etwas zu dramatisch, wie Matthias findet. Ihr neues Leben hier, sofern man es überhaupt neu nennen könne, sei schon schiefgelaufen, bevor es richtig angefangen habe.

Auf ihren Wunsch treffen sie sich in der Kopenhagener, Höhe Rhinower. Er hat sie nicht mehr gesehen, seitdem er weiß, dass die Brache verkauft wurde. Ihr Gesicht ist schmaler geworden; die Stoppelhaarfrisur, die sie trägt, lässt sie jünger aussehen, aber auch elender.

»Bist du überrascht, dass ich wegziehe?«

»Nein«, sagt er.

»Bist du froh darüber?«

»Nein.« Er müsste viel genauer antworten, aber dazu ist er nicht in der Lage.

»Bist du traurig?«

Er ist traurig darüber, dass auch ihrer beider Geschichte mit einer Niederlage geendet ist. Doch das sagt er nicht. Er lässt die Frage unbeantwortet.

Sie gehen in die Ystader und die Korsörer, von dort in die Schwedter, hinauf bis zur Behmstraßenbrücke, von der aus man einen weiten Blick in alle Himmelsrichtungen hat. Erst einmal, sagt sie, werde sie sich in den erstbesten ICE setzen und ein paar Wochen dort bleiben, wo der Zug sie hinfährt. Hauptsache niemand weiß, wo sie ist. Vielleicht hofft sie, dass Matthias fragt, ob er es erfahren darf, sobald sie es weiß, aber er fragt nichts. Ohne zu reden, stehen sie noch eine Weile auf der Brücke, ehe Clara einem Taxi winkt.

Bei der Umarmung gibt er der Versuchung nach und küsst noch einmal ihren Nacken. Dann geht er von der Behmstraßenbrücke zurück in die Schwedter und denkt an den nächsten Kundentermin.

Am frühen Abend geht er die Ibsen entlang bis zur Stavanger. Auf der Brache ist hinter einem hohen Metallzaun mit den Tiefbauarbeiten begonnen worden. Als Kind hat er sich vor den Granatsplittern gefürchtet und vor der Munition, von der es hieß, sie sei leicht entzündbar. Später, als er schon vorhatte, weit wegzuziehen, erfuhr er, dass Splitter und Munition bald nach dem Krieg aufgespürt und vernichtet worden waren.

Er geht von der Stavanger in die Bornholmer, von dort in die Schönhauser, die Schönhauser hinunter. Die Dachgeschosswohnung, die Nikolaus Wenger gekauft hat, ist nicht bewohnt, wie er von Mietern aus dem Haus weiß. Nicht einmal sein Name ist am Klingelbrett. Aber warum sollte er auch hier sein? Das Konsortium arbeitet, ganz gleich, wo seine Gesellschafter sich aufhalten.

Mit seinem riesigen Kapital könnte das Konsortium ganze Straßenzüge im Skandinavischen Viertel kaufen, sodass die letzte Brache der Anfang eines Feldzuges wäre. Eines Feldzuges, in dem Matthias der sichere Verlierer wäre und deshalb gleich die Waffen strecken könnte. Aber das wäre Verrat am Viertel. Ist Weitermachen, egal unter welchen Bedingungen, seine gewissermaßen in

Stein gefasste Aufgabe? Er geht die Schönhauser weiter, in die Schivelbeiner hinein. Sein Handy klingelt. Der Kunde, mit dem er verabredet ist, wartet bereits in der Schönfließer. Der Mann ist Erbe einer Discounterkette und auf der Suche nach einer Dachgeschosswohnung für seinen Sohn. Matthias hat sich schon zwei Mal mit ihm getroffen; jetzt, beim dritten Mal, wird er ihn abblitzen lassen. Es ist sein Spiel. Es hört nicht auf.

Als er jedoch dem beleibten Mittfünfziger vorm Hauseingang gegenübersteht, hat er keine Lust mehr zu spielen. Es irritiert ihn zunächst, aber dann ist es, als würde eine Last von ihm abfallen. Sie gehen die Treppen zum Dachgeschoss hoch, der Mann lockert seine Krawatte wie unter Hitzewallungen und beschwert sich, dass er nun schon zum dritten Mal hier hochkraxeln müsse.

»Am besten, Sie suchen sich eine Wohnung mit Fahrstuhl«, entgegnet Matthias. »Oder im Erdgeschoss.«

Der Mann stutzt, kann diese Bemerkung nicht einordnen. »Die Wohnung ist für meinen Sohn, falls Sie das vergessen haben. Und der ist gottseidank halb so alt wie ich.«

»Ja, der ist halb so alt«, sagt Matthias, und der Übermut geht endgültig mit ihm durch, »aber sicher ist er genauso eine Mimose wie Sie.«

Der Mann bleibt auf dem Treppenabsatz stehen. »Sagen Sie mal, sind Sie nicht mehr ganz nüchtern, oder haben Sie heute die falschen Tabletten genommen?«

»So viele Tabletten könnte ich gar nicht nehmen«, erwidert Matthias, »um es mit Leuten wie Ihnen auch nur halbwegs aushalten zu können.«

Der Mann blickt sich um, als hielte er Ausschau nach einer versteckten Kamera, die das Ungeheuerliche dokumentiert. Dann geht er die Treppe hinunter und wird ordinär: »Pass auf, du kleines Arschloch, dich mach ich fertig, du Wichser.«

»Wie denn?«, fragt Matthias und grinst. Da der Mann keine Idee hat, gibt er ihm die Visitenkarte des Eigentümers. »Bitte schön, heul dich bei dem aus.«

Keine halbe Stunde später, als er sich in seiner Küche den zweiten doppelten Wodka eingießt, ruft ihn der Eigentümer der Dachgeschosswohnung an. »Sagen Sie mal, spinnen Sie? Oder hat der Typ, dem Sie meine Wohnung verkaufen wollten, nicht mehr alle beisammen?«

Matthias steckt die Verblüffung über sich selbst immer noch in den Knochen; trotzdem oder gerade deshalb will er die Sache jetzt einfach auf den Punkt bringen. »Wissen Sie was: Ich hatte einfach keine Lust mehr, Ihre Wohnung zu verkaufen.«

Der Eigentümer hat diverse Dachgeschosswohnungen, die er vermietet – vornehmlich in Prenzlauer Berg –, und wenn eine frei wird, verkauft er sie, um das Geld zu reinvestieren. Ein Spekulant, ein Hasardeur, den Matthias noch nie gesehen hat, sondern nur vom Telefonieren kennt. Vielleicht ist er eine virtuelle Erscheinung, mit Stimme und Sprachprogramm. »Die Lust müssen Sie auch nicht mehr haben«, sagt die Stimme. »Sie sind die längste Zeit mein Makler gewesen. Und was Sie sich da geleistet haben, werde ich, wo es nur geht, publik machen.«

Matthias sagt kein Wort, trinkt den Wodka und spült mit Bier nach. Wo es nur geht publik machen – das könnte längerfristig seinen beruflichen Ruin bedeuten. Oder es ist nur so dahingesagt und heißt nicht mehr, als dass er einen Auftraggeber verliert. Er registriert, dass ihn die Frage weit weniger bekümmert, als es das vor Tagen, ja Stunden noch getan hätte. Er schaltet das Handy aus, gießt sich den dritten Wodka ein und stellt sich vor, er hätte einen Sohn, elf oder zwölf Jahre alt, dem er den Stadtplan und den Weltatlas zeigt. Keine Frage des Jungen würde er unbeantwortet lassen; alles, was zu erklären ist, würde er erklären. Den Stadtplan und den Atlas hat er in einen Pappkarton in Winfrieds Kemenate gelegt. Beides jedoch, das wird ihm klar, gehört nicht in die Versenkung des Onkel-Zimmers. Und auf einmal scheint ihm nichts naheliegender, als die Rumpelkammer endlich auszuräumen.

Ehe er es sich wieder anders überlegt, geht er mit Wodkaflasche und Werkzeugkasten in Winfrieds Zimmer, nimmt die dicken dunkelblauen Fenstervorhänge ab, räumt Tisch und Holzstühle vor die Wohnungstür, baut das Bettgestell auseinander, und da wo Schrauben eingerostet sind und sich nicht mehr lösen lassen, schlägt er die Bretter mit dem Hammer auseinander. Bleiben die Metallkisten und Pappkartons; Matthias schüttet sie aus: Strickjacken des Onkels, von Motten zerfressen; ebenso Strümpfe, Unterwäsche, Hosen, Hemden … Ein paar Schnapsgläser, Flaschenetiketten, Bierdeckel … Würfelzucker, Kaffeebohnen. Einzelne filterlose Zigaretten: Salem rot, Karo … Die Stanniolpapierbilder von Opa Paul: hellblaues Meer mit weißen Eisbergen; rotes Haus mit silbernem Schornstein, aus dem schwarzer Rauch in Kringeln aufsteigt, zu einem blauen Mond hinauf; tiefgrüne Wiese, auf der drei gelbe Schäfchen grasen. Die Mon-Chéri-Schachtel ist voll mit bunten Bildchen, und Matthias fragt sich, wie es wäre, wenn er unter ihnen düstere Konzentrationslager-Motive entdecken würde:

Baracken, Schornsteine, Stacheldraht … Wer weiß, ob die Welt jemals solche Stanniolpapierbilder gesehen hat. Er stellt sich vor, wie er sie verkaufen würde. Kunst aus dem KZ. Er müsste nicht mal lügen; er müsste nur verschweigen, wann der Großvater im Lager war. Oder nicht einmal das. Oder gerade das nicht. Der Großvater, denunziert und von den Russen zu Unrecht ins KZ gesteckt. Ein Held, der nur durch die Kraft überlebte, die seine Kunst ihm gab.

In einer der Metallkisten ist eine Zellophantüte, prall gefüllt mit Wollsäckchen; jedes in einer anderen Farbe, wie die Strickjacken des Onkels. Matthias kennt die Säckchen, doch er hat noch nie in eines hineingeschaut; als wären sie die Büchse der Pandora, die nur Unheil bringt. Nun öffnet er sie und entdeckt allerlei Sammlergut: Konfetti aus hauchdünnen weißblauen Aluminiumherzen, Perlmuttknöpfe, Bernsteine, drei Zentimeter hohe Elche aus Gummi, eine winzige Flasche Sanddornsaft … Schließlich und zuletzt eine Handvoll zusammengefalteter Zettel, jeder Zettel nicht größer als eine Zigarettenschachtel. Matthias faltet sie auseinander, legt sie auf den Linoleumfußboden. Helsinki steht auf jedem Zettel, oben links, außerdem Datum und Tageszeit. Matthias ordnet sie, liest:

Helsinki, 7.2.1966, drei Uhr nachmittags
Liebe Annelie, am Meer ist es hier so bitterkalt, dass der Schnaps gefriert, wenn man ihn nicht schnell trinkt. Ich denke an Dich, bevor ich trinke, während ich trinke, nachdem ich getrunken hab.

Helsinki, 7.2.1966, fünf Uhr dreißig nachmittags
Auch im Zirkus denk ich an Dich. Wenn ich aufbaue. Wenn ich abbaue. Du sollst ja nicht denken, dass ich nur trinke und nicht arbeite.

Helsinki, 7.2.1966, sieben Uhr abends
Liebe Annelie, Du trägst die Frucht meines Bruders in Dir. Sie soll Dir Glück bringen. Ich denke ständig an Dich. (Heute Abend zirkusfrei. Besser ich arbeite und versuche mich abzulenken. Ist aber heute nicht möglich.) Auf der Pitkäsilta, der berühmten Brücke zwischen Kallio und Kruununhaka, ruf ich Deinen Namen: Annälii. Hört sich Finnisch an.

Helsinki, 8.2.1966, neun Uhr früh
Liebe Annelie, wenn ich durch die Straßen geh, eilig, immer schneller, und die Seitenstiche immer stärker werden vom Laufen, bin ich von meiner Sehnsucht nach Dir ein bisschen abgelenkt. Also lauf ich und lauf ich und lauf ich.

Helsinki, 8.2.1966, zwei Uhr nachmittags
Annelie, wie ein letzter Hafen: die Kneipe Viides linja Ecke Porthaninkatu. Durchgeschwitzt in der Affenkälte, todmüde, werde nur Bier trinken, keinen Schnaps mehr.

Helsinki, 8.2.1966, halb fünf Uhr nachmittags
Die Schnäpse haben mich wieder so sehnsüchtig angeguckt, da konnt ich nicht anders. Jetzt häng ich an der Ecke zu einer düsteren Straße, die heißt Aadolfinkatu. Das Doppel-A natürlich als Tarnung. Stell Dir das mal vor! Adolfstraße, oder sagen wir doch gleich: Straße des

Führers. Die Finnen, ich denke, die haben einen seltsamen Humor. Wenn Du mich lieben würdest, würde ich keinen Tropfen mehr trinken. Grüß meinen Bruder und das Leben, das Du in Deinem Bauch trägst.

Matthias starrt auf die Zettel vor sich, trinkt einen kräftigen Schluck aus der Flasche und ist stocknüchtern. Er faltet die Zettel wieder zusammen, legt sie zurück in das dunkelrote Wollsäckchen und verlässt das Zimmer. Er fühlt sich wie ein Eindringling, doch wie einer, der längst hätte eindringen sollen. Niemanden kann er fragen. Alles, was er auf den kleinen Zetteln gelesen hat, muss er sich allein weiter zusammenreimen.

In Berlin hält der Herbst Einzug mit Sturm und Regen. In Helsinki hingegen scheint seit Tagen bei über zwanzig Grad die Sonne, von früh bis abends. Als sei ausgerechnet Helsinki auserkoren worden, Werbung für den Klimawandel zu machen.

Vom Hotel an der Kallion Kirkko aus geht Matthias alle Wege zu Fuß. Am ersten Tag gleich in die Viides linja. Die Kneipe Ecke Porthaninkatu, von der Onkel Winfried schrieb, muss das »Las Vegas« sein, obwohl es sich nicht direkt an der Ecke befindet. Am Nachmittag sitzt dort eine Reihe von Säufern; die großporige Haut der Männer, die schiefen Zähne, das alkoholselige Grinsen, das von fröhlichem Übermut schnell in Verzweiflung oder Aggressivität umschlagen kann –, all das kennt Matthias aus seiner Kindheit. Zum Abend hin wechselt das Publikum: Die globale Jugend zwischen zwanzig und dreißig trinkt, redet, hört Musik. Matthias würde es nicht wundern, wenn sie ein halbes Jahr später in einer der letzten Kneipen des Skandinavischen Viertels sitzen würden.

Zur Aadolfinkatu ist es von hier aus nur ein Katzensprung. Auch wenn der Name nichts mit Adolf Hitler zu tun hat – gegen eine Umbenennung wäre trotzdem nichts einzuwenden. Hitler war im ersten Weltkrieg Gefreiter; wie wäre es deshalb mit dem Volkspolizisten Helmut Just, der zum Zeitpunkt seiner Ermordung Unterwachtmeister war? Und wenn schon ein Personenname, warum dann nicht gleich weitere: Die Torkkelinkatu, in der sich ein Gymnasium befindet, könnte Willi-Bredel heißen. Doch was hätte das mit dem Onkel zu tun? Nichts.

Einmal, erinnert sich Matthias, hat Onkel Winfried von Oleg Popow gesprochen. »Oleg Popow«, hat er gesagt, »ist der größte Clown der Welt. Der kann eigentlich alles. Nur eins, das kann er nicht: So stark schielen, dass die Pupillen verschwinden und nur noch das Weiße zu sehen ist. Und weißt du, wer das kann?« Es war klar, dass er sich selbst meinte, und Matthias sagte: »Na los, mach mal.« Und der Onkel schielte so sehr, dass seine Pupillen verschwanden. »Das ist das absolute Weiß«, sagte er. »Das hab nur ich.«

Matthias benennt die Torkkelinkatu in Oleg-Popow-Straße um und den angrenzenden Platz, den Torkkelinpuistikko, logischerweise in Oleg-Popow-Platz. Die quer abzweigende Pengerkatu erhält den Namen Grock-Straße, denn auch dieser Grock war ein großer Clown, der, wie Winfried ein andermal meinte, die kleinsten Musikinstrumente der Welt spielen konnte. Die längste Straße in Kallio, dem einstigen Arbeiterbezirk, ist die

Hämeentie, und die soll dem Onkel vorbehalten sein und Winfried-Weber-Straße heißen. Das hört sich komisch an; dabei ist es nur gewöhnungsbedürftig. Allein mit seiner Definition des Clowns, sagt sich Matthias, hat der Onkel diese Straße verdient. »Der Clown«, sagte er, »muss etwas können, aber dabei so tun, als könne er es nicht. Das heißt, um etwas *nicht* zu können, musst du es umso besser können. Am besten, du kannst es perfekt.«

Richtung Süden führt die Hämeentie bis auf dreihundert Meter an die Pitkäsilta heran, die berühmte Brücke, auf der Winfried den Namen der Mutter gerufen hat. Und Richtung Norden bis nach Arabianranta, auf Deutsch: Arabischer Strand. Eine gute halbe Stunde zu Fuß, und Matthias ist in einem Neubaubezirk mit Arabischem Weg, Arabischer Piazza und einem Kaufhaus namens Arabia, das sich von anderen modernen Kaufhäusern in Helsinki nicht unterscheidet. Ansonsten tragen die Straßen in Arabianranta die Namen Brüssel, London, Rom, Paris und Berlin: Berliininkatu. Das europäische Viertel in Arabien ... Vor einigen Monaten erst sind die Neubauten fertiggestellt worden. Vorher war hier Brachland; auf dem könnten das Zirkuszelt und die Wohnwagen gestanden haben, und von hier aus ist der Onkel nach Kallio losgezogen, um sich mit Bier und finnischen Schnäpsen zu besaufen.

Von der Berliininkatu führt ein Stück Wiese zu einem Ausläufer des finnischen Meerbusens; überhaupt ist man in Helsinki immer mehr oder weniger nah am Meer. Und immer umgeben von Felsgestein; die ganze Stadt ist auf Felsen erbaut. Da Kallio Felsen heißt, könnte Helsinki einfach nur Kallio heißen. Oder Felsenstadt, Kallio Kaupunki.

So oft und lang Matthias durch die Stadt wandert, sein Elan, die Straßen umzubenennen und zu systematisieren, wächst und wächst: Aus Kruununhaka wird das Brandenburger Viertel mit Rhinower, Schönfließer und Seelower Straße, aber auch Wirt-Arnim-Platz. Aus Katajanokka, der Insel, von der die Fähren in Richtung Süden und Osten abfahren, wird das Berliner Viertel mit Weißenseer Weg, Pankower Straße und Prenzlauer-Berg-Allee. Je länger Matthias läuft, desto mehr beobachtet er sich dabei, wie er nach Männern Ausschau hält, die dem Onkel ähneln. Die Männer sind Anfang vierzig; so alt wie Winfried war, als er starb. Er sieht niemanden, der schielt oder verfaulte Zähne hat. Aber zwei andere Merkmale des Onkels sieht er, und sogar häufiger: Die kleinen Pupillen, die immer einen gewissen Schalk signalisierten, und die roten Äderchen im Gesicht. Er folgt den Männern, als würde er sie unauffällig bespitzeln müssen. Bis sie in eine Straßenbahn einsteigen oder in einem Hauseingang verschwinden. Es kommt ihm schon beängstigend vor, doch er spürt keine Erschöpfung, keine Müdigkeit. Er fühlt sich, als wäre er in einer Sisyphos-Geschichte ganz neuer Art, von einem riesigen Felsen getragen, leicht und unbefangen wie noch nie.

Er storniert seinen Rückflug und verlängert das Hotelzimmer. Wozu hat er in seinen Maklerjahren mehr Geld verdient, als er gebraucht hat, wenn nicht, um es jetzt auszugeben? Er beginnt auf die Frauen zu achten, die sich in Begleitung der Männer befinden, die dem Onkel ähneln. Es sind keine Schönheiten, doch sie sind es, die ihm Lust bereiten. Sobald er eine von ihnen ohne Begleitung wiedersieht, wird er sie ansprechen.

Gelegentlich klingelt sein Handy, und ein Kunde will

mit ihm sprechen. Jedes Mal sagt er, dass er auf einer Reise sei. Und wenn der Kunde fragt, wie lange noch, antwortet er, dass er das nicht wisse. Und das ist nicht mal eine Lüge.

Dank an meine Eltern und Verwandten, die toten wie die lebenden.

An Jan Strümpel, Angelika Klüssendorf, Natalie Buchholz, Michael Zöllner, Martin Rauh-Köpsel.

S

Mauerpark
PRENZLAUER BERG
Gudvanger Straße
Wisbyer Straße
Helsinkier Straße
Trelleborger Straße
Osloer Straße
Upsalaer Str.
Schonensche Straße